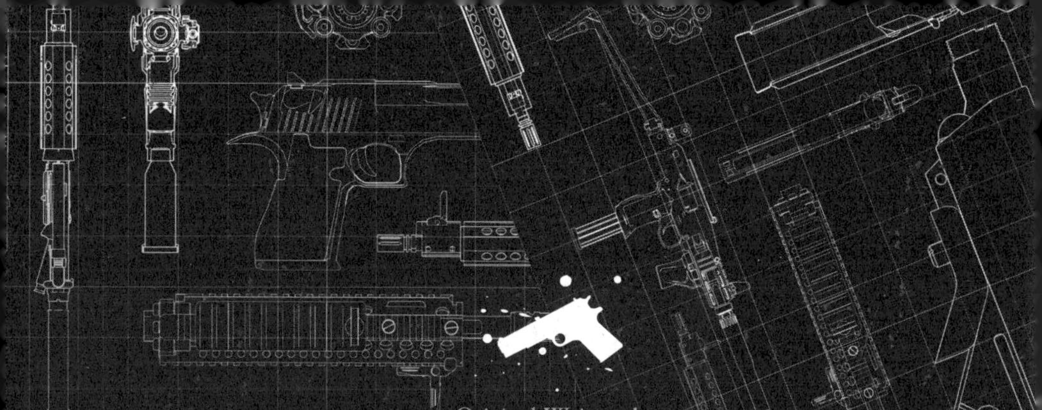

Original Written by

YUUJI

illustrator

NJ

PASSION

2

VOLUME
TWO

CONTENTS

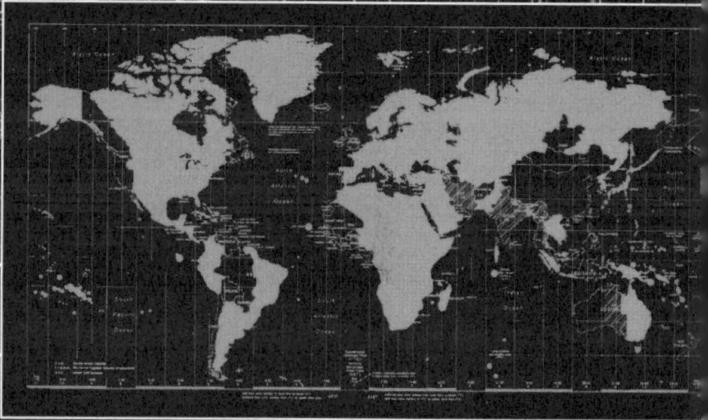

Volume 2

+ 目 次 +

4

以牙還牙，以眼還眼

當週禮拜六的上午又被大家稱為「鱷魚的眼淚」。

不分晝夜地忙了一整個禮拜——縱使白天的表定行程結束了，但他們仍舊無法放下戒備——好不容易撐到週末，卻沒有時間可以讓他們好好休息。

如果是平時的話，他們可以自由地離開這座島，一路從禮拜五的傍晚玩到禮拜天晚上；但現在別說是離開這座島了，沒有許可的話，甚至都不能去到特定區域以外的地方。

然而禮拜六的下午卻還有一場訓練。

雖然教官們假惺惺地叫他們趁著禮拜六上午的這段空閒時間好好補充體力，但一想到過去這一個禮拜的種種事蹟，大家還是相當憤恨不平。

「下午的訓練開始後，我能趁亂偷把教官們的頭給砍下來嗎？」

「如果要把教官的頭給砍下，你除了得先制伏教官本人之外，還得一併打倒跟在他們身後的校尉耶……光是要打倒其中一個就夠吃力了，你有信心能一次把這兩個人都打倒嗎？」

「說的也是。還是我們要組隊啊？我負責幹掉教官，校尉就交給你來處理。」

「好啊，不過我們的目標是誰呀？」

「當然是歐洲分部那群傢伙的教官啊！」

一群男人不好好運動，在自由對練場的地板鋪了軟墊，並且趴在上頭閒聊著再無聊不過的話題。

「距離集合時間還有三個小時。」

「再兩個小時就要集合了喔！」

「現在只剩下最後一個小時了啦！」

鄭泰義坐在每看一次時鐘就會發出慘叫聲的同伴們之中，獨自一人抱著膝蓋蜷縮在一旁。

雖然他更想舒適地躺在房間裡看書、解猜謎雜誌上的謎題——在跟莫洛一起生活的這段期間內，鄭泰義也漸漸迷上了這件事——但另一名室友托尤卻硬是把他從房間裡拉了出來，搞得他最終不得不坐在這裡跟大家一起大眼瞪小眼。

鄭泰義看著坐在遠處的歐洲分部部員們，不禁好奇起對方會不會也正在聊著類似的話題。他有些無奈地嘆了口氣後，躺在他身旁的源浩馬上疑惑問道：「怎麼了？」

「嗯……」鄭泰義先是停頓了一下，隨後才緩緩開口：「我只是在想，外界應該都認為UNHRDO是個專門在培養專業人才的機構吧。如果被他們得知一旁直接把手伸到胯下抓癢的卡洛、因為沒有菸可以抽，焦躁到就像毒癮發作的托尤，以及每天晚上都會對著梅艷芳的照片哭喊『妳為什麼要離開我！』的瘋狂粉絲慶仁焦都是機構一員的話，應該會很失望吧。」

「……被你這麼一提，我才意識到我們分部還真糟糕啊。」

「但看見隔壁那群人也跟我們一樣糟後，我就釋懷許多了。」鄭泰義抬起下巴，指向旁邊的歐洲部員們說道。

歐洲部員們此刻正玩著低俗的遊戲。有些人全身赤裸、有些人睡到一半被脫得精光的人踩到後暴跳如雷地追趕著對方，甚至還有人躲在角落玩起了不知道從哪裡買來的韓國花牌。

鄭泰義突然想起叔叔之前曾經說過「只要在這裡待過，以後就不用怕會找不到工作」甚至對方還強調，到時候鄭泰義只需要苦惱要選哪家公司這種奢侈的問題就可以了。

欺騙了那麼多家企業，叫雇主們花大筆的金錢來聘請這些傢伙……這根本就是詐欺嘛！鄭泰義不屑地看著眼前的這群人，隨即又撇過了頭。

仔細一想，或許這些人還好一點。

雖然他們都存在一些缺點，但站在雇主的立場來看，只要員工們不要惹事，完美地處理完工作上所吩咐的內容就足夠了。

而雇主們最怕的莫過於是既無法掌握，性格也很糟糕的員工。就像是……

在那個名字浮上腦海之前，鄭泰義連忙甩了甩頭把那個人給甩出腦中。他差一點就要想起一個一點也不值得被回想起的人物。

「啊——休息時間就快結束了。等一下差不多該去集合了吧？一想到馬上又得開始受苦，還真想趁現在趕快抽一根來緩解這股焦躁啊……」托尤先是煩躁地在原地走來走去，最後又一屁股坐到了鄭泰義的身旁。

鄭泰義同情地看著把火柴當作香菸叼在嘴巴上的托尤，「咬著那個難道就會有香菸的味道嗎？」

「你覺得會有嗎？哎唷——只要有那麼一根，不、我也不奢求整根了，就算是別人抽到一半丟掉的菸蒂也好，拜託就讓我抽那麼一口吧。」

鄭泰義猛地想起自己之前從對方手中搶走的那根香菸根本沒抽幾口，就直接被他丟在地板上的那件事。如果現在向對方坦白的話，肯定會被托尤打死吧。一股內疚感就這樣倏然湧起。

「不知道歐洲分部那群傢伙裡有沒有人有帶香菸……喂！等一下訓練到一半，如果你有聞到有人身上有菸味的話，記得跟我講一聲！我要好好地折磨那個人，接著再把他的香菸全都搶走。」

鄭泰義鄙視地看了托尤一眼後，直接背過了身。

看來之後得買個戒菸輔助品給他了。他一邊暗自下定決心，一邊看向時鐘。距離集合時間已經剩不到一個小時。鄭泰義緩緩地晃動著腦袋，開始做起簡單的暖身動作。他有些好奇地朝眾人問道：「不過訓練途中真的可以趁亂偷打教官們的頭嗎？」

「可以啊，畢竟這是無差別對練嘛。話說你是第一次參加吧？規則很簡單，抓到誰直接打下去就可以了。不過你要是被其他人抓到的話，同樣會被打得很慘。如果不想被打的話，就只能想辦法掙脫並且逃跑。對練時間總共會分成兩個階段，每個人都會當到追人的一方跟被追的一方。被追的一方基本上只能防禦不能主動攻擊，唯一的例外就是為了要掙脫追人一方時才能反擊。以上就是無差別對練的規則。由於規則太簡單，所以意外也很多。如果被追一方主張為了要掙脫而反擊的話，那他們就能名正言順地攻擊追人一方了。搞到最後很容易就會變成一場亂鬥。」

「這也太誇張了吧？那我可以躲在角落，直到無差別對練結束嗎？」

「如果躲起來被抓到的話，很有可能會被圍毆喔！我勸你最好還是見人就跑比較安全。當然啦，如果你有信心能躲得很徹底的話，那我自然也不會攔你。只不過對練場所也有限制就是了。」

鄭泰義啞口無言地看著好心替他解說的托尤。雖然他很懷疑這種亂七八糟的對練究竟有沒有用，但包含托尤在內的每個人的表情看上去都十分凝重。

「他沒有在開玩笑，你真的要小心一點。太小看這件事的嚴重性，你可是會出事啊！」躺在遠處的卡洛嚴肅地嘟噥道。

鄭泰義回頭瞟了卡洛一眼。他聽出了對方的弦外之音。

規則訂定得越簡單，這場對練就越危險。更何況這些規則除了簡單之外，條件也十分極端。不是無條件逃跑，就是得想辦法抓到逃跑的人並把他們往死裡打。

「如果掙脫不了的話，那不就會被打死了嗎……」鄭泰義咂著嘴碎念道。

雖然他是半開玩笑地講出這句話，但一旁的慶仁焦卻露出正經的表情點頭開口：「只要你夠衰的話，被活活打死也不是不無可能。假如對方剛好打中你的要害，或許你就會當場喪命了。嗯——尤其你偏偏跟最駭人的傢伙槓上，我看你最好還是謹慎一點。」

「……」

不用對方明說，鄭泰義就能猜出他口中那個「最駭人的傢伙」是指誰。

雖然那個人昨天才挑明沒有心情跟鄭泰義起爭執，但誰知道呢，說不定他今天又改變想法了。況且那個人看上去就是一個完全依照心情行事的傢伙，謹慎一點總是無妨。

「也有很多傢伙會趁這個時候對平常看不順眼的人下手。雖然我認為我們之中沒有這種人，但有些時候同一組的組員也會趁這次的機會發洩心中累積許久的怨氣。到時候真的就只剩下『殺氣騰騰』四字可以形容了。」慶仁焦咂嘴說道。

語音剛落，一旁的阿爾塔瞬間瞪大雙眼興奮開口：「但你要是有什麼仇人的話，就可以趁這個機會好好報仇！」

鄭泰義默默地替阿爾塔那名不知道身分的仇人默哀。

距離集訓開始已經過去一個禮拜了，然而鄭泰義卻依舊無法適應這殺氣騰騰的氛圍。每天都會發生大大小小的意外，導致有人受傷而被抬出去。甚至才短短幾天就已經鬧出了人命。

但這座島上的人總是能若無其事地看著毫無常理的事天天上演。

「半年後，無論如何我都一定要離開這裡。再繼續待下去的話，我感覺我都快要變得跟他們一樣奇怪了。」鄭泰義嘆氣自言自語道。

在這種情況下，最令人害怕的莫過於是「習慣」這件事。無論原先有多陌生、多難以接受，只要隨著時間流逝，最終都將變得無感與淡然。甚至在你還沒意識過來之前，你就已經被潛移默化了。

每件事自然都有它的優缺點。縱使這個地方有著它特有的優點，但它的缺點實在是糟到讓人無法忽略。

「我看你好像還沒注意到啊。其實之前在戰鬥實戰分析時看的那部影片，就是在週末訓練拍的。」托尤在旁邊補充道。

「哪部影片……」鄭泰義咕噥到一半，表情猛地僵硬了起來。

那隻捕捉到伊萊身影的影片。無論是被血浸溼而變色的手套，抑或者是那些鮮紅的手印，這些都深深地烙印在鄭泰義的腦海中令他無法輕易忘懷。

「所以我們等一下要進行的訓練是可以像影片裡那樣隨便殺人嗎……這一切已經荒謬到稱不上是訓練了吧。」鄭泰義咂嘴暗自嘟噥道。

托尤見狀聳了聳肩，「也沒有那麼誇張啦！會隨便殺人的也就只有那個瘋子而已。就算我們再怎麼討厭彼此，也不可能都快打死對方了還不停手吧？雖然偶爾會發生不小心把人打死的意外，但真的沒有人是蓄意要殺人的。因此最重要的就是絕對不能撞見那個瘋子。」

聽完托尤的話後，鄭泰義多少有些想通了。就像對方說的那樣，縱使再怎麼討厭一個人，一般的正常人也無法隨意地就對他人痛下殺手。

即便鄭泰義從來沒有殺過人，但他本能地就能感受到殺人的重擔究竟會有多麼沉重。

……這麼看來，那群寧願犧牲自己的性命也想殺死伊萊的傢伙們到底是有多怨恨對方才做得出這種事啊？

鄭泰義苦澀地咂了咂嘴。或許生命裡多少都會遇見一些即便得犧牲自己的一切，也想殺死的對象吧。

「時間到了，我們走吧。」

「啊、好。大家一定要活下來啊！」

卡洛率先起身喊話，而其他組員們見狀也跟著從地板上站了起來答道。

雖然鄭泰義恨不得繼續待在這裡，但身旁的托尤卻一把抓起他的手臂作勢要將他拖出自由對練場。最終鄭泰義只好乖乖地起身跟在大家後頭。

「哥哥，要注意自己的身體哦！不用擔心我。」

鄭泰義拿出對講機，重新看了一遍這則今天凌晨才收到的訊息。

昨天晚上回到房間後，翻來覆去始終睡不著的他在凌晨十二點多打給了心路。他原本還有些擔心對方會不會已經睡了，但好險心路的嗓音聽上去與平時無異，看來並沒有被鄭泰義吵醒。

其實鄭泰義也沒有什麼話想跟對方說。只是在結束跟伊萊那既短暫又不快的對話——比起對話，感覺更像是伊萊單方面的告知——後，他實在是不安到無法輕易入睡。

然而鄭泰義既沒有那個資格也沒有勇氣在跟心路坦承完伊萊的事蹟後，對對方說出「不要接近那個傢伙，你就看我一個人就好」這種話。

仔細一想，他甚至都還沒向心路表明自己的心意。無論是那句最關鍵的「我喜歡你」還是其他足以傳達自己情感的話語，他都沒有說出口。

雖然托尤之前曾經調侃過他的舉動太明顯，讓一旁看的人也跟著尷尬；而十分機靈的心路也不可能會看不出鄭泰義的心意。但單就結論來說，他就是不曾當面向對方表達過自己的愛慕之情。

鄭泰義手中緊握著電話話筒，開始猶豫了起來。

要趁現在向對方告白嗎？但是這種內容既不適合在電話裡說，更何況剛剛才跟伊萊發生過那種插曲，現在就急著向對方傳達心意，似乎並不是全然出自於自己的本意，反倒有種趕鴨子上架的感覺。

「不過剛剛那個人跟哥很熟嗎？」

正當鄭泰義不知道要開些什麼話題，而開始閒聊起一些不是很重要的事時，話筒另一端的心路主動問起了伊萊的事。

故意不想提及這個話題的鄭泰義先是停頓了一下，隨後又乖乖答道：「沒有啦，我跟他不熟。只是見過幾次面而已……那個傢伙很危險，不能跟他走得太近。」鄭泰義不想解釋太多，輕描淡寫地叮嚀著：「如果你看到那個傢伙朝你的方向走過來，又或者是出現在你的周遭的話，記得不要讓他注意到你。」

然而心路似乎有點心不在焉，並沒有很認真地在聽鄭泰義的囑咐。

鄭泰義霎時被一股微妙的不安感籠罩。而那股不安感的源頭是出自於哪，他自己也心知肚明。就算他再怎麼不想承認，也無法抹滅掉那股因為害怕心路就這樣離開他而產生的不安感。

還沒等那股細微又模糊的不安感消失，電話就這樣被掛斷了。鄭泰義五味雜陳地看著話筒好一陣子後，才又重新躺回床上。

隔天，等他睡醒時，他就發現了那封凌晨傳來的訊息。

雖然只是簡單一句要他注意身體的內容，但這已經足以讓他的心情好轉許多了。想必對方在得知禮拜六下午還有訓練後，便擔心起鄭泰義的安危。

知道有個人正在默默地擔心著自己，有時候這件事反倒能成為一劑不可或缺的強心針。

「謝謝你。」

簡短地回覆過後，鄭泰義將對講機收進了口袋裡。就算無法起到什麼實質上的作用，但訓練途中時不時地拿出來回味，他總能瞬間獲得一股令人心情愉悅的踏實感。

「那群傢伙幹嘛要一直朝我這裡跑過來啊，搞得我好像才是被追的那一方。」鄭泰義彎下腰綁起再次鬆掉的鞋帶，不悅地碎念道。

剛剛的他才因為鞋帶一直鬆掉，乾脆把繩子全都抽出來重新綁了一次。當時蹲坐在走廊中間的他還被剛好從轉角處走過來的亞洲部員誤認成歐洲分部的人，最終落得被對方一陣亂踢的下場。

一直到他被踢到仰躺在地板上時，那群傢伙才發現自己認錯了人。等他們道歉完消失之後，同樣的事又重新上演了兩次。

「大家好像都瘋了……我是不是在不知不覺間跌入了一個詭異的星球啊？」鄭泰義默默地抱怨著。

他時不時就能聽到遠處傳來的「找到了！」「臭小子，你給我站住！」的吶喊聲。

雖然他跟那群人隸屬於同個分部，但看著這樣不分青紅皂白就撲上去暴打的同伴們，只覺得大家都瘋了。現在又不是在狩獵人類，他實在想不透這個訓練的真正意圖究竟是為了什麼。

「比起鍛鍊身體，這更像是摧毀人性的訓練吧……」

鄭泰義轉著手中的棍棒——雖然是用橡膠做的，但被打到的話依舊會痛到生不如死——慢慢地走在長廊上。

反正每隔一個小時就會攻守交換。為了一個小時後的自己著想，現在最好還是多節省一點體力。雖然不打算主動攻擊任何人，也無法保證等一下歐洲分部的人就不會打他，但鄭泰義仍舊不願意動手。

「一個小時後就得拚命地逃跑了啊……不知道有哪個地方可以躲耶。」

鄭泰義從剛剛開始就一層一層地找著分部裡可以躲人的地方。雖然現在是亞洲分部當追人的那一方，但一個小時後雙方的立場就會完全相反，他必須得在那之前找到一個足以藏身的場所。

只不過無論他怎麼找，就是找不到一個合適的地點。

他們可以躲在分部內任何能夠正常出入的地點，然而唯一的條件就是不能躲進密閉空間裡。換句話說，像是私人室、辦公室等的房間都不能躲。他們只能死命地在走廊上瘋狂逃命。

但這也有個例外，有兩扇門的房間——像大型教室跟對練場等——就可以躲。只不過有兩扇門的房間，通常都比較空曠，自然就無法藏身；而走廊也是同個道理。雖然分部內的走廊對初次來到這裡的人來說就像迷宮般複雜，但正是因為轉彎處太多，三不五時就有可能會在轉角撞見歐洲分部的人。因此大家都是繃緊神經，隨時準備好要開始追人或逃跑。

「真是的，我才在想為什麼僅僅只有一百多名的部員，就要住在高七層樓、總坪數達兩千坪的建築物裡，原來是為了要舉辦這種毫無意義的訓練啊。」鄭泰義不悅地嘀咕，「他們還真是會浪費預算。」

由於地下七樓是地牢，除了嚴重違反規則的人之外，沒有部員能夠進出那層樓。因此鄭泰義便從地下六樓開始一層一層地往上爬，尋找著足以藏身的場所。

明明這棟建築物是如此寬敞又複雜，但多了一個禁止躲進密閉空間裡的限制後，要找到合適的躲藏地點就比登天還難了。

「難道就不能拆開天花板躲在夾層裡嗎？哎唷，再這樣下去時間就要沒了。如果等一下不死命逃跑的話，絕對會被打得很慘吧。就算我強調沒有打過他們的人，應該也……完全沒用吧。」

鄭泰義一邊踏上階梯，一邊思考著自己在被追趕、被狠揍了一個小時後，下一次換他當追人一方時，會不會也像同伴們那樣喪失理智地高舉著棍棒胡亂打人。

踏過充斥著私人室的地下六樓、經過因為有著各種設施，自由時間時最好消磨時光的地下五樓、路過除了極少數相關人員之外，誰都不能進去的地下四樓、走過平常表定行程時最常使用的地下三樓跟地下二樓、晃過教官和雜務官居住的地下一樓，來到了位於崩塌邊緣屋頂下方的地上一樓。

其實比起追人與被追，這更像是在開闊場地上進行自由對練的感覺。唯一的差別只在於先攻擊與後攻擊這點而已。由於最終都還是得接受敵方挑起的打鬥，因此這更近似於無差別的自由對練。

「還沒想到什麼好的對策，時間就要結束了……沒辦法，下一個小時只能無條件逃跑了。」

鄭泰義嘆著氣，為了替下一個小時做準備而走進了廁所。有時候有些人會草率地躲在廁所裡，進而導致廁所變成血鬥的戰場。而這間廁所似乎剛剛才結束一場激烈的打鬥，明明早上還很正常的磁磚，現在卻已經裂了一大塊。想必之後的維修費一定也很可觀。

廁所裡站著三個男人。

他們三個都是亞洲分部的部員。雖然因為隸屬於不同小組，所以鄭泰義不曾跟他們講過話，但他還是認得這三個人的長相。

三人在鄭泰義打開廁所門走進來的瞬間，馬上就露出了凶狠的眼神怒瞪著他。然而在他們意識到鄭泰義也是亞洲分部的人之後，又再次放鬆戒備，繼續談著他們剛剛講到一半的話題。

「……對，我們只剩今天了。」

「無論如何，我都會想辦法把那傢伙引誘到那個地方。我們一定要在那裡做個了結。」

為什麼去到哪都上演著這種戲碼啊？雖然我也稱不上是什麼正義凜然的君子，但要遇上這種充滿著一堆小人的地方著實也不容易。光是今天就不知道看到幾個瘋狂想要狩獵人類的傢伙了。

鄭泰義最討厭那種明明跟自己無關卻又不願意思考是非對錯，單純地因為從眾效果而盲目行事的人。對於那種不願意考察也不願意動腦，只會一味聽從社會上聲量最高的人所講的話，這種行為正是他最看不起的事。

只不過轉念一想，他實在也沒有那個資格去評斷他人的行為。

畢竟誰知道他們之中會不會有人的摯友剛好就慘死在歐洲部員的手下。如果對方有什麼合理的理由與仇恨的話，那鄭泰義自然也不會去否定他們的行為。更何況他自己也說不上是什麼正人君子。忍了好幾年的怒火，最終卻還是爆發並且把金少尉打成了重傷。現在來看，當初鄭泰義沒有不小心把對方打死還真的是不幸中的大幸。

不知道那個冤家般的傢伙現在在做些什麼。再怎麼說我們都是同屆的軍校生，有陣子沒見多少還是會有些好奇他的近況。這麼一看，或許我也已經恨他恨到產生感情了吧……雖然再次見到他，肯定還是會噁心到想吐。

鄭泰義走進廁所的隔間，一屁股坐在了馬桶上。他其實並不想上廁所，只是單純想要找個地方坐坐罷了。雖然地下六樓各處都擺著舒適的沙發，但一想到得看著一堆人舉著棍棒在他面前跑來跑去，甚至還有可能會被捲入那些鬥爭之中，他便果斷放棄了這個想法。

「只要能看見那傢伙受傷的樣子，無論風險再怎麼大我都能承受。不對，就算我得傷得跟那傢伙一樣重，我也欣然接受。我一定要親眼看見那個傢伙是用什麼表情發出慘叫聲，又是用什麼表情來忍受這分苦痛的。」

「不管發生什麼事都能泰然應對的那個歐洲傢伙，還真不知道那張嘴臉下是不是跟我們一樣流著鮮紅色的血呢。」

隔間外頭，鄭泰義剛剛撞見的那些人依舊在聊著他們原本講到一半的話題。不小心聽到了這些對話——然而對方明明知道鄭泰義也在同個空間裡，卻執意要講這個話題，因此鄭泰義並不認為自己是在偷聽——他再次感受到了亞洲分部與歐洲分部間的仇恨究竟有多深。

即便自己也會陷入險境之中，卻仍舊堅持要看見對方狼狽的模樣。這若不是恨對方恨到了一定的程度，正常人是很難下得了這種決心的。

自從來到這裡之後，鄭泰義時不時就能看見人性最黑暗的一面。

他暗自咂了咂嘴。早在軍隊時他就已經看遍了這種骯髒面，殊不知來到這裡後情況卻沒有絲毫好轉。

想當初他就是厭倦了這種氛圍才會帶傷退伍的，沒想到同樣的事又在這裡重新上演。縱使鄭泰義再怎麼把「近君子，遠小人」掛在嘴邊，也改變不了周遭的環境。

只不過鄭泰義也不禁好奇起究竟是哪個十惡不赦的傢伙，居然能夠被好幾個人恨成這副鬼樣。

「你們剛剛也看到了吧？他明明全身都被人血淋溼了，眼睛卻連眨都沒眨一下。還真的是個十足的瘋子啊！」

「說實在的，我真的覺得那個傢伙很恐怖。我還寧願他在殺了人之後開心得像神經病一樣，但他卻偏偏冷靜得跟平時一模一樣。他根本就不是人吧？」

一道低沉又沉悶的嗓音像是極度害怕似地迴盪在整間廁所裡。而那份恐懼像是傳染給了在場的所有人般，氣氛頓時變得十分冷清。

鄭泰義小聲地嘆了口氣後，抬頭望向天花板。雖然他的心裡多少有個底了，但他還真的沒有料想到會這麼輕易地就被自己給猜中。然而仔細一想，如果歐洲分部裡有兩個被如此痛恨的人物，那反倒是件更令人擔憂的事吧。

而會把殺人這件事視為跟睡覺、呼吸一樣稀鬆平常的人，也就只有伊萊里格勞了。

「不過這樣真的沒問題嗎？如果用到集束炸彈，整間武道室都會被炸毀吧？」

「如果不做到這種程度的話，你覺得那個傢伙有那麼容易死嗎？更何況武道室裡特別空曠，他完全沒有地方可以躲。若想要完美地殺死那個傢伙，也就只剩下這個場地了。」

「你也不用太擔心啦，只不過是炸毀一間武道室而已啊。況且基彭哈恩都已經說好要幫我們處理這件事了。」

語音剛落，閒聊聲戛然而止。講最後一句話的那個人似乎是意識到自己不小心講出了不該講的話，所以馬上安靜了下來。而站在他身旁的另外兩名男子似乎也正忙著看彼此的臉色，而沒時間開口接話。

見的話。

「哎呀……」鄭泰義驚嘆一聲後，便把頭靠在了牆壁上。他好像聽到了什麼不該聽見的話。

雖然從外頭的男子們沒有採取任何行動就可以推斷出這件事並沒有非常機密，但無論鄭泰義怎麼想，這些都不可能是可以被外人聽見的內容。

「沒事啦！要是真殺死那個傢伙，除了我們之外，歐洲那群臭小子肯定也暗爽在心裡吧？人緣那麼差的傢伙怎麼可能會有人去通風報信啊，只要不要傳進他耳裡就沒事了。」其中一名男子率先打破了沉默。

「也是。」隨後，另外兩人馬上跟著附和。

鄭泰義似乎是嫌把頭靠在牆壁上還不夠似的，又伸出手扶住了自己的額頭。他總覺得自己的頭正隱隱作痛。心臟不安地瘋狂跳動著，背脊也一陣發涼。

從這幾句簡短的對話中他就能聽出，這三個男人正打算要殺了伊萊。除此之外，他們還有基彭哈恩——應該是指負責資訊管理的基彭哈恩教官——來當靠山。

現在這個情況非常不妙。

即便伊萊是全民公敵，也做了許多必須以死謝罪的事。或許他被殺了也不會有人站出來替他抱不平，反倒還會有一群人開心地慶祝他的死亡。但現在不僅僅是一群想要報仇的人，為了齊心殺掉伊萊而策劃了這場復仇。

如果這件事還牽扯到教官的話，一切就變得有些弔詭了。

雖然鄭泰義猜不到基彭哈恩是為了什麼理由而想要除掉伊萊——然而伊萊有著能夠招惹所有人的能力，他會惹教官不爽似乎也並不意外——但如果教官主動參與了殺掉部員的計畫，那這件事自然就變得非同小可。

更何況他們還打算用到集束炸彈。

鄭泰義伸出手指搓揉起霎時沒了血色的雙唇。他實在是想不透為什麼這裡的人能夠一個比一個還瘋狂。位於這座島上的人，肯定沒有人不知道集束炸彈的威力有多大。但這三個人居然還打算要在建築物裡引爆集束炸彈？

看來他們除了要把伊萊殺掉之外，也不打算留下任何的痕跡與證據；又或者是打算直接跟對方一起同歸於盡。

從三人的對話中可以推敲出他們講的應該不是CBU型的集束炸彈。而是改良過後，可以安裝上超小型迷你炮，並能放在肩膀上的對人炸彈。

雖然是小型改良版，但依舊有著能將數千平方公尺瞬間都夷為平地的火力。只要一引爆，一般室內泳池大小的場地馬上就會被摧毀殆盡。

而他們口中的那個空曠武道室，應該就是指位於地下三樓的第五武道室。

如果把人引進那個地方，並且引爆集束炸彈的話，應該會炸到連骨頭都不剩。畢竟就連鋼筋混凝土製成的武道室都難保不會被炸爛了，更何況是區區的肉身與屍骨。

不對，這整件事裡最荒謬的莫過於是怎麼會有人打算要在建築物裡引爆炸彈。

鄭泰義以前在聽機構內部結構課的時候，曾經聽授課教官講過，這整座建築物的設計就是以防空洞的水準來建造的。所以無論遭受到什麼樣的衝擊，這座建築物都不會崩塌，要他們大可放心地進行訓練。

如果跟防空洞很類似的話，那他們的確不用擔心地面崩塌的問題。只不過就算如此，那三個人還是太瘋狂了。

怎麼會有人為了要除掉一個人，而祭出一顆炸彈，甚至還做好要炸掉一整間教室的準備？

而且這些決定說不定都跟基彭哈恩教官有關。

大費周章地弄到一顆改良型集束炸彈，就算教官裝不知情、想盡辦法替他們收尾，也不可能輕易平息這場插曲所帶來的後續效應。更何況或許基彭哈恩正是替他們弄來這顆集束炸彈的人也說不定。

鄭泰義回想起基彭哈恩這個人。

對方是個跟叔叔年紀相仿，卻對自己的利益格外執著的人。他會預期各個情況的結果，並且引導事情朝自己想要的那個方向去發展。

基彭哈恩是個懂得利用最少資源去換得最大利益的人。而為了達到這個目的，他也常常使用一些不道德的方式。

因此鄭泰義並不喜歡這位跟叔叔效忠著不同上司的教官。

雖然基彭哈恩並不是一個會讓人產生好感的人。但即便如此，鄭泰義也沒料想到這麼聰明的一個人居然會主動參與這種葬送自己未來的事。明明殺死伊萊對他來說也不可能會有什麼好處。

鄭泰義伸出食指輕揉眉間的皺褶，同時思考起在這個情況下自己究竟該怎麼做會比較好。

然而答案基本上是呼之欲出。他唯一該做的事就是不要靠近地下三樓。

假如伊萊真的如他們所願抵達了武道室，他們也順利地在教室裡引爆集束炸彈的話，那基本上不可能會有人活著走出那間教室。縱使那個人是伊萊也一樣。

而在這樣的前提下，鄭泰義開始猶豫起自己該不該偷偷告訴對方這件事。

經過一番天人交戰後，鄭泰義仍然得不出任何結論。那個男人的死對他來說並沒有任何會感到惋惜的地方，甚至反倒是件求之不得的事。然而在聽到有人當著自己的面講出殺人計畫後，卻依舊裝作沒這回事的行為真的是正確的嗎？

但鄭泰義也沒有正義、天真到可以不去在意過去發生的種種，單從倫理道德的角度來看待這件事。

「偏偏聽到了最不該聽見的內容……再這樣下去，如果那個傢伙真的被炸死的話，我肯定會很內疚的。」鄭泰義用著不會被其他人聽見的聲音嘟噥道。

沒有血色的雙唇依舊十分冰冷。也不知道是不是因為摸著嘴唇的指尖太過寒冷，所以才凸顯了雙唇的涼意。

眼看外頭的三名男子還打算繼續講下去，鄭泰義馬上做出了他此時此刻唯一能做的最佳選擇：在聽到更多不該聽見的內容之前，趕快離開這裡。

當他打開隔間門的瞬間，那三名男子再次安靜了下來。明明他們剛剛都親眼看見了鄭泰義走進隔間裡，但三人仍舊露出了可疑的眼神緊盯著鄭泰義。

鄭泰義見狀只是默默地穿過他們，走向洗手檯開始洗手。雖然他更想清洗剛才因為靠在廁所牆壁上而髒掉的頭髮，但現在這個情況著實不太適合大剌剌地洗頭。

「喂，你是鄭昌仁教官那一組的人吧？」三名男子中的其中一個人猛地開口。

從那冰冷又帶有威脅的語氣中就可以推敲出男子的下一句話會是什麼樣的內容。

「不管你們要做什麼，我都不會插手也不會去妨礙你們。所以你們不用在我身上白費力氣了。」鄭泰義看著鏡子冷漠說道。

早在他聽見那些不該傳進他耳中的內容時，心情就已經夠差了。殊不知現在還得被這些人威脅，鄭泰義此刻的心情可說是糟到不能再糟。

他本來就不是很想跟這些危險分子搭話，更何況在得知他們是基彭哈恩底下的組員後這個念頭更是消失得無影無蹤。

「這段時間結束後，你應該也沒時間去到處傳話吧？既然如此，你就乖乖閉嘴，不要亂講話。我們只不過是想要讓一個該死的人付出相對應的代價罷了。」男子似乎是不滿意鄭泰義的回答，硬是多補上了這幾句。

鄭泰義輕輕地嘆了口氣。看來不把話說清楚一點，這幾個人會聽不懂他想表達的意思。

「你們好像還沒聽懂呢。我不知道你們口中那個『該死的人』叫什麼，畢竟你們從頭到尾都沒有講出他的名字。所以我並不清楚你們現在在聊些什麼。」

「……啊哈。」男子此時此刻才理解鄭泰義的言外之意，「好的，朋友。」

鄭泰義抽了幾張擦手紙，暗自在心底碎念著「誰是你的朋友啊」。

他現在只希望這些人的記憶力很糟，最好是糟到下次在走廊抑或是任何地方巧遇時都不要裝熟地向他打招呼就好。

在他們一來一往的同時，第一輪的對練也結束了。刺耳的警報聲響遍了整棟大樓。簡單休息個五分鐘後，他們跟歐洲分部的立場將會對調，並展開一場新一輪的對練。

三名男子一聽見警報聲便走出了廁所。而一些似乎跑了整整一個小時的人群也三三兩兩地走進廁所裡。

當鄭泰義走出廁所時，不禁在心底感嘆：雖然最近的運氣真的有變差，但沒想到居然能差成這樣。與其聽這些有的沒有的，我還寧願把這一個小時花在漫無目的地在走廊上奔跑以及對牆壁揮舞著橡膠棍棒上。

這個世界上有所謂的「幫助犯」，意指幫助他人犯罪的幫凶。鄭泰義一邊拿出從自動販賣機裡掉下來的運動飲料，一邊思考著過去讀書時所學過的這個名詞。

雖然他也說不上是個多正派的人，但至少從沒做過任何違法的事。孰不知他人生中第一次犯法，就是以殺人罪幫助犯的身分來犯下罪行。

縱使這個地方是屬於治外法權的範圍，基本上沒有任何法律可以約束他們的行為。但一想到「殺人罪幫助犯」這個詞，鄭泰義的心情就不自覺變得鬱悶。

大家都利用著這短暫五分鐘的休息時間來替自己充電。一直被追的人由於得應付不斷追著自己的敵方，沒有時間可以好好休息，在他們趁機喘口氣的同時也在為下一個小時的追人做準備；而追人的人則是拚命想要遠離剛剛那群被追的人。雖然這其中還是不乏有著抱有「不管是誰要來追我，我就正面跟他們槓上就好了，幹嘛還要逃跑啊？」心態的人就是了。

如果硬要選的話，鄭泰義其實是後者的類型。

他並不是因為很會打架，所以才不怕跟敵方槓上。他只是單純覺得不管逃到哪裡下場都一樣罷了。無論他是逃還是不逃，那群傢伙都會揮動著自己手中的棍棒朝他狂奔而來。

憑藉著剛剛在分部裡繞一圈的結果來看，他清楚明白著這棟建築物裡是沒有一個地方可以讓他藏身的。

而逃跑這件事也不容易。如果敵方分別從前後包夾的話，那肯定就只剩下被瘋狂暴打的下場。除非他是在奧運上得過好幾面獎牌的卡爾路易斯，要不然是絕對無法擺脫那群嗜血的歐洲部員。

既然如此，唯一的上策就是……

「密閉空間、密閉空間……有哪個地方是既狹窄又剛好近似於密閉空間的啊？」鄭泰義一邊喝著手中的運動飲料，一邊快步離開這個地方。

簡單回想一下分部內的構造後，他馬上就想起了一個合適的地點。地下五樓，位於讀書室跟西側樓梯間有一個放著飲水機的狹長走道。而那個一次只能容納一個人通行的走道正是最適合躲藏的地點。

只不過這裡唯一的缺點在於走道旁馬上就是樓梯間，一定會有很多人經過這裡。但往好處想，假設真的遇上了歐洲部員，要逃跑也很方便。

無論如何，鄭泰義此刻的當務之急就是得想辦法撐過這一個小時。只要順利撐過去的話，下一個小時他又能好好休息了——雖然也有可能發生在這一個小時內被打到不行，害他湧起想要復仇而放棄休息的想法就是了——

鄭泰義不禁想，縱使真的有可能發生整整一個小時都被敵方痛毆的慘狀，但再怎麼樣也不可能真的被對方給打死吧？

畢竟他除了身為亞洲分部部員的這個原罪之外，並沒有跟歐洲分部裡的任何一個人結仇……除了某個很令人頭痛的人物之外。

一想到那個人，鄭泰義又再次陷入憂鬱的情緒之中。其實比起憂鬱，這更近似於鬱悶。或許在得知他人不懷好意的計畫後，依舊選擇旁觀的「幫助犯」們都會產生類似的情緒，但他就是無法開心起來。就算那個對象是鄭泰義自己也恨不得永遠從這個世界上消失的人，他仍舊無法輕鬆看待這件事。

在他思考著這些雜七雜八問題的同時，五分鐘的休息時間也結束了。剛好抵達地下五樓的鄭泰義馬上就能聽見遠處傳來的叫罵聲。而他並沒有理會那些聲響，只是自顧自地朝著自己的目的地前進。

讀書室旁擺著飲水機的狹長走道上並沒有出現任何人影。畢竟這個位置本身就比較偏僻，因此很少有人會特地跑來這裡裝水。

鄭泰義毫不猶豫地走到了飲水機的正前方。他站在只能容納一人通行的走道盡頭，壓扁手中那瓶已經喝完的運動飲料瓶身。

人群的聲音忽遠忽近。他甚至還能聽見不遠處傳來的打鬥聲。

鄭泰義輕輕揮舞起手中的棍棒。

雖然他暗自渴求著不要有人經過這裡，讓他能夠在這裡安然地躲滿一個小時，但他自己也清楚明白著這個想法究竟有多天真。他時不時就能透過半透明的玻璃門看見西側階梯上有人正在上上下下移動著。

只要那些人影之中有個人打開玻璃門，往裡面走進來的話，馬上就能發現鄭泰義的存在。

不知道過了多久。

鄭泰義最不樂見的情況還是發生了。有三名男子打開玻璃門，徑直地往裡面走了過來。而偏偏那群人還剛好是追人的一方，歐洲分部的人。

「哦，找到一個了！」

「搞什麼啊，你居然躲在這麼偏僻的地方。不過旁邊就是階梯耶，明明遲早都一定會被發現的，幹嘛還躲在這裡啊？」

「這裡還有飲水機，太好了！我們趕快痛毆完這個傢伙，一起喝杯水休息吧。」

令人不安的平靜就這樣被打破了。

鄭泰義低頭看了一眼手錶，距離下一輪對練還有好長一段時間。他一邊咂嘴，一邊握緊了手中的棍棒。

如果是這個距離的話，用力打下去應該不至於會出事吧……

鄭泰義舉起橡膠棍棒，輕輕地朝自己的掌心輕拍幾下後，猛然看見了對面那群男子中竟然有個人的手上拿著一根鐵管。

「等一下，剛剛發的不是這根棍棒嗎？為什麼你們的武器跟我的不一樣啊？」

「什麼？那只是基本武器而已，你也可以用自己帶來的武器啊。只要不具有殺傷力就沒問題了……啊哈，你是新來的啊？」

「鐵管難道不具有殺傷力嗎？」

鄭泰義還真好奇到底有哪個人被那根鐵管打到頭還能安然無事的。甚至歐洲分部裡就有一個空手也能把人殺死的傢伙在，他們怎麼會認為鐵管不具有殺傷力？

然而對方根本就不在乎鄭泰義怎麼想。

「要不然你也去外面撿一根鐵管來啊。」男子邊說邊揮舞起手中的鐵管。

鄭泰義見狀不悅地咂起嘴。

媽的。在這種賭上性命的對練中，至少要先把這種潛規則講清楚吧？如果我直接被他的鐵管打死，會有多委屈啊……

鄭泰義突然想起之前在軍中，三不五時就會聽見撞鬼的傳聞。尤其是在前線時，站夜哨撞鬼的人都快比沒撞鬼的人還多了。

雖然他既沒有看過鬼，也不相信這種無稽之談的傳聞，但他能夠理解為什麼軍中會出現這種謠言。因為一定有很多人都像他現在這樣，在不明所以的情況下無辜地慘死在軍中。

如果他不小心枉死在這裡，肯定也要化作厲鬼來宣洩自己心中的憤怒……只不過如果是那個男人，縱使是沒有肉體的靈魂，他也依舊能夠笑著把這些魂魄都大卸八塊吧。

鄭泰義又想起了伊萊。

而那股暫時被他遺忘的內疚感也隨之湧上，令他不禁再次咂嘴。他舉起拿著棍棒的手擋住了朝他揮過來的鐵管，隨後——雖然這麼做非常卑鄙——他直接用棍棒的底端刺向了男子的眼睛。

由於棍棒並不尖銳，男子不至於會受太嚴重的傷，但這股疼痛感絕對不亞於有人直接舉起拳頭朝他的眼睛猛揍。

男子痛到大叫一聲後，手中的鐵管也硬生生掉落在地。

鄭泰義見狀連忙撿起了鐵管。上頭還殘留著男子溫熱的體溫，而鄭泰義心中也頓時湧起一股無法形容的安心感。他總算知道那群傢伙為什麼會拋棄橡膠棍棒選擇這根鐵管了。

沒想到只是簡單換了個武器，就能令自己如此放心。

另外兩名男子一看見自己的同伴摀住眼睛倒在地板上，連忙對著鄭泰義怒罵道：「你這卑鄙的小子！」「我看你是欠教訓啊！」並準備朝鄭泰義的方向跑過來。

此刻，鄭泰義總算能盡情利用這個地點的優勢了。

由於放置飲水機的走道內側非常狹窄，最多就只能容納一個人通行。因此歐洲分部的傢伙們無法兩、三人一起聯手衝進來痛打他一人。他們頂多就只能派一個人進來這個小到手臂都無法伸直的走道裡來跟鄭泰義對峙。

「乖乖聽了你們的建議搶走一根鐵管後，馬上就感受到了這武器的好處耶！沒想到因為鐵管夠長，還能直接趕走所有要靠過來的人。果真不能因人廢言，謝啦！」

由於鄭泰義拿到的那根鐵管剛好是三人中最長的武器，所以他現在才能從容地看著另外兩人默默調侃。

如果有人要靠過來的話，他可以靠著舉起手中的鐵管來攻擊對方以維持一段安全距離。對於最擅長肉搏戰的敵方來說，維持距離是最直接可以阻止亂鬥發生的方式。

剛剛痛到摀住眼睛的男子一聽見鄭泰義那充滿著嘲諷的話語，馬上氣得從懷中掏出了一把兩扠長的格鬥軍刀。

鄭泰義見狀臉瞬間就垮了下來。他好像能聽見托尤一邊咂嘴一邊說著：「我之前不是就說過了嗎？你那張口無遮攔的嘴遲早會害死你。」的聲音正迴盪在他的耳邊。

他沒想到樂於戲弄他人的後果居然會如此慘重。

「你幹嘛特地掏出刀子啊……我只不過是開個小玩笑罷了。玩笑、Joke，你沒聽過嗎？」

「閉嘴，你這臭小子！」

雖然情況看上去十分危急，卻沒有對這僵持不下的局面造成太大的改變。男子身後的同伴依舊焦躁地碎念著：「喂！這裡小到我擠不進去了啦！」而拿出格鬥軍刀的男子也因為攻擊範圍變得比剛剛拿著鐵管時更遙遠，因而無法輕易地靠近鄭泰義。

只不過要是男子寧願被鄭泰義的鐵管攻擊也要衝過來的話，那到時候位居下風的將會是鄭泰義。而經過剛剛鄭泰義的挑釁後，男子會做出這種兩敗俱傷選擇的可能性更是大幅增加。

越來越危險了，看來我得想辦法趕快逃離這裡。

然而，就算鄭泰義真的能順利推開眼前的男子逃出走道，也會馬上被後頭惡狠狠盯著他看的兩名歐洲部員攻擊。

如果沒剩幾分鐘就可以攻守交換的話，那他當然樂得把時間浪費在此。但遺憾的是現在時間多到他甚至都能被男子拿亂刀刺死好幾次。

在鄭泰義正準備揮舞起手中鐵管的剎那，他看見了玻璃門外的樓梯間有個熟悉的面孔正朝著樓上走去。他是不可能認錯這個背影的。那個男人正是伊萊里格勞。

伊萊就跟之前在影片上看到的一樣，手中沒有拿著任何武器，而手上依舊戴著那雙烏黑的手套。當他的手輕輕觸碰到階梯欄杆的瞬間，馬上就留下了深黑色的痕跡。想必那雙手套此刻也被許多人的鮮血給浸溼了吧。

對方並沒有看向這裡，而是露出了津津有味的表情朝著樓上走去。而現在這個樓層的正上方便是誰都無法進出的地下四樓，再往上則是有著武道室的地下三樓。

鄭泰義猛地想起了剛剛那群男人的對話。

「無論如何，我都會想辦法把那傢伙引誘到那個地方。我們一定要在那裡做個了結。」

「不過這樣真的沒問題嗎？如果用到集束炸彈，整間武道室都會被炸毀吧？」

「如果不做到這種程度，你覺得那個傢伙有那麼容易死嗎？更何況武道室裡特別空曠，他完全沒有地方可以躲。若想要完美地殺死那個傢伙，也就只剩下這個場地了。」

鄭泰義焦躁地咂起了嘴。或許一切真的就像男人們策劃好的那樣，伊萊現在正朝著武道室前進著也說不定。

他又再次猶豫起到底要不要告訴對方這件事。只不過如果講出來的話，對方肯定會殺了參與這起事件的所有人；然而鄭泰義也無法眼睜睜地看著有著幾面之緣的人在他面前親自踏入死地而撒手不管。

霎時，一股模糊不清的內疚感就這樣在他心中萌芽。

親眼見到伊萊後，那股危機感就變得越來越清晰，並逐漸化成濃厚的懊悔。

好，那我現在就追上去叫他換個方向！只要不要讓伊萊去到三樓的武道室就沒事了。我不用再多說些什麼，只要讓那群男人的計畫失敗就可以了。

鄭泰義有些心急。在他面前那個高舉著刀子的男人瞬間就變得十分礙眼。

「那個、不好意思，我們要打可以等一下再打嗎？我現在突然想起一件急事要辦，你可以先讓個路嗎？」

「臭小子，你他媽講什麼屁話啊！」

男子並不打算理會鄭泰義所開出的條件。而那隻拿著刀子的手看上去又危險了幾分。

鄭泰義再次咂嘴。在他們這樣一來一往的同時，伊萊說不定早就已經抵達四樓要爬上三樓了。也或許對方已經抵達三樓，正準備要走去武道室。

他變得越來越煩躁。必須得盡快讓伊萊遠離武道室。然而就算現在馬上趕過去，也不知道能不能順利趕上。假如一切真的照男人們的計畫發展，就算是再怎麼無敵的伊萊，最終肯定也很難存活下來。

不對，是根本就不可能存活下來。

現在就只能跟這三人硬碰硬了。雖然鄭泰義剛剛也曾半開玩笑地想過這個可能性，但沒想到事情最後還是朝他最不樂見的方向發展。

他深深地嘆了一口氣後，舉起手中的鐵管瞄準著拿刀男子的脖子。對方先是皺起眉頭，隨後又馬上握緊手上的那把格鬥軍刀。

只能犧牲掉我自己的皮肉，想辦法把那傢伙的頸椎給⋯⋯

鄭泰義搖了搖頭甩掉腦中駭人的念頭，同時直直地往前方飛奔而去。他的眼睛死命地盯著男子的脖子。

對方見狀抖了一下，隨即躲開了鄭泰義的攻擊。

乍看之下像是鄭泰義的攻擊失誤，然而這一切其實都在他的預料之中。

現在開始才是真正的難題⋯⋯我究竟要犧牲掉哪裡的皮肉呢。

雖然細長的武器對鄭泰義來說會比較吃香，但取而代之的便是活動範圍會跟著縮小。拿著短刀的人可以有效率地快速移動；而拿著長棍的人光是要移動就很吃力了，更何況他們現在所處的環境又特別狹窄。

鄭泰義眼前的這個人並不是笨蛋。在他察覺到鄭泰義正準備要逃離這裡的那刻起，也充分地利用起自己的優勢。

由於空間受限，鄭泰義唯一能做的動作就只有將鐵管由上往下地垂直攻擊。男子瞄準了這點，直接將手中的格鬥軍刀往鄭泰義的肋骨刺去。

「嘖……如果得犧牲肋骨上的皮肉，那之後可就有得受的了。」

雖然鄭泰義也想帥氣地喊出「你要砍就給你砍啊！」這類賭氣的話語，但肋骨是真的無法退讓。要是傷及四肢以外的地方，他不敢保證自己是否還有那個體力去應付未來一個禮拜的集訓。

然而他也不可能次次躲過男子的攻擊。在這個狹小的空間裡，無論是鄭泰義還是揮刀的男子都無法輕易閃過對方的進攻。

鄭泰義在千鈞一髮之際側身躲過了那把朝自己刺過來的利刃，同時還思考起自己究竟該怎麼打破此刻的僵局。如果是好幾分鐘前的他，或許會樂得繼續待在這裡跟男子耗下去，直到雙方攻守交換；但現在的他一心只想衝上樓去阻止伊萊。

可是在他眼前的這名男子一直想方設法地要劃傷鄭泰義。在無法和平結束這場鬥爭的前提下，鄭泰義就只能狠狠地打傷對方，才有可能讓男子徹底死心。

到底該怎麼做才好。

鄭泰義猶豫不決地思考著對策。時間不停流逝著，他的心也變得越來越焦躁。

此時，樓上傳來了一聲巨大的爆炸聲。

無論是鄭泰義還是那三名男子都瞬間停下了手中的動作。沒過多久，樓上又發出了一聲爆炸聲，以及混雜著哀號的尖叫。

「……！」鄭泰義用力地咬牙，心底一沉，「媽的！就是因為你們擋在前面，才會搞成這樣。快滾啦，你們這群智障！」

他抓狂地朝著面前的男子們大吼。他的腦中一片空白，怒火就這樣直衝腦門。而這份怒氣並沒有特別針對誰，他就是莫名地想對所有的人發火。

鄭泰義就像要把男子的腦袋打破般，高舉手中的鐵管並用力地往下砸去。男子見狀連忙壓低身子，同時衝進了鄭泰義的懷中準備把格鬥軍刀往對方的腹部刺去。

鄭泰義隨即伸手擋住男子的攻擊。雖然上臂被利刃劃出了一道細長的傷口，鮮血隨著刺骨的疼痛感一起湧出，但鄭泰義卻絲毫不在意。早在男子將手中的刀子劃破他手臂的瞬間，鄭泰義就舉起了鐵管用力砸向對方的頭頂。

「啊！」男子慘叫一聲後，便應聲倒地。在他身後的另外兩個人見狀馬上朝著鄭泰義衝了過來。

還沒等他們踏進來，鄭泰義就已經衝出了走道。現在既沒有了空間限制，手中還拿著絕妙的武器，雖然鄭泰義平時因為討厭打鬥而盡可能地避免了各種會發生肢體衝突的情況，但現在屬於特例。

就算其中一名男子已經被打倒在地板上了，另外兩個人依舊不肯輕易退讓。

鄭泰義咂起了嘴，一把將手裡的鐵管砸向兩人的頸項。「噠！」一道猛力的撞擊聲就這樣乍然響起。

雖然途中鄭泰義的腰也不小心被對方打中，但跟被鐵管砸中頭頂的男子相比，這點疼痛根本就是小巫見大巫。

「剛剛叫你們滾的時候，乖乖滾蛋不就不會發生這些事了嗎？還真的是一群聽不懂人話的智障。」鄭泰義憤恨不平地怒罵著倒在地板上的三名男子，隨後一邊擦著手臂上流個不停的鮮血，一邊奮力往樓梯間跑去。

值得慶幸的是樓梯剛好就在旁邊，鄭泰義不需要花太多時間就能抵達地下三樓。而武道室也恰巧位於西側樓梯的附近。他一繞過樓梯間的轉角後，便徑直地朝著武道室飛奔而去。

真是的！明明那傢伙是死是活都跟我無關——反倒伊萊的死，還能減輕鄭泰義心中沉重的負擔——為什麼我要為了他受這些皮肉傷、受這些苦啊！

鄭泰義左思右想後的結論就只有一個。這全都得怪罪到叔叔的頭上。

雖然手臂上的刀傷並沒有劃得太深，但或許是傷到了血管，鮮血仍舊不斷地流淌而出。然而仔細回想，剛剛鄭泰義完全不顧手上的傷口，胡亂地揮舞著手臂，傷口沒有加重就該偷笑了，居然還妄想著鮮血會乖乖止住的他根本就是癡人說夢。

鄭泰義不禁心想，或許等一下抵達武道室時，會看見一些駭人的畫面。

他突然想起了之前在學校上課時看過的那部影片。建築物的內部全被炸毀，牆面上盡是滿滿的血漬以及散落一地無法辨識是哪個部位的肉塊。

當天看完那部影片後，鄭泰義馬上喪失了食欲。其實還有一些人一看完影片，立刻就衝到廁所裡嘔吐。雖然鄭泰義還沒嚴重到那種程度，但他那一整天都吃不下飯，甚至那陣子也變得不敢吃肉。

如果得再次看見這幅慘況，甚至那些死者還都是自己所熟識的面孔的話……

鄭泰義甩開腦中雜亂的想法，直接奔向了目的地。縱使只是依稀想像了那個畫面，他的背脊就一陣發涼，心底也湧上了一股寒意。

明明越來越接近武道室，他卻看不見任何一個因為爆炸聲而跑過來的人。

雖然分部裡的牆壁特別厚實，每個樓層間的間隔也比一般建築物還高，但爆炸聲依舊清晰地傳到了兩層樓以下的鄭泰義的位置。可想而知整棟樓的人肯定都聽見了這聲爆炸聲，距離大家聚集過來也只不過是時間問題罷了。

武道室的周遭可說是一片狼籍。被燻黑的牆壁碎成了一片片，就這樣散落在地板上。而武道室的其中一面牆更是直接被炸開。整條走道上沒有一樣東西是完好的，一片雜亂中看不見絲毫的動靜。

整層樓只剩下駭人的寂靜。

鄭泰義先是握住發冷的指尖，隨後便握緊拳頭朝著武道室內走去。

他的腳下不斷發出沙沙聲，腳底踩著的全是散落在地面上的石塊。不過一會兒，鄭泰義看見了武道室內部的模樣。

裡面什麼東西都沒有。除了一些牆壁的碎片以及看不出來是什麼東西的塊狀物之外，就什麼也不剩了。更不用說是活著的人。

牆壁上不僅僅被燻黑，還被染上了一層鮮紅色的血漬。乍看之下就像是在灰黑色的壁面上，撒上了暗紅色的油漆似的，鮮血順著牆面緩緩地滴落在地板上。

除此之外，地面、牆壁，甚至是天花板上，全都能看見大大小小的肉塊。

鄭泰義突然感覺到腳底下傳來一股軟爛觸感。他頂著蒼白的臉，慢慢低頭看向了自己的腳邊。

一塊被燻黑的肉塊正被他踩在腳底下。他甚至都認不出來這是哪個部位，只能傻傻地看著那塊跟小孩拳頭一樣大的肉塊因為被他踩到而噴出鮮紅色的液體。

這個，該不會是伊萊的吧。

那是一塊既看不出原始樣貌，也噁心到令人不敢觸碰的小碎塊。

他甚至都吐不出來了。雖然四周盡是掉落在各處的肉塊，但他既不感到反胃，也不想吐。他的大腦已經停止思考了。

「……伊萊。」鄭泰義小聲嘟噥道。

但卻沒有人能回應他。

他死命盯著腳下的那個肉塊，一把怒火倏地湧上了心頭，他憤怒地放聲大喊著：

「伊萊！」

霎時，他聽到了一聲低沉又沉悶的聲響。鄭泰義馬上停下動作。

他也聽見了有一群人從遠方趕過來的聲音。只不過這個聲音與剛剛他聽見的那個聲響完全不同，那個聲響似乎是從更近的地方傳來的——哐啷。他又再次聽到了一模一樣的聲響。

鄭泰義非常確定聲音是從武道室旁的房間裡傳出來的。那是一間並不算大的休息室，而裡頭出現了不尋常的動靜。

沒有考慮太多，他馬上就朝著休息室的方向飛奔而去。穿過坍塌的壁面，鄭泰義看見了一扇相當完整的門。一把打開休息室的大門後，房間裡站著一名男子。

對方從頭到腳都被鮮血浸溼。他正以這副詭異的模樣站在房內，單手掐著一名男人的脖子。

啪噠、嘎吱、咔嚓。每當對方加重手中的力道，鄭泰義就能聽見一道道駭人的斷裂聲從男人的頸項傳出。那人的脖子早已彎成一個反常的角度，骨頭刺穿了皮膚，暗紅色的血滴順著骨頭流到男子的手上。

男子緩緩地轉過頭看向了鄭泰義。隨後，他毫不猶豫地把手中的屍體像垃圾般隨手丟在地板上。

鄭泰義馬上就認出了那個屍體的身分。對方是不久前才在廁所裡偶遇的其中一名男人。

「你剛剛是不是叫了我的名字？你也有事要找我？」男子低沉地問道。隨著他張開嘴巴的動作，滴落在嘴唇上的鮮血瞬間就流入了男子口中。

頓時，男子的嘴裡也被染紅。他看上去就像剛剛掉進血海，現在才爬上岸的人似的。

而這名男子正是伊萊。

鮮紅的頭髮、鮮紅的雙手、鮮紅的身體，他拖著全身上下都被鮮血淋溼的身子，朝鄭泰義往前了一步。伊萊似乎有些疲倦，他緩緩地按摩起自己的脖子。與此同時，他仍舊不忘要朝鄭泰義前進。

鄭泰義馬上就意識到了，伊萊身上的那些血都不是他自己的。不對，這樣說太果斷了。或許裡頭也混雜著他自己的血，但絕大多數肯定都是慘死在他手下的其他人的血。而那個人數絕對不可能只有一名——而是三、四名，甚至更多。

鄭泰義此時才發現在伊萊高大的身體後頭，除了剛剛那具被丟在地板上的屍體之外，還躺著另外兩具屍體。他們全身都被肢解，淒慘地躺在血泊之中。

在認出其中一個人的臉之後，鄭泰義隨即皺起了眉頭。那名死者正是基彭哈恩。因為聽過對方的課好幾次，所以他認得出基彭哈恩的臉。

而那名教官現在已經成了伊萊手下的亡魂。

或許基彭哈恩是最早策劃這整起事件的人，殊不知他當初卻沒料想到自己會落得如此的下場。

「泰一，你剛剛是不是有叫我的名字？你找我的理由也跟他們一樣嗎？」伊萊輕聲說道。

緊盯著基彭哈恩的鄭泰義此刻才又將視線移到了伊萊的身上。

對方的嘴角帶著一股笑意。而這個表情鄭泰義再熟悉不過了。那是一個與平時無異，既常見又平凡的表情。

伊萊此刻正用著與前幾個小時沒什麼差別的態度站在鄭泰義的面前。

「你也是為了同樣的理由來找我的嗎？嗯？」伊萊再次問道。

鄭泰義突然想起，對方曾經表明過他「現在」並不想跟鄭泰義吵。但如此反覆無常的伊萊，只要他一改變心意的話，隨時都能毫不猶豫地將鄭泰義的心臟徒手挖出來。

而現在正是那個決定性的瞬間。

只要鄭泰義一說出對方不想聽到的回答，伊萊便會笑著結束他的性命。

「……不是。我來是為了要看你是不是已經變成了屍體。」鄭泰義生硬地說道。

人心還真是矛盾。明明幾分鐘前，鄭泰義還想方設法地想要趕快把伊萊帶離這個現場；然而現在一看到他安然無恙地站在這裡，鄭泰義馬上就後悔起自己的舉動。

尤其是在他看見對方身後那幾具死狀淒慘的屍體，後悔的情緒更是快將他給淹沒。

「你剛剛是不是叫了我的名字？看來你也知道我會出現在這裡啊。」伊萊再次開口。只不過對方的語氣中卻隱約透露出了些許突兀的愉悅感，讓鄭泰義聽完不自覺地打起了寒顫。

鄭泰義咂起了嘴。如果不小心讓對方誤以為自己跟那群人同夥的話，他的小命絕對會不保。現在唯一的上策就只有據實以報了。

而且仔細一想，這件事明明也不是他所策劃的，他只不過是倒楣到無緣無故被捲入這起事件裡的局外人罷了。現在卻被迫得接受伊萊的質問，鄭泰義不禁越想越委屈。

「我只是偶然在廁所裡聽見了他們說要殺掉被大家痛恨的那個公敵。雖然晚了一步，但我真的是來幫你的……只不過，如果早知道事情會發展成現在這樣，我就不會來了。」

「你說你是在廁所裡偶然聽到的？偶然聽到他們說這些話？」

「對啊……不過還真沒想到居然連基彭哈恩都死了。我以為他幫他們弄來集束炸彈後，就會乖乖收手。誰知道他還親自跑來這裡。」

真的是一個蠢到不行的傢伙。

雖然鄭泰義本來就不是很喜歡基彭哈恩，但看到他變成屍體躺在這裡後，還是不免覺得有些難受。甚至心底也漸漸燃起了一股怒火。

他氣那些做出草率舉動因而喪命的人們、也氣站在他面前的這個男人，更氣倒楣到不行的自己。

「好吧……那還真是好險呢。如果連你也積極參與了要殺我的計畫，我肯定會很難過的。」伊萊像是很安心般地低聲嘟噥道。

鄭泰義聽完則是皺起眉頭，嗤之以鼻地說：「講得好像你有相信過我似的。」

「不是，這跟信任無關。而是如果你死了，我會很難過罷了。」

鄭泰義瞬間就露出了像是吃到蟲般難看的表情。

不過他是真的還滿好奇一個殺人魔是怎麼一邊傷心一邊殺死人；雖然他很有可能看到一半就直接成為死在伊萊手下的亡魂就是了。

……然而在他眼前的這個男人就算殺了他，照理來說也不會感到難過才對啊。

「唉，白來了。」鄭泰義一邊碎念，一邊轉身準備走出休息室。

伊萊見狀只是若無其事地開口道：「那你就可以當我的證人了。」

鄭泰義馬上停下動作，轉過頭狐疑地看著對方。一直到過了好幾秒後，他才意識到對方那句話的意思，「你要我證明你是正當防衛嗎？」

「對啊，要不是我的直覺夠準，我差點就成為那些被炸飛的肉塊……」伊萊聳肩揉了揉自己的手臂。

鄭泰義有些反感地看著全身被鮮血淋溼的男人。雖然他不知道對方是不是直覺夠準才能幸運地躲開那場爆炸，但他很確定的是眼前的這個男人絕對是個有如怪物般的存在。

霎時，鄭泰義疑惑地挑起了眉。對方身上那些已經逐漸乾掉的血漬裡，只有右側肩膀依舊呈現著溼漉漉的狀態。鮮血猶如涓流般緩緩地順著手臂流了下來。

那個該不會是……

「你也受傷了嗎？」縱使鄭泰義完全不相信猶如怪物般的伊萊會受傷，但他還是意思意思地問一下。

伊萊看對方瞪大雙眼，用著不敢置信的語氣問道，像是有些無奈地苦笑了兩聲，「集束炸彈直接在我面前被引爆，你覺得我有厲害到能夠毫髮無傷地躲過那波攻擊嗎？」

鄭泰義沒有答話。不要說毫髮無傷，普通人光是沒被炸死就已經要偷笑了。或許伊萊已經不能用普通與不普通來評斷。因為對方的各種身體極限早就超過了「人類」的基準。

鄭泰義突然感到全身無力，憂鬱的情緒也再次襲來。他鬱悶地看著倒在地板上的那些屍體。明明有那麼多人都被伊萊殺了，但他卻得證明伊萊的所作所為都是出於「正當防衛」。

既沒有方法也沒有能力拒絕對方提案的鄭泰義只能呆呆地看著現場的慘況。與此同時，聽到爆炸聲的其他部員們也總算趕到爆炸現場。

唯一能夠安慰到鄭泰義的就只有當天的訓練直接被中斷的這件事而已。

這起事件可說是前所未聞。

雖然分部間的集訓很常因為一些意外——當然，這只不過是表面上的理由罷了——而發生死傷的情形。但像這樣提前計畫好要殺掉一個特定人物，並且還用到爆炸物的狀況是真的史無前例。更何況這起事件還有教官涉案。

而部員間也產生了各種分歧的反應。

歐洲分部的人針對亞洲部員蓄意要殺害自家部員這件事，要求亞洲分部得負起全責。然而這也只不過是表面上的立場罷了。

就算是平常恨不得看亞洲部員們出糗的歐洲分部也不敢太明目張膽地說些風涼話。畢竟他們也親眼見到了那些屍體的死狀有多淒慘。

而亞洲分部的人則是對於自家教官與部員們搞出這一起事件感到十分遺憾。但損失最多的其實是亞洲分部。除了建築的一角已經坍塌，需要花時間與金錢來修復之外，甚至死的也全都是亞洲分部的人。

在這樣的前提下，收到消息的美洲本部沒過多久便幫忙做出了結論。雖然兩方都對這個結論不是很滿意，但同時卻又不好再多說些什麼。

本部認可伊萊的行為是屬於正當防衛的一種，只不過對方超過比例原則的防禦依舊得被懲處。而處罰就是被關進地牢裡幾天。

明明伊萊殺了四個人，卻只需要被關進地牢，甚至還只有短短幾天而已。這個懲處不免會引發亞洲分部的不滿。但經過調查，確定了這整起事件的起因全是源自於那四個亞洲分部的人。因此就算亞洲分部再怎麼不爽，也只能接受這個決定。

在這個一般社會的法律管不到的機構裡，上頭說什麼就是什麼。

雖然所有目睹到這起事件的人都一致地認為被殺的那群人很可憐，但他們都沒有公開表達過自己的看法。畢竟那群人可憐歸可憐，但同樣也做了很可恨的事。

而在這個情況下，只有一個人認為上頭的決定既不合理也很荒謬。

「為什麼我也得被關進地牢裡啊？我做錯什麼事了？我只不過是倒楣到被捲入這起事件罷了啊！」

有幾個人雖然認同他的話，卻無力幫助他；而有一個人或許能幫上忙，但他不打算這麼做。

「我之前不就跟你講過了嗎？絕對不要跟他扯上關係，也不要出現在他的面前。誰叫你自己不聽勸。」

大家總說不聽老人言，吃虧在眼前。雖然鄭泰義過去沒有發生過因為不聽叔叔的話而後悔的經驗，但他這次是真的相當懊悔為什麼不好好把叔叔的叮嚀聽進耳裡。

被伊萊拉去當作目擊證人的鄭泰義最後還真的以「幫助犯」這個罪名被懲處。上頭的人把鄭泰義明知道會發生什麼事，最後卻沒有積極阻止的行為視為是一種消極的參與。

「這未免也太不合理了吧？我一定要上訴！」

「要向哪裡上訴？」

鄭泰義滿腔的怒火馬上就被叔叔的一句話給澆熄。

「我又得打給葬儀社了。唉，沒想到居然又多出了這麼多具屍體得處理……」叔叔一邊抱怨，一邊翻閱著電話簿。

沒過多久，他嘆了口氣闔上電話簿，接著拍了拍鄭泰義的肩膀。他用著比剛剛還要更認真的語氣說道：「你的第一步就已經錯了。早在你跟那傢伙扯上關係的瞬間開始，你就錯了。更何況你這次犯下的可是『可惡罪』啊！」

「『可惡罪』是什麼？」

「歐洲分部裡最惡名昭彰的傢伙跑來亞洲分部殺了四個人，甚至其中還有一個是教官。這件事照理來說不是可以鬧得很大嗎？可是調查過後才發現是我們的人先策劃要殺人的，甚至就連教官也有涉案，那我們自然就變得站不住腳了啊。本來這件事就已經毀損我們分部的名譽，也讓分部高官們的面子掛不住了。結果突然又有一個亞洲部員跑出來作證，上面的人難道不氣嗎？」

話是這樣說，但叔叔看上去卻一點也不像有在生氣的樣子。鄭泰義默默地盯著對方，「就算我不出來作證，經過調查，這些事遲早還是會被查出來啊！」

「雖然是有這種可能性，但他們也可以想辦法弄掉幾樣證物，讓這件事陷入羅生門之中。殊不知一切卻被一個才剛進來沒多久的菜鳥搞砸了。你還真的是挺可惡的！」

「但要是不出來作證的話，我可是會死在伊萊的手中啊？」

「上頭哪會在乎你有什麼苦衷啊。」叔叔聳了聳肩，彷彿他也不在乎鄭泰義究竟有著什麼樣的苦衷似的。

鄭泰義只能無奈地看著叔叔。雖然每個機構裡難免都會發生一些舞弊的行為，但他從沒想過自己有一天竟然也會成為受害者。

在他得知自己得被關進地牢裡後，馬上就跑來找叔叔抗議。然而對方不但沒有站在他這邊，反倒還趁機對他進行機會教育。

鄭泰義除了找錯抗議對象之外，同時這也不是一件抗議就能改變的事。

然而鄭泰義自己其實也明白這個道理。他當時會跑過來不是為了要借助叔叔的力量去改變些什麼，只是單純想找個人來宣洩自己心中的委屈與憤怒罷了。

「叔叔……你都不會覺得愧疚嗎？現在這是怎樣啊！自從我來到這座島上之後，無論做什麼事都不順，好像被什麼衰鬼附身一樣。」鄭泰義故意向叔叔發牢騷，「你到底為什麼要帶我來這裡啊！」

然而對方只是嗤之以鼻地說道：「泰義啊，我看你好像忘了耶。我當初會帶你來，是希望你能想辦法提高我們這一方的成績。我必須讓我的上司順利升官才行，但是……

身為我旗下組員的你卻面臨到得被關進地牢的下場，反倒害我方的形象變更差了。你想我又該有多心痛啊？」

「所以誰叫你要把我帶來！」

「好啦，過去的事就讓它過去吧。往好處想，里格勞早就因為有逃亡的可能性，而被關進地牢裡了呢！雖然他怎麼看都不像個會逃亡的人就是了。」叔叔試著要轉換話題。

雖然鄭泰義仍舊不滿地嘟噥了幾句，但他也明白再繼續抱怨下去也於事無補，最終只好默默地吞下這股不滿的情緒。

集訓在事件爆發的當下就被中斷，一直到一天半後的現在都還沒恢復。

鄭泰義此刻才發現，明明昨天被拉去各處約談時還撞見伊萊好幾次，但今天卻連對方的影子都沒看到。叔叔看鄭泰義總算意識過來後，隨即補充道：「他今天早上就被拉進地牢裡了。」

鄭泰義深深地嘆了口氣。他頂多也才晚對方一天進去地牢罷了。因為明天一早，就會輪到他被拉進地牢裡。

由於昨天不停地被上司們約談，他甚至都沒時間回房間，更不用說是好好睡一覺。如今，他就只剩下今晚還能安穩地睡在自己的床上。一到明天，他就只能生活在猶如監獄般糟糕的環境裡了。

「那我要在裡面待多久啊？」

「目前是暫定十天啦，但這也很難說。有可能提前出來，也有可能延後出來。」

「單看可能性的話，應該是後者的可能性更大吧？」

「對啊，本來『可惡罪』的下場就是這樣。」

鄭泰義再次深深地嘆了口氣。然而暫時低頭看著自己腳邊發呆的他突然想到，如果得在地牢裡待上十天的話，那出來的時候與歐洲分部的集訓自然也結束了。

比起在外頭與歐洲分部的人打打殺殺，還不如趁這十天好好地在地牢裡靜養。

「反正你就乖乖進去裡面受苦吧。我會趁這段期間想辦法把你在集訓時跑來我房間的事給處理掉，你也不用太難過啦！」叔叔大發慈悲地說道。

而此時此刻也站在對方房裡的鄭泰義默默地看著叔叔，接著有氣無力地問道：「該不會在集訓期間進出禁止出入的區域也能成為被關進地牢裡的理由吧？」

「所謂的『可惡罪』就是無論是再怎麼細小的理由，都能成為懲戒的原因。」

「也對啦……」鄭泰義又嘆了口氣。

當他還在軍隊的時候，同袍們曾經語帶嘲諷地說過，軍旅生活中最嚴重的罪刑莫過於是可惡罪。而這個道理並不僅限於軍中，就連社會上也通用。

只要被高官盯上的話，無論何時何地都會不斷地被對方找碴。

「明天一大早應該就會有人去你的房間帶你下去地牢了。未來有好長一段時間會見不到你的同伴們，你趕快趁今晚好好地跟他們道別。」

「你不要講得我好像會死在那裡一樣！」

「但偶爾的確會發生這種事啊。去了地牢後，就再也回不來的人……」叔叔面帶微笑地說著不知道是真是假的話。

而鄭泰義瞬間又湧上了想要掐死對方的念頭。

隨後，他無奈地邊搖頭邊轉身。既然已經看過不需要好好道別的叔叔，那他也差不多該走了。畢竟再待下去也只會被對方調侃而已。

「等我回到我的房間後，我要把從叔叔那裡借來的書全都燒掉。」

「嗯……？喂、等一下！我還沒看過那本書耶！書可是無辜的啊……！」

「所謂的『可惡罪』就是無論是再怎麼細小的理由，都能成為懲戒的原因。叔叔不是也很清楚嗎？」鄭泰義幽幽地說完這句話後，便走出了房間。

但偶爾的確會發生這種事啊。去了地牢後，就再也回不來的人……

鄭泰義其實也知道叔叔只不過是在開玩笑罷了。只要不要發生一些無法預料的意外，那十天後他就能再次昂首闊步地走在分部裡了。

然而在他聽見這句話時，腦中卻閃過一個人影。一個十天沒見到會非常難過、既討人喜歡又可愛的男孩。

鄭泰義站在樓梯間，猶豫了一下後又再次轉身。

反正他早就打破了不能進出這個樓層的規定。既然打破一次跟打破兩次都一樣要受罰的話，那他乾脆就繼續我行我素下去；更何況叔叔剛剛都已經答應過要替他解決掉這件事了。

鄭泰義拿出放在口袋裡的對講機。他似乎還能隱隱約約地感受到心路那則訊息所帶來的溫暖。他一邊握住受他體溫影響而跟著發燙的對講機，一邊朝對方的房間走去。

雖然只有短短十天，但在進去地牢之前，他無論如何都想見上心路一面。

在他快抵達心路房門口時，口袋裡的對講機倏地震動了起來。鄭泰義放緩腳步，拿出對講機確認了上頭的訊息。

「泰一哥，你現在在哪？就算很晚才看到也沒關係，請一定要打給我。我會等你的。」

寄件人是心路。看到對方字裡行間中隱藏不住的慌張，鄭泰義不禁疑惑地歪起了頭。心路這麼著急是發生了什麼事嗎？鄭泰義連忙加快了腳步。

其實早在昨天晚上心路就有傳訊息過來了。只不過他當時正忙著在上司間周旋，實在挪不出時間回覆對方的訊息。而今天早上一睡醒，他馬上又被叫去簽署各個大大小小的公文、與根本就不認識的人通話，轉眼一天就快結束了。

在被帶去地牢之前，也就只剩下現在這短暫的時間能跑來找心路。

鄭泰義站在對方的房門口。既然心路剛剛才傳訊息過來，那他現在應該也在房間裡吧？鄭泰義沒有按下門鈴，而是直接敲起對方的門。

雖然敲門聲並不大，但房門很快就被打開了。而心路在看到來人之後，瞬間嚇到瞪大了雙眼。

「泰一哥。」

「嗨，你很擔心吧？」

心路愣在原地，眼睛直勾勾地盯著鄭泰義，彷彿看到了什麼難以置信的畫面。然而隨著對方笑著跟他打起招呼，心路的表情也漸漸緩和了下來。

突然間，他衝上前一把抱住了鄭泰義，「哥！我好擔心你，是真的真的很擔心你！自從聽到你要被關進地牢的消息後，我就完全聯絡不上你了——」

這次換鄭泰義愣在原地。

他低頭看著倏地衝進自己懷中的心路，兩隻手懸在半空中，不知道該往哪裡擺。而緊緊環抱住鄭泰義的心路則是將自己的臉龐埋在對方的肩膀。他看上去就像媽媽被其他人搶走的孩子般，正不安地抱著鄭泰義。

鄭泰義感受著這令人心情愉悅的擁抱，慢慢將自己的手放到對方的背上。他小心翼翼地回抱住心路那柔軟的身體，動作謹慎到彷彿對方是易碎的玻璃似的。

好溫暖。鄭泰義的鼻尖還能隱約聞到心路身上那股淡淡的肥皂香味。他滿臉通紅地將自己的臉靠在對方的秀髮上，那滑順又柔軟的觸感令他心情大好。

心路怎麼能連身體都如此惹人憐愛呢？無論是溫暖的體溫、滑順的頭髮，還是這副柔軟的身體都令人想要好好地疼愛一番。

鄭泰義就這樣失魂地用力抱住對方的身子。

過了好一會兒，鄭泰義才猛然驚覺被他抱在懷中的心路沒有任何反應。他漸漸減輕自己的力道，深怕對方會因為他太過用力的擁抱而感到不舒服。

正當他一邊看著心路臉色，一邊準備要鬆開手臂時，心路馬上加重自己環抱鄭泰義的力道。

他的臉依舊埋在鄭泰義的肩膀上，小聲地開口：「哥，我昨天夢到你了。」

「哦……真的嗎？我好開心！」鄭泰義一邊猶豫該不該再次抱住心路，一邊害羞地答道。

看來心路已經擔心他到就連睡覺都會夢見他的程度。對此，鄭泰義是既感謝又開心。只不過心路看上去好像有些難為情，並沒有接著把話給講完。

難道他夢到了什麼不太好的內容嗎？該不會是夢到我被關進地牢後，就再也不能被放出來的夢吧……

在鄭泰義苦惱著要不要先安慰對方「反正大家都說夢境是現實的相反嘛！」時，心路像是總算下定決心般地說道：「我夢見我跟哥上床了！」

「哈哈，這樣啊？沒關係啦，大家都說夢境是現實的相……」

鄭泰義在聽見對方那有些沉重的語氣後，下意識地笑著安慰起心路。只不過他卻越講越覺得奇怪。好像傳進耳朵裡的內容跟大腦想的不太一樣。

「……」他再次思索起剛剛聽到的那句話。

或許是看鄭泰義一直不開口，心路忐忑地小聲發問：「哥，你覺得很冒犯嗎？

你……不喜歡這樣嗎？」對方的語氣不安到彷彿下一秒眼淚就會掉下來似的。

鄭泰義還沒來得及思考完自己剛剛到底聽見了什麼，馬上就安撫起心路，「怎麼可能！我怎麼會討厭呢！」

然而他卻答得有些心虛。雖然腦中已經漸漸意會過來對方那句話的意思，但他不確定自己到底有沒有會錯意。

心路居然夢到跟我上床。

鄭泰義的臉正慢慢地、慢慢地開始發燙。這股熱意就像從心臟湧上一般，先是臉頰，隨即耳垂和脖子也跟著熱了起來。由於思緒太過混亂，他甚至還能感覺到嘴唇也隱隱發燙。

他再次伸手抱住了心路。嘴唇貼在對方的頭髮上，默默眨著眼睛。這一切太過不真實，他甚至都開始懷疑起自己的理解能力有沒有出錯。

在鄭泰義默默無語地紅著臉緊抱住心路的同時，心路小聲開口：「……哥，那你什麼時候會出來呀？」

「這個嗎……十天後。」

有些結巴的回答完後，心路卻再次安靜下來。

過了好一會兒，一道細微的嗓音就這樣迴盪在鄭泰義的耳邊。

「等哥哥出來後，我們一起去香港玩。然後在那裡……上完床再回來吧！我會去找一間很棒的房間……我們就一起去吧！」

鄭泰義什麼話都說不出來。嘴唇變得僵硬，舌頭就像結凍似的無法動彈。他唯一能做的就只有盯著自己環抱住心路的手發呆而已。

好奇怪，我怎麼會如此心癢？

他總算理解過來對方話語中的意思，只不過心臟卻不由自主地開始發癢。明明他不是第一次與他人發生關係，這也說不上是件多麼大不了的事，但那顆心卻浮躁地令他激動難耐。

「哦……好啊……」

講完之後，鄭泰義才意識到這個回答看上去有多蠢。

明明就可以再答得更帥氣一點的，怎麼不小心就講出了如此笨拙的答案！

他一邊暗自責怪著自己，一邊出力緊緊抱住懷中的心路。而心路見狀也加重了手中環抱住鄭泰義的力道。

噗通噗通。

兩人的胸膛交疊在一起，心臟跳動的感覺鮮明地傳到了皮膚上。然而他們卻分不清這到底是誰發出的聲響，又或許彼此的心跳聲都混雜在其中，雙方都難辭其咎。

他們就這樣一句話也不說地緊緊抱著彼此，默默聆聽對方的心跳。一直到兩人聽見遠處傳來的開門聲後，才連忙躲了起來。

好險對方是往反方向走去。隨著那人的腳步聲越來越小，兩人也不再如此戒備。雙方相隔著半步的距離，呆愣地望著彼此的腳邊。

看著看著，鄭泰義突然笑了出來。不久前好像才發生過一模一樣的狀況。當時兩人因為既尷尬又害羞，所以不敢抬頭望向對方的臉龐。

一想到這，鄭泰義強忍著心癢難耐的感受，緩緩抬起頭看向了心路。而對方也正在看著自己。

或許是沒料到鄭泰義會突然抬頭，心路的臉再次染上紅暈，隨後又露出一個甜甜的微笑。一看見對方的笑容，鄭泰義也跟著笑了起來。

「不知道在地牢裡……對講機還能不能用耶。」

鄭泰義要的也不多，就算不能回訊息也罷。只要能看見心路簡短的問候，他就心滿意足了。

而心路似乎也抱持著同樣的想法，輕聲嘟噥起：「就是說啊。」

不安與哀怨頓時煙消雲散，縱使鄭泰義根本就還沒進到地牢裡，但他卻已經心癢地期待起離開地牢的那天了。

5

地牢

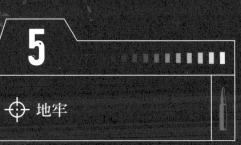

滴答。

進到那個地方後，最清晰的感受莫過於是聽覺。

他能清楚聽見遠處的水滴聲迴盪在耳邊。如果是平時，他或許根本就不會注意到這再細微不過的聲響。然而在視覺被遮擋住的情況下，最靈敏的五感非聽覺莫屬了。

除此之外，觸覺也變得異常敏銳。他伸出手，緩慢地朝四周揮舞了起來。原先只碰觸得到空氣的手，在不知不覺間碰到了一個堅硬又潮溼的物體。

他的右手大概是摸到了牆。而且還是一面長著青苔的石牆。

「……呃啊，這也太過分了吧！現在都什麼年代了，居然還有監獄長成這副鬼樣……」

話還沒來得及說完，後腦杓頓時傳來一陣熱得發燙的疼痛感，以及一聲「啪」的聲響。

「什麼監獄！做錯事被關進來的傢伙就給我乖乖閉嘴。」站在鄭泰義身旁，一名比較年邁的教官不滿地說道。

他拽了一下鐵鍊。霎時，纏在鄭泰義手銬上的鐵鍊便把鄭泰義整個人往前拉。

「等一下，你走慢一點啦！我看不到前面的路！」鄭泰義慌張地大喊道。

在鄭泰義面前的這個人是亞洲分部內所有教官中最年長的一位。縱使UNHRDO並不是一個看重論資排輩的機構，但裡頭的所有人依舊相當尊敬著這位教官。

鄭泰義依稀記得叔叔曾經指著那位教官對他說過：「在我一開始以UNHRDO部員

的身分進來時，那位先生就已經在分部內占有一席之地了。」

比起因為能力不足所以被迫只能待在教官這個位置上，那人似乎根本就不想升遷。而不願意升遷的他目前正負責看管著地牢，偶爾也會去教授分析討論課。總的來說，這位先生著實是一位相當奇特的人。

當鄭泰義被那位教官往前拉去的同時，嘴中也不停地發出哀嚎聲。

然而他並沒有在裝可憐，這也不是玩笑。他是真的看不見前方的路。

雖然牆壁上掛著微小的燈泡，但猛地從明亮的地方被拖進漆黑的空間中，那些燈泡也顯得毫無作用。

鄭泰義現在正位於地下七樓，那個聽說只要進去一趟，出來就會瘦成皮包骨的地牢裡。上次他問叔叔「地牢跟監獄一樣嗎？」時，叔叔還皺起眉頭答道：「那個地方才沒有像監獄那麼糟呢！」

所以鄭泰義一直以為地牢頂多就像禁閉室，抑或是兩坪大的考試院。

但一切根本就不是如此。

這裡不僅僅是監獄，甚至還是一座地下監獄。若是被人權團體看到的話，肯定會馬上群起抗議的程度。

在被教官拖著走的同時，鄭泰義也漸漸習慣了黑暗。雖然那些昏暗的燈泡沒有起到太大的作用，但他已經依稀能看清周遭的模樣了。然而在他轉過頭看向四周的擺設後，他立刻想要修正看法。

若是被人權團體看到，絕對會馬上群起抗議的地下監獄。這還算是太輕微的講法。這裡簡直就是中世紀盛行獵巫時，把人抓進地下室裡拷問的那種環境。甚至這個說法可能還無法百分之百地詮釋出這裡的駭人。

就如同他一開始所觸碰到的那樣，周遭全都是石牆。從外觀上來看，這些石頭就像荒廢了數千年都沒被人整修過似的雜亂與骯髒。而石牆上還覆蓋著潮溼的青苔。

「這個分部到底是什麼時候建的啊？該不會已經有好幾百年的歷史了吧？」

聽見鄭泰義低聲的嘟噥後，走在前方拉著鐵鍊的教官冷笑了一下，「亞洲分部是UNHRDO所有分部裡最晚建成的分部。我們不但根本就還沒超過三十年，甚至每年也會針對分部內的設備進行維修與汰換。一個每天都住在這裡的傢伙居然還問得出這種問題？」

「如果每年都會維修的話，怎麼可能還會出現青苔？」

「你不覺得這個環境配上青苔才對味嗎？這可是我每年辛苦『維修』所換來的傑作啊！」

「……」鄭泰義惶恐地看著那名教官，「該不會當初建造這座建築物時，你就已經在了吧？」

「當然囉，這整棟樓可都是我設計的呢！」

原來就是這位先生啊。

鄭泰義點著頭，借助昏暗燈光看向了教官。他至今都還清楚記得當初第一眼看到亞洲分部外觀時有多震驚。

究竟是花了多少錢，才能讓有著各種最先進設備的建築物外觀看上去如此破舊？明明宣傳手冊上的美洲本部與其他分部都是既華麗又好看，怎麼就只有亞洲分部老舊到像是廢墟般令人不自覺地打起寒顫。

原來這一切的元凶就是這位先生。

鄭泰義抬頭看向前方天花板上倒吊著的鐘乳石，上頭時不時就滴落下好幾滴的水珠，使得石磚地上出現了稀稀落落的水窪。

僅有這麼一條的筆直走道上，兩旁盡是鐵欄杆半開的牢房。而每間牢房也比想像中的還要寬敞，至少也有個五、六坪的程度。

雖然因為燈光昏暗而看得不是很清楚，但欄杆裡的環境似乎並不像外面這麼糟糕。牢房的地板上沒有積水，裡頭也擺放著像抽屜櫃、書桌這類的基本家具。

只不過天花板上僅僅只有掛著一顆小燈泡，要在裡面看書或做其他的事似乎有些難度。鄭泰義唯一慶幸的是好險自己只要關十天就好了。如果要在這種環境中待上好幾個月的話，那他肯定會無聊到想自殺。

而他現在也已經能稍微看清楚四周的擺設，不會再被牆壁上偶爾突出的石雕打中。然而明明感覺才剛走沒有多久，他們卻已經快走到底了。

如果是其他樓層的話，他們至少得再走個四、五倍長的距離，才能看見走廊的盡頭。看來這個樓層也跟其他樓一樣，基本構造是完全截然不同的。

「感覺牢房好像沒有幾間呢。這層樓是不是比其他樓層還要更小啊？」

「這裡有必要建得跟其他樓層一樣大嗎？如果我們要關的人有那麼多的話，哪有資格叫『人力資源培訓機構』啊？」

「啊，也對……」鄭泰義不敢講太多，馬上就識相地閉嘴了。

從教官的話語中可以察覺到，這些多餘的空間可能都被用在其他地方了。

但的確就如對方所說，實在沒有必要把這整層樓都建成地牢。畢竟剛剛一路走來就能發現，牢房裡基本上都是空無一人。

鄭泰義突然想起，集訓第一天就拿著五〇口徑左輪手槍衝進餐廳裡的那個傢伙好像也被關在這層樓的某間牢房裡……如果對方剛好跟伊萊住在同間牢房的話，那肯定會相當精彩。

「既然有那麼多間空房，那被關進這裡的人都是自己住一間嗎？」

「你覺得我們會做這種浪費電費的事嗎？當然是把不會滋事的傢伙們都關進同間牢房裡啊。」

差別也只在於多開幾顆天花板上那小到不行的燈泡而已，是有什麼好浪費電費的啊？鄭泰義拚了命才忍住想要吐槽對方的衝動。

不會滋事的傢伙們嗎？如果是按照這個標準的話，那伊萊肯定是自己住一間吧。一想到這，鄭泰義不禁好奇起自己這十天的室友究竟會是個怎樣的人。

或許是抵達了鄭泰義的牢房，教官猛地停下腳步。這是一間位於最邊間的牢房。然而不知道是不是錯覺，鄭泰義總覺得這間牢房看起來好像特別狹窄也特別陰暗。

只不過他並不在乎這件事。反正再怎麼亮，頂多也只是增加一顆小燈泡罷了。既然這裡已經暗到連書都讀不了，那他自然也沒有什麼其他的事可以做。天花板上的電燈是一顆還是兩顆，對他來說都沒差。

雖然這間牢房的確是窄了一點，但還沒有小到住了兩、三名男子就會嫌太小間的程度。

「好，進去吧。你們都給我好好地在裡面冷靜一下，記得不准滋事啊！」

教官站在不知道是不是故意花錢「維修」成這副鬼樣的老舊鐵門前，一把把鄭泰義踢進了牢房裡。由於手上依舊銬著手銬，所以他跌倒時完全來不及伸手去抓東西，也來不及支撐住自己的身體，直接正面跌在地板上。

「呃……」手肘狠狠地撞上地板，痛得鄭泰義皺起了眉頭。唯一值得慶幸的是地板很光滑，沒有任何的突起物，所以不至於出現擦挫傷，但難免還是會出現一些瘀青。

而他握拳的雙手也因為被手銬銬住而無法動彈，徑直地打中靠著牆壁席地而坐的男子的小腿。雖然牢房裡太黑看得不是很清楚，但對方似乎真的覺得很痛，默默揉起自己的小腿。

「啊、不好意思……」

由於雙手碰不到自己的手肘，鄭泰義只能將手肘靠在腰上緩緩地搓揉跌倒時傷到的地方。同時還不忘要跟對方道歉。

此時，鄭泰義的身後傳來了一聲金屬碰撞的聲音。

「這是手銬的鑰匙，你自己想辦法解開。這裡每天都會附上三餐。如果有什麼需要的東西，就打牆壁上掛著的內線電話。但假如你是要打來亂的話，就給我試試看。」教官洪亮地講完後，馬上轉身離去。

而對方漸行漸遠的腳步聲就這樣迴盪在牢房裡。

「既然要說明，為什麼不講得仔細一點啊……」鄭泰義一邊抱怨，一邊伸手尋找著鑰匙的下落。明明他已經朝著剛剛發出聲響的方向找了，然而指尖卻碰觸不到任何類似的物品。

看來鑰匙在掉到地板後又彈去其他地方了吧。

「真是的，到底是跑去哪裡了啊……」

為了不要落得整整十天都得戴著手銬的下場，鄭泰義馬上擴大範圍找起鑰匙的下落。然而好幾分鐘過去，他依舊沒有摸到任何東西。

雖然不知道確切時間，但體感上感覺已經過去了半小時。一直趴在地板找尋鑰匙的鄭泰義最終也只能無奈地癱坐在地上。

他除了不知道鑰匙到底掉在哪個角落之外，牢房裡還昏暗到連指尖周遭的東西都看不清楚，他實在是想不出其他的方法來找鑰匙。

鄭泰義嘆了口氣，轉頭看向四周。

房間內十分昏暗。天花板上就只有一盞又小又黃的燈泡而已。甚至那顆燈泡看上去好像隨時就要熄滅似的，只能照亮燈泡正下方的環境。而牢房的四個角落全被籠罩在黑暗之中，完全看不見。

房間裡只有剛剛不小心被鄭泰義拳頭擊中小腿的男子一人。他靠在燈光照不到的牢房內側牆壁上，雖然看得不是很清楚，但對方似乎也正在看鄭泰義。

男子的頭上似乎有一個凸出來的置物架，陰影直接遮住了他的臉龐，導致鄭泰義只能看見對方的膝蓋與小腿。

他朝著根本就看不見的男子打起招呼，「我們之後可能得相處一段時間……那你是隸屬於哪個教官底下的小組啊？」

其實他有很多的話題可以選。像是：你是什麼時候進到這裡的啊、你什麼時候會被放出去，還有你是因為什麼理由被抓進來的等等。

雖然鄭泰義也沒有打算在這種狀態下硬是交一位新朋友，但畢竟兩人怎麼說都得相處上十天。如果連個招呼都不打的話，之後肯定會相處得更加尷尬。

其實從對方剛剛一直冷眼旁觀著鄭泰義汗流浹背地找鑰匙卻不願出手幫忙時，鄭泰義就猜到對方肯定不是一個熱衷於社交的人。但如果能遇到一位剛好聊得來的對象，那想必這段時間一定能過得特別快。

然而對方卻沒有回話，徒留鄭泰義疑惑地歪起了頭。

他是睡著了嗎？還是只是單純不想講話啊？

其實鄭泰義能夠諒解對方有些古怪的個性。畢竟如果換他被關在這個鬼地方好幾個月的話，他肯定也會變得木訥與陰沉。

鄭泰義無奈地撓了撓自己的脖子。如果對方不打算講的話，他也不想逼迫男子一定要回答。更何況比起閒聊，他還是趕快找到鑰匙比較實在。

既然剛剛找了那麼久都找不到，那想必鑰匙根本就沒有掉在地板上吧……

鄭泰義一邊嘆氣，一邊拖著因為被手銬牽制住移動也變得困難的身子，趴在地板上找起鑰匙的下落。

就在這個時候，一道低沉的嗓音傳進了他的耳裡。

「鑰匙在鐵門旁的角落，它剛好被卡在石牆的縫隙中。」

鄭泰義猛地停下了手中的動作。然而不僅僅是手，他的全身就這樣僵在原地。

那道聲音是從他的身後，那個跟他被關在同一間牢房裡的男子口中發出來的。對方的聲音並不像他原先想的既木訥又陰沉，反倒還摻雜著些許的笑意。

但是……

「……我還寧願聽見既木訥又陰沉的嗓音……」

明明鄭泰義的這句自言自語應該小到不可能被聽見才對，但對方先是笑了幾聲，接著便針對鄭泰義剛剛那句話答道：「原來你喜歡那種類型的啊？還真特別呢。我還以為你喜歡的是柔弱少年般的嗓音。」

「不管我喜歡的是哪種類型，這些都跟你的聲音扯不上關係。伊萊。」鄭泰義嘆了口氣嘟嚷道。

下一秒，鄭泰義像是發瘋似地跑到鐵欄杆旁，死命地看著外頭。明明他自己也知道這樣做根本就沒有用，但他還是恨不得大聲地哀求教官讓他換間牢房。

我不想跟那個傢伙共用同一間房間！我還想活下去啊！

然而無論他再怎麼用力地在心中大喊，已經消失的教官根本就不可能會突然出現；即便對方真的出現了，他也不一定會順鄭泰義的意，允許鄭泰義換去別間牢房。

因此鄭泰義只能在心底痛罵著那位負責看管地牢的教官。

那個瘋老頭！他明明就說會把不會滋事的傢伙們關進同間牢房裡，那現在這是怎樣？把我跟徒手就能把人給打死的傢伙關在一起，甚至還要待上整整十天，連個逃跑的地方都沒有，我是要怎麼活下去？如果我真的死在這裡的話，我絕對要化作厲鬼待在這間地牢裡搗亂！

在鄭泰義徒勞地緊抓著無論怎麼晃都聞風不動的鐵欄杆時，他猛地感受到身後的動靜。那雙握著欄杆的手漸漸使力，他將全身的注意力都集中到身後。

伊萊緩緩起身，朝鄭泰義的方向走了過來。或許是因為對方光著腳，鄭泰義能清楚聽見腳底板踏在地板上的聲響。

就在伊萊快要走到鄭泰義的正後方時。

「伊——」鄭泰義倏地轉過身，惡狠狠地舉起了拳頭。

然而站在他面前的伊萊卻是彎下腰，摸了摸鐵門旁的角落，接著從中拿出一樣東西準備要遞給鄭泰義。

「手伸出來。」

伊萊的嗓音十分平靜。絲毫沒有鄭泰義原先預期的會突然掐住他的脖子，抑或是將他的手臂給折斷的跡象。

鄭泰義垂眼看向對方手中握著的那樣物品。

由於燈光太過昏暗，他自己也看不清楚那到底是什麼東西。但在燈光的反射下，那散發出些微亮光的物品好像是把鑰匙。

鄭泰義突然想起不久前伊萊才剛說過，鑰匙卡在鐵門旁石牆的縫隙中。

「啊、謝謝。」鄭泰義有些訝異地伸出手。

伊萊見狀直接把手銬翻到了鎖孔的那一面，接著將鑰匙插進孔洞之中。咯噔咯噔，或許是因為生鏽，鑰匙無法輕易轉動。

等一下，雖然很感謝他幫我找出鑰匙。但那傢伙明明知道鑰匙掉在哪裡，卻還冷眼看著我找到滿頭大汗，一句話也不說？我好像不該這樣乖乖地跟他道謝吧？

雖然心情十分複雜，但一看到手銬被解開，鄭泰義還是下意識地再次跟對方道謝。他看著自己重獲自由的手，一邊嘆氣，一邊晃動起被手銬銬到有些僵硬的手腕。

明明只被銬住幾個小時而已，他就已經難受成這樣了。實在很難想像以前那些披枷帶鎖的古人們又該有多痛苦。

一想到這，鄭泰義不禁默哀起那些早就不在這個世界上的祖先們。

只不過……在手銬被解開，身體再次變得自由之後，仍然還有一個問題沒被解決。而這個問題恰巧是最令他頭疼、最危險，同時也沒有鑰匙可以解開的難題。

「……所以未來這十天——我們得住在一起嗎？」鄭泰義緩慢地嘟噥道。

他不曾被關進地牢裡，但在他眼前的這個男人有被關過。至少從這點來看，對方肯定會比鄭泰義還要更瞭解這裡的規矩。

像是可不可以更改已經分配好的室友之類的問題。

「你剛剛不也親口說過了嗎？『我們之後可能得相處一段時間』的那句話。」

「嗯……雖然如此……」

伊萊看著越講越心虛的鄭泰義，不由地輕笑了起來。

而鄭泰義則是嘆了口氣，靠著一旁的牆壁坐下。憂鬱的情緒又再次朝他席捲而來。

畢竟得跟殺了四個人——如果加上之前就已經被他殺掉的人，那這個數字可能會更可觀——的傢伙關在同個空間裡，論誰都會覺得自己的前景堪憂。

「不過我還真的沒想過就連你也會被關進來。那你的罪名是什麼？等一下……」伊萊思考了一會兒，「該不會是可惡罪吧？」

鄭泰義心想，真不愧是有被關過地牢的人，沒想到隨便一猜就被他給猜中了。

然而，要是他直接承認這個罪名的話，也就間接透露出分部內的黑暗面。因此鄭泰義只能故作淡然地說道：「因為我是幫助犯。雖然就連我自己也搞不清楚我到底是幫到了誰就是了。」

從結論來看，犯下罪行的明明就是伊萊。但他卻因為幫助了那些被伊萊殺死的人，而被判定為是幫助犯。縱使鄭泰義自己也覺得這個判決十分不合理，卻找不到一個地方能夠抗議。

伊萊見狀馬上笑了出來，「啊哈，看來就是可惡罪呢。」

「……」

由於可惡罪其實才是真正的主因，因此鄭泰義也不好反駁些什麼。

他用著那少到不行的忠誠心，擺出身為亞洲分部部員就該有的嘴臉朝伊萊問道：

「看來你們歐洲分部就什麼事都很公開透明啊？」

「哈哈，換湯不換藥。都隸屬於同個機構底下，我們是又能正派到哪裡去？」伊萊笑著反駁。他講出了其他歐洲部員絕對不可能說出口的話。

但對方看上去的確也不像會對任何一個團體產生歸屬感的人。仔細一想，就連跟歐洲部員們一起行動時，他也總是隻身一人。

縱使這或許跟他那糟糕的個性進而導致沒人敢靠近他比較有關，但鄭泰義依舊認為伊萊並不是一個會產生歸屬感與忠誠心的人。

而這件事從他能夠毫不猶豫地就殺掉自己分部裡的人這點就能體現出來。

「聽說歷年來的集訓裡，死亡人數最高的那次是死了六個人。這次差點就能破紀錄了。」

「嗯，對啊。沒想到這次只死了五個人。」伊萊滿不在乎地答道，同時還不忘直直地看著鄭泰義。

或許是因為燈光太過昏暗，伊萊的臉看上去又危險了幾分。

鄭泰義已經想好等他被放出去之後，就要去問叔叔當時那六個人是不是都被同一人所殺。因為他怎麼想都覺得伊萊殺死五個人的事蹟，肯定打破了集訓有史以來的紀錄。

「再怎麼說，正當防衛應該也不能拿來當殺掉五個人的理由吧……？」

要不是伊萊有什麼很厲害的靠山，那就是審判的人自己也擔心之後會被伊萊挾怨報復——怎麼想都是後者更有可能——所以才做出這樣的判決。畢竟論誰來看，殺掉五個人僅僅只被關進地牢裡幾天的這個懲罰實在是太過輕微。

明明伊萊肯定也聽見了鄭泰義的嘟囔聲，但他卻沒有回話，只是淡淡地笑了幾聲。過了一會兒，他才又開口：「我在這裡可是待了很久呢。說不定還有教官的年資比我還少。只要在機構裡待得夠久，自然也就知道這裡的運作方式了……而這就是原因。」

鄭泰義皺著眉，疑惑地歪起了頭。

他試著去理解對方那有些摸不著頭緒的回答。然而思索過後，他依舊無法理解那句話的意思。

只不過他卻突然意識到了，或許伊萊並沒有說謊，但他同樣也沒有百分之百地說出實話。

「唉，所以說我最討厭聰明的瘋子。你永遠猜不到他下一步要做什麼，而他每次要做的事又往往令人難以招架。但與此同時，他永遠都會記得先為自己找好退路。」

伊萊看著小聲抱怨著的鄭泰義，倏地發問：「不過現在大概幾點了？」

「嗯？啊——一大早被戴上手銬後，我又再次被教官們審問了一輪，我是問完才被帶來這裡的。既然是這樣的話，那現在應該已經中午了吧？」鄭泰義一邊回想著之前接續進到教官室時看到的時間，一邊答道。

然而在他答完之後，早上的事又一幕幕地閃過他的腦海。使他突然疲倦了起來。

我是不是真的被衰鬼附身了？怎麼會發生這些事。

其實這也不是他第一次湧上這個念頭。自從進到這個地方之後，他就不曾發生過什麼心滿意足的事，反倒是接連發生了一些令他身心俱疲的衰事。

而其中唯一一件比較開心的事也就只有遇見了心路。

一想起心路，鄭泰義馬上將手伸進口袋，緊握著放在裡面的對講機。就這樣默默地把玩了一會兒之後，他一把拿出了對講機。然而上頭卻沒有任何的新訊息。

「這裡收不到訊號。」伊萊看著鄭泰義的動作說道。

隨後，他一邊念叨著：「現在已經是中午了嗎……」一邊起身從固定在牆壁上的置物架裡拿出了一個木箱。

鄭泰義在聽到伊萊的話後，馬上露出了失望的表情，接著又默默地將對講機收回了口袋裡。由於房間內部太過昏暗，基本上很難看清周遭的一切。但在這樣的情況下，伊萊卻像毫不介意似地打開了木箱，翻找著什麼東西。

「你過來幫我一下。」

鄭泰義看對方那一副理直氣壯的態度，先是猶豫了一會兒，隨後才又不情願地站了起來。

他一邊摸著牆壁，一邊朝對方走了過去。而途中還因為不小心踢到地板上凹凸不平的尖角，害他痛得跌坐在地，同時還得死命地憋住痛苦的呻吟聲。

「這監獄弄得亮一點是會死人嗎？再這樣下去，我的眼睛都要退化了啦！媽的。」

鄭泰義握著自己的腳趾痛罵道。

伊萊見狀只是笑著安慰：「只要習慣的話，就能看得比較清楚了。反倒有種進化的感覺。你就再等等吧。」

「如果我真的因為這樣進化的話，那到時候一踏出這間監獄，我不就會被外頭的燈光給閃瞎嗎？」鄭泰義邊抱怨，邊走向了伊萊。

他一屁股坐在對方的旁邊。雖然看得不是很清楚，但他還是將視線移到了箱子之中。在燈泡微弱的光線之下，他看見了像是塑膠盒的東西。

「這是藥箱嗎？」他拿起塑膠盒輕晃了幾下嘟噥道。

而一旁的伊萊先是掏出了某樣東西，在繞了幾圈後，他手上的那樣物品也跟著被攤開。看樣子那應該是條繃帶。想必這的確就是藥箱了。

「你幹嘛突然拿出藥箱？我剛剛踢到的地方還沒有嚴重到要擦藥啊！」鄭泰義一邊說道，一邊接過了伊萊遞來的繃帶。

「啊、對喔。」

仔細一想，其實伊萊也受了傷。

在集束炸彈引爆時，他身上唯一被散彈擊中的地方就是右肩。鄭泰義回想起了當伊萊身上的血漬漸漸乾掉時，就只有他的右肩依舊維持著溼漉漉的狀態。

「你也受傷了。」鄭泰義新奇地感嘆道。

而從藥箱裡拿出一罐藥瓶的伊萊瞬間停下了手中的動作，接著直勾勾地看著鄭泰義。伊萊像是露出了很罕見的表情，但由於燈光太過昏暗，鄭泰義無法看清那究竟是個什麼樣的表情。

然而，或許沒看到反倒是件好事也說不定。

「你到底是把我當成了什麼？」

「這個嗎……我對你的印象就是我看到、經歷過的那個樣子。」

「啊哈，看到、經歷過的那個樣子嗎？但我記得我沒有凶過你。」

鄭泰義看著對方，不禁在心底嘟嚷：看來他還有意識到自己對其他人很凶啊。我還以為他根本就沒注意到這件事，抑或是乾脆裝傻呢。沒想到他心中還有那麼一點良知存在。

伊萊那些凶狠的模樣就像走馬燈般在他的腦海中一一閃過。其中，鄭泰義還親眼目睹過兩次對方親手殺害人的現場。

只不過在這些回憶中，伊萊的確不曾凶過鄭泰義。

陷入回想之中的鄭泰義靜靜說道：「前天當我跑去武道室的時候，你不是有問我，我找你的理由是不是跟那群人一樣嗎？」

伊萊沉默了一下，隨後才緩緩開口：「啊，對啊。」

鄭泰義依舊維持著平穩的語氣，「如果當時我說是的話，我應該就會看見你那凶狠的一面了吧？」接著，他像是自言自語般地補充道：「或許不僅僅只是看見而已，也許我現在根本就無法坐在這裡跟你閒聊著這件事。」

聽見這句話，伊萊反倒笑了出來，「難道你就不覺得去假設一件根本就沒發生過的事很蠢嗎？」

「就算這個假設無法起到什麼實質上的作用，但我可以藉由這個假設從另一個觀點來看我現在所處的情況究竟有多危險。」

「哎呀，泰一，難道你討厭我嗎？」

鄭泰義皺起眉頭看著伊萊語帶笑意地講出這句話。而對方的語氣比起里格勞，似乎更加接近伊萊這個人。

一想到這，鄭泰義連忙搖了搖頭。不管那個語氣比較像誰，都無法改變里格勞和伊萊就是同一個人的事實。

「嗯，這個問題很難回答。但是如果你是我的話，在看到你這些行徑後，難道不覺得討厭你比喜歡你還要更容易嗎？」

「嗯，你這個問題也很難回答呢。」伊萊苦笑說道。

不知不覺，伊萊已經脫下身上的衣服，露出肩膀上纏著的繃帶。而他拆開繃帶的動作看上去十分熟練，想必他之前也曾多次替自己包紮過。

拆下繃帶後，他的肩膀上隨即露出了被染得鮮紅又凹凸不平的駭人傷口。

由於燈光過於微弱，反倒刺激了想像力，使得那道傷口看上去又更加嚇人。

見到此景，鄭泰義不禁咂起了嘴。

伊萊搖晃起手中的藥瓶，接著打開蓋子將裡頭的藥水倒在自己的傷口上。霎時，整間牢房都充斥著刺鼻的消毒水味。

縱使牢房裡暗到看不清楚，但伊萊卻像是早就記熟了各樣物品的位置，毫不猶豫地拿出其他罐藥瓶擺在自己面前。

「嘖……如果是被散彈的碎片擊中，那肯定會化膿吧。分部居然直接把一名傷患給關進監獄裡，他們未免也太狠心了！又不是要讓你的傷口加重，幹嘛急著把你關進來啊？」

伊萊似乎是覺得對方的想法很可笑，「嗯？但有一堆人恨不得我的傷口加重呢。或許這正是他們的目的啊……雖然我也想這麼說，但有一件事你搞錯了。這裡跟你想的並不一樣。」

鄭泰義狐疑地挑起了眉，再次看向四周。暗到幾乎沒有存在感的燈泡、冰冷的石牆與地板，以及潮溼的空氣。無論他怎麼看，這裡的確就是活生生的地下監獄。

「雖然我是不知道在你眼中，我看上去在想些什麼。但這裡跟我想的究竟是哪裡不一樣了？」

「我簡單舉一個例子，像是晚餐時間就會有醫生來幫我換藥了。畢竟機構可是對外宣稱過裡面的福利很好，即便是地牢，他們也得遵守這個承諾吧？」

「福利……」鄭泰義重複了一遍對方的話。他正在思考究竟是自己記錯了福利的意思，還是他眼前的這個男人搞錯了福利的定義。

「在地下監獄裡談論著福利這件事，本身就已經夠矛盾了……。」鄭泰義沉默了一會兒，像是總算想通似地說道，「看來這裡的餐點應該超好吃的吧？」

伊萊猛地大笑了起來，「哈哈哈，對，沒錯。這裡的伙食是真的很棒，這也的確是最重要的問題。只不過第二重要的是這裡定期就會有醫生過來確認我們的健康狀態，並且提供合適的環境。」

「但這種環境根本就不能用『合適』來形容吧？」鄭泰義遺憾地說道。

伊萊的話令他不禁懷疑起對方之前究竟是住在一個什麼樣的環境。或許伊萊的個性之所以會變得如此扭曲，就是因為他從小就生長在一個不幸的環境中吧。

「難道家裡是武器仲介商，生活也會變得不幸嗎……？」鄭泰義歪著頭猜想道。

而聽到這句話的伊萊又再次笑了起來。也不知道究竟是哪裡好笑，他就這樣笑了好一陣子。

與此同時，伊萊熟練地處理起自己的傷口。而那流利的動作也令鄭泰義不禁懷疑起對方為什麼要請他來幫忙。鄭泰義只能雙手拿著被攤開的繃帶，呆呆地看著對方的一舉一動。

伊萊把傷口處理完後，他將自己的肩膀遞到了鄭泰義的面前，「雖然其他事我可以自己完成，但纏繃帶這件事是真的還挺麻煩的。」

「從你剛剛拆下繃帶的動作來看，纏繃帶應該也難不倒你吧？」

「要做當然是做得到啊。但是既然旁邊有個人可以幫我，我何必自討苦吃呢？」

「這倒是。」鄭泰義點了點頭表示認同。

接著他便用相當嫻熟的動作開始替伊萊纏起繃帶。而他靠近一看才發現，那個傷口比想像中的還要更嚴重。傷口深深地凹了下去，就算之後痊癒，似乎也會留下永久的傷疤。

默默纏繞著繃帶的鄭泰義突然一把抓住對方的上臂。他原本還以為伊萊的身材是乾扁的類型，殊不知當對方脫下上衣後，卻比原先預料的還要更加壯碩。縱使手臂上看不出明顯的二頭肌，但實際摸過之後，卻堅硬得好比是鋼鐵。

但仔細一想，這的確也滿合理的。如果這猶如怪物般的男子就像外表那樣弱不禁風的話，這反倒才更不可思議。

而伊萊則是詫異地低頭看著一綁完繃帶，馬上就揉起自己上臂的鄭泰義。

在一陣把玩後，鄭泰義才鬆開了自己的手感嘆起：「真不愧是怪物……」

「哎呀。」伊萊像是有些惋惜地嘟囔道，「看來你是真的很討厭我啊？怎麼可以把一個好好的人講成怪物呢？」

「可不只有我一個人這麼想呢。像我叔叔也叮嚀過我不要跟你有所交集。」

「鄭教官嗎？天啊，虧我們相處了這麼長一段時間。」

有些扭曲事實的鄭泰義在心中默念：叔叔，這種程度的復仇就請你當作是在撒嬌。

畢竟自從我來到這裡後，就不知道被背後捅刀了幾次。偶爾嚐嚐這種被背叛的滋味，對你的人生應該也有幫助吧？他同時還不忘找了個冠冕堂皇的理由來替自己的行為辯解。

然而單就結論來看的話，他講的那句話也不全然都是謊言。況且他沒有一五一十地講出叔叔那句「最好的上策就是不要跟瘋子扯上關係」就已經是他對叔叔跟伊萊間那不知道究竟有多深厚的友誼的基本尊重了。

「你認識叔叔很久了嗎？」

鄭泰義為了體諒病人，主動替對方把藥箱放回置物架上。不過途中卻因為不小心撞到了置物架，害得他又再次痛罵起機構裡那名不符實的「福利制度」。

而伊萊在聽完鄭泰義的提問後，沉默了一陣子。隨後，他才又緩緩答道：「這個嗎……雖然距離我們第一次見面已經過了很長一段時間。但真正開始聯絡起來其實是最近的事。」

「嗯，那你們是怎麼認識的啊？」

「該說是書友嗎？」

一聽見對方的回答，鄭泰義不禁懷疑起伊萊是不是早就跟叔叔串通好了。假如真的是這樣的話，那伊萊的下一句肯定是：「更準確地說，其實是你叔叔認識我哥。」

然而，鄭泰義其實對真正的答案並不感興趣，所以他也不期待對方能夠講出什麼令他感到心滿意足的回答。

「……」鄭泰義突然被腦中浮現的想法給逗笑。

或許是聽見了他的笑聲，伊萊疑惑地問道：「幹嘛？」

而鄭泰義則是邊搖頭邊答道：「沒事。」

其實鄭泰義正在思考，或許他把眼前的這個男人想得太過不平凡了。這也間接導致了他覺得伊萊有哥哥的這件事很奇怪。

或許伊萊有哥哥還比較說得過去。但只要一想到里格勞有哥哥，他就覺得這整件事瞬間變得非常詭異。

然而轉念一想，就連阿道夫希特勒這種人也不是突然就蹦出來的。他肯定有父母，甚至還有可能有兄弟姐妹。或許有那個機會的話，他還會產下兒女也說不定。

只不過在他成為了惡名昭彰的人之後，他有家人的這件事就變得格外難以想像。

「你是不是說過你哥哥是武器仲介商。」

「對啊。前幾年還是我爸負責，但他退休後，就變我哥接手了。而在我爸退休之前，我哥其實也只是個普通的商人罷了。他當時在賣書，主要負責復刊古書。雖然資金全都賠光了，但至少交到了一群很愛讀書的書友。」

鄭泰義點了點頭。他總算釐清了叔叔跟伊萊哥哥之間的關係，也總算能理解為什麼叔叔跟伊萊會說彼此的關係是書友。

「從販賣古書再到武器仲介嗎……但這兩個職業未免也差太多了吧？」

「因為我哥懂得販賣物品的原理。只要懂得怎麼賣東西的話，經商自然也就能成功。就像家附近的雜貨店跟跨國公司，從本質上來說就是同樣的概念。」

「你不是說他把復刊古書的資金都花光了嗎？」

「啊、那個其實是他的興趣啦。他還有另一份正職工作。就像他現在除了販賣武器之外，還有在做其他事一樣。」

雖然鄭泰義找不到理由繼續追問下去，但看起來伊萊哥哥的人生也是一波三折。而這樣複雜的背景，似乎更接近鄭泰義理想中伊萊哥哥該有的樣子。

在鄭泰義點頭的同時，伊萊似乎是坐到全身痠痛，他簡單伸了個懶腰。隨後，他輕輕拍打起自己的脖子、手臂，以及膝蓋等多處後，便從位置上站了起來。

鄭泰義就這樣坐在原地，抬頭觀察著對方的動靜。從這個角度往上看，伊萊看起來真的很魁梧。

或許是因為伊萊的體型過於纖細，所以給人一種沒有很高的錯覺。但實際上當伊萊站在鄭泰義身旁時，他意外地比鄭泰義還要高一些。

「雖然待在裡面，可以從容地運用時間。但場地太小，實在是沒有辦法好好舒展筋骨，搞得我全身都很不舒服。就好像身體裡籠罩著濃霧，始終暢快不起來。」

「所以呢？你打算在這裡跑一百公尺嗎？」

伊萊被鄭泰義的玩笑話逗笑。他接著面對牆壁，開始打量起適當的距離。

「在裡面跑個十圈，大概就是一百公尺的距離。但如果真的打算要好好運動的話，比起賽跑，慢跑應該更合適吧？假使要跑個十公里，那麼至少得繞一千圈。」

「我看我會先量過去吧。」鄭泰義說道。

一旁的伊萊在估算完自己跟牆壁間的距離後，下一秒，他突然雙手撐地，將身體倒立過來。他藉由腳尖輕輕碰觸著牆壁來維持平衡。

而坐在地板上的鄭泰義直接就與倒立的伊萊四目相交。

「那我簡單做個一百下就好。一──二──」

鄭泰義眉頭緊皺地看著對方以奇怪的姿勢開始做起了伏地挺身，「喂，不要做了。你的肩膀不是才剛受傷嗎？即便醫生晚上就會來了，你也不要這樣吧。」

「謝謝你的關心。但我的右手幾乎沒有施力，所以沒事的。為了保持平衡，我還特地將腳靠在牆壁上了。五──」伊萊一派輕鬆地說道，同時還不忘繼續數著伏地挺身的次數。

聽完伊萊的話後，鄭泰義馬上以一種彷彿在看怪物般的神情看著對方。而他的腦海裡其實也浮現了同樣的念頭。

沒想到伊萊除了想法像瘋子外，就連身體也像個怪物。他還真的是一個從頭到腳都很難對付的對手啊。

鄭泰義多少能夠理解伊萊口中那個「福利」所代表的含義了。

傍晚時分，等負責醫務的雜務官——原本鄭泰義還以為對方只不過是待在醫務室裡，負責拿現成的藥給大家用的雜務官。殊不知對方其實也有醫師執照——來到牢房時，他才總算體悟到機構內的福利具體來說是指什麼。

雜務官走進牢房時，一邊念叨：「我真的好討厭來這裡。每次來的時候，總有一種把自己的頭伸進猛獸籠子裡的感覺。」一邊摸索著內線電話附近的牆壁。

剎時，一道亮光猛地照亮了牢房。雖然還不到照亮整間牢房的程度，但跟剛剛比起來已經算是相當明亮了。

而那微微的亮光是從角落裡的某扇門中照射出來的。仔細一看，那扇門其實是一扇快接近不透明的玻璃門。

早已習慣黑暗的鄭泰義，對於這道細微的亮光已經非常滿意了。但雜務官似乎是覺得還不夠，他邊嘟噥著：「這裡的設備真的很搞笑耶。」邊打開了那扇玻璃門。

門的裡面是浴室兼廁所。雖然裡頭有著劃分區域的隔板，但由於那個隔板也是玻璃製成的，所以實際上並沒有起到什麼太大的遮擋作用。

「我真的好好奇。那位先生到底是出於什麼樣的想法，才會設計出這樣的環境啊……」鄭泰義啼笑皆非地碎念道。

與此同時，他還不忘惡狠狠地瞪了伊萊一眼。當鄭泰義趴在地板上，拚命尋找著鑰匙下落時，伊萊若是能簡單提醒一句浴室燈開關的位置，抑或是直接幫鄭泰義開燈的話，他也不會落得全身上下都充滿著碰撞瘀青的下場。

而走到浴室門口坐下的伊萊似乎也看穿了鄭泰義的想法，只不過他仍舊打算繼續裝傻。浴室內的燈是雪白的白光燈泡。由於眼睛已經習慣了黑暗，無法瞬間適應這有些刺眼的白光。鄭泰義選擇先跑去牢房裡的角落，讓自己的眼睛能夠慢慢適應這道亮光。

他緩緩地環顧起牢房的四周。裡頭無庸置疑的肯定比鄭泰義的私人室還要空曠許多。牢房裡沒有床跟衣櫃等家具，僅僅只有床墊、小桌子和簡單的櫃子。

而浴室裡也是如此。雖然盥洗時會用到的設備都有，但也就僅此而已。只不過若是拿監獄來比較的話，這裡的確是比想像中還要更奢華一點。

「如果這也算是『福利』的一種，那這裡的確還挺不錯的。」

即便這裡的「福利」跟普遍大眾所認知的福利不太一樣，但至少環境是真的還挺不賴的。

漸漸適應起這道亮光的鄭泰義將視線移到伊萊身上。雜務官拆下了繃帶，正在端詳著伊萊肩膀上的傷口。

看到映照在白光底下的傷口後，鄭泰義瞬間皺起了眉頭。

縱使他剛剛已經趁燈光昏暗時粗略地看過了，但映照在充足燈光下的傷口卻比他原先預期的還要更加嚇人。伊萊肩膀上的肉就像被人拿茶匙一勺一勺亂挖一通似的，呈現出了凹凸不平的駭人景象。

不過最令人意外的莫過於是傷口居然都沒有化膿或感染。

「傷口嚴重成這樣，他還能正常生活也是很不簡單耶……」鄭泰義嘆氣嘟噥道。

他的腦中甚至一度閃過「伊萊真的是人嗎？」的念頭；然而就算對方真的是人，鄭泰義也很確定伊萊跟他絕對不是同一個人種。

雜務官在聽到鄭泰義的話後，簡單點了點頭表示認同。

而坐在雜務官對面的伊萊則是眼帶笑意地說道：「是嗎？但是在我看來，如果你被逼到一個不得不這麼做的境界，這種程度的疼痛你應該也會覺得不痛不癢吧。」

「謝謝你那麼看得起我（雖然我把你當成野獸在看），但我剛好最怕痛了。就算真的能忍住，我也無法泰然自若地倒立做仰臥起坐啊！」

「什麼？你居然倒立做仰臥起坐？」一旁的雜務官大喊道。而伊萊只是默默地轉過頭，徒留雜務官一人不斷地念叨著。

鄭泰義頓時覺得那位雜務官很可憐。人生中要遇到一位讓自己醫治的價值一文不值的患者著實也不容易，更何況雜務官剛剛進到牢房前還說過：「每次來這裡總有一種把頭伸進猛獸籠子裡的感覺。」

想必在他開口講出每一句話之前，都會擔心那頭猛獸會不會突然衝上前咬掉他的腦袋。但那名雜務官此刻卻板起臉來念叨著伊萊，想必他也是鼓起了很大的勇氣。

治療馬上就結束了。其實早在伊萊被關進地牢之前，就已經有先動手術把比較嚴重的傷口縫合起來，所以現在要做的就只剩下簡單的換藥。

或許是因為伊萊本身就是個健康到不可思議的人，所以縱使當初傷得再怎麼嚴重，傷口也都沒有惡化的跡象。

雜務官看到似乎也覺得十分意外，一邊搖著頭，一邊感嘆道：「沒想到你居然恢復得這麼快耶……」

而聽到這句話的鄭泰義更加確信了自己腦中的想法。他原本就認為伊萊從品性上來看就是一個人間失格的人，沒想到對方連恢復力、體力和健康也全都「人間失格」。

這也讓鄭泰義再次埋怨起了把他跟那名連人都不是的傢伙關在一起的先生。

「那我就先走了，我明天會再來幫你換藥的。如果有什麼事就用內線電話聯絡我。」雜務官簡單交代完便準備要離開牢房。

鄭泰義見狀連忙問道：「那位先生什麼時候還會再來啊？」

「哪位先生？你以為這裡只有一、兩位先生啊？」

「就是那位把我關進這裡的教官！」

「啊——除了把人關進來或帶出去之外，他基本上就不會再過來了。他的校尉會負責幫他看管關在這裡的人。像剛剛不也是校尉來幫你們送飯嗎？」

「對啦，但是……那麼我在離開這裡之前，都得跟這個連人都不是的傢伙關在一起嗎？」鄭泰義抓住雜務官的衣領，壓低聲量問道。

雖然牢房不大，伊萊肯定還是會聽見他們的對話。但多少有些愧疚的鄭泰義還是無法直接當著對方的面討論這件事。

而雜務官像是能夠體會鄭泰義的心情，露出了惋惜的表情，搖頭說：「還能怎麼辦，這就是你的命啊。反正時間也不長，你就好好撐過去吧！而且之前不是還有傳出有人類小孩是喝山中狼群的奶水長大的嗎？」

雜務官講完令鄭泰義一頭霧水的比喻後，便徑直地走出牢房。而對方仔細鎖上鐵門的模樣看上去格外惹人厭。

「好，那就明天見囉！」

雜務官語音剛落，鄭泰義猛地抓住鐵欄杆著急問道：「心路呢？」

「什麼？」

「心路，他過得還好嗎？」

雖然兩人負責的領域不同，但同樣身為雜務官，他們每天還是會見到彼此。就如同部員間多少都會有所交集似的，雜務官間也有一定的交流。

縱使站在鄭泰義面前負責醫務的雜務官通常都跟醫官們混在一起，但每天晚上所有的雜務官們都會一起開會。所以對方每天至少會見到心路一面。

正準備要離開的雜務官在聽到鄭泰義的問句後，便以複雜的表情看著對方。鄭泰義冷不防地抖了一下，馬上回以「你幹嘛這樣看我啊？」的眼神。

「你昨天晚上不是才剛見過心路嗎？我最後一次見到他是昨天傍晚開會的時候。跟我比起來，你見到他的時間反倒更近。我才想問你，心路過得還好嗎？」

「……」

鄭泰義原本想要問對方是怎麼知道他去找心路的事。但後來仔細一想，他才想起那名雜務官的房間剛好在心路隔壁。雖然他也不知道走廊上的閒聊聲會不會傳到房間裡，但如果是昨天晚上的對話……一想到雜務官有可能聽見了那個內容，鄭泰義的臉就猛地發燙。

這裡的隔音效果這麼好，他應該不會聽到吧？就算真的聽見了，那或許也只能分辨得出是誰的嗓音，而聽不見內容吧？

「洗完澡要回房間時，你們兩個偏偏站在走廊上卿卿我我。請問我是要怎麼回房間？唉，反正你自己好好加油，想辦法早點離開這個地牢吧！」雜務官面無表情地激勵完鄭泰義後，直接轉身離去。

而鄭泰義唯一能做的就只有緊抓著鐵欄杆，僵在原地看對方遠去的身影。

媽的！原來他都聽見了。結果他剛剛還裝得一副不認識我的樣子，真的是有夠狡猾耶……

雖然鄭泰義常常忘記這件事，但這裡畢竟是人才培訓機構。即便是剛剛那個狡猾的雜務官，也是外面眾多企業都搶著要的人才。

自從進到這個地方後，鄭泰義就改變了他對於占社會少數「菁英」的印象。他原先還對於那些被稱作菁英的人才抱有一些憧憬與期待，只不過在看到那群人才們太過真實的一面後，那些憧憬與期待自然而然也就消失殆盡了。

鄭泰義一邊嘆氣一邊轉身。而他剛好就與依舊坐在開著燈的浴室前，直勾勾地看著這個方向的伊萊四目相交。

「心路是嗎？看來你跟那可愛的男孩處得很好嘛。」

鄭泰義皺起眉頭，沒有回話。他的警戒心猶如本能般地再次冒了出來。縱使兩人都被關在這個地方，他根本就不用擔心伊萊會去對心路下手。但只要一聽見對方口中冒出心路的名字，他的神經就會變得異常緊繃。

「既然你不希望我干涉你，那也請你不要干涉我。這樣才公平，不是嗎？」

「公平嗎？但這對我來說很不利吧？等我從這裡出去後，集訓就結束了，我就得馬上回去歐洲分部了。」

對啊！

鄭泰義的表情稍微放鬆了一些。雖然他也知道這件事，但一不小心就忘了。

伊萊說的沒錯。鄭泰義都得被關上十天了，對方怎麼可能會比他還要更早離開地牢。假如真的發生這種狀況的話，就算沒有什麼實質上的作用，鄭泰義也打算一一去「拜訪」總管、次長以及每位教官們，跟他們抗議這件事。

他一邊點頭，一邊自言自語道：「沒錯，離開地牢後，他就不可能繼續待在這裡。而靠著他那猶如野獸般的恢復力，想必到時傷口也好了，不用待在這裡靜養。」

聽到這句話的伊萊瞬間露出了苦笑，「那句話也太過分了吧。怎麼可以把人當成猛獸呢？」

「我不記得我有把你形容成像猛獸這麼可愛的動物？」鄭泰義滿臉嚴肅地答道。就算把伊萊跟一群猛獸關在一起，伊萊肯定也能存活下來。甚至當他肚子餓的時候，或許還會徒手抓起那群猛獸的屍體做成生拌料理來吃也說不定。

伊萊笑著別過了頭，沒有繼續回話。他似乎是在確認肩膀上纏著的繃帶，輕輕拍打了兩下後，他一邊伸著懶腰一邊站了起來。隨後，走到床墊旁斜躺了下來，並伸手拿起放在小桌子上的書。

就算浴室裡的燈光足以讓他們分辨周遭環境，不至於撞上東西，但這種光線是絕對無法看清書本上的字。鄭泰義疑惑地歪起頭，牢房裡昏暗到他連對方手上那本書的書名都看不見。

「在這裡看書的話，眼睛會壞掉吧？」

無論伊萊的身體構造再怎麼神奇，只要他還是人類的話，那視力肯定多多少少會受到生活習慣上的影響。雖然成年之後，視力就不太會有大幅變動，但在這麼昏暗的地方看書，對眼睛自然是有損無益。

而伊萊則是淡然地將手伸往床墊附近的牆角處。不過一會兒，床邊牆上鑲著的一盞小燈就這樣亮了起來。縱使那道燈光說不上非常明亮，但已經足以讓人看清書本上的內容了。

鄭泰義見狀，有些厭煩地問道：「這裡……除了那盞燈以外，還有我不知道的照明設備或是其他生活上不可或缺的設備嗎？」

「如果是照明設備的話，那應該就只有這些了吧。至於生活上不可或缺的設備……這裡面還有空調系統，但因為是中央空調，所以我們不能自己去更改溫度。除此之外的我就不太清楚了。畢竟這裡也不是我設計的，我怎麼會知道對設計者來說還有什麼需要的設備隱藏在哪個角落呢？」

聽完這句話後，鄭泰義再次在心底痛罵起了那位先生。對方還真的是一位相當怪異的老頭。或許那名先生遲遲不升遷，並不是因為他不想，而是性格太過怪異才導致上頭的人不願意讓他升官也說不定。

UNHRDO，也許這個地方比鄭泰義原先預想的還要更加糟糕。除了裡頭的部員們很令人跌破眼鏡之外，就連教官都怪怪的。假如他之後平安地離開這裡，在生活中遇見有人想要進來UNHRDO的話，他絕對要勸對方好好地深思熟慮一下。

鄭泰義邊搖頭邊起身。既然已經解決了太過昏暗的問題，內部的設備也比想像中還要完善，那他也是時候該去洗個澡了。畢竟他的身體已經有三、四天沒有碰過水。

然而鄭泰義這個情況其實還算輕微的。他的同伴們之中，甚至還有一堆人打從集訓開始後，就不曾靠近過浴室周遭。

……但其實他也多少能夠理解那群人的想法。畢竟集訓一忙起來，真的是會累到懶得走去浴室。只不過他還是不能忍受那些懶到直接在床旁邊洗手檯上小便的人。

鄭泰義不禁暗自下定決心，若是等到下一次換房間時，他絕對不要跟阿爾塔當室友。

「不過內褲在哪啊？」鄭泰義翻找著牢房裡的櫃子問道。

「內褲？」正在專心看書的伊萊聽到這句話後，馬上露出疑惑的表情反問。

看到對方那奇怪的反應後，鄭泰義更加疑惑地看著伊萊，「他們應該會附上內褲吧？我凌晨被拖出來後，就沒有時間回房間收拾行李了。那個先生也沒有多叮嚀些什麼。既然這樣的話，那不就代表他們會主動附上內褲嗎？」

「這裡唯一會提供的衣物就只有衣服而已。但如果你硬要把毛巾看作浴袍的話，那毛巾可能就是唯二會提供的衣物了。」

鄭泰義呆呆地愣在原地。如果裡面只提供衣服的話，那就是指伊萊跟他現在身上穿的那件猶如囚服般的寬鬆灰色運動服。

仔細回想，當他從櫃子裡拿出這件衣服時，他並沒有看到裡面放著其他的衣物。而鄭泰義原本還以為那些衣服只不過是放在其他櫃子裡罷了。

「……那你有帶行李來嗎？」

「身為參考證人的你都沒時間收拾東西了，身為當事人的我又怎麼可能會有時間帶行李呢？」

「那你現在穿什麼？」

「當然是沒穿啦，你想看嗎？」伊萊像是覺得很可笑似地作勢要拉下褲子。

鄭泰義見狀連忙皺起眉頭，拒絕對方，「不用了。我不想看見那麼恐怖的東西。」

「什麼恐怖，你還真過分呢！講得好像你上廁所就不會看見那根恐怖的東西。」

「我的跟你的比起來算是相當可愛又討人喜歡的尺寸。請不要隨便把那種嚇人的東西拿來跟我的比較好嗎？」鄭泰義邊說邊覺得好像有哪裡怪怪的，但他依舊面不改色地把話說完。

他想起前幾天不小心在海邊撞見了伊萊的裸體。鄭泰義合理地懷疑那些跟伊萊上過床的人是不是都只剩下半條命了。

而這也是他當時為什麼會一直以憐憫的眼神盯著那名青年看的原因。那名男子看上去十分瘦弱，但他的嘴巴卻沒有因此被伊萊那大到不可思議的陰莖撐破，真的是非常不簡單。

一想到這，鄭泰義不禁默默地為所有跟伊萊上過床的人獻上深深的哀悼。

伊萊似乎是覺得鄭泰義的話十分好笑，就這樣笑了好長一段時間。而鄭泰義則是直接放棄穿內褲的念頭，轉身走進了浴室裡。

真是的，為什麼偏偏想起了不該想起的事啊！

漆黑的海岸邊，只有微弱的燈光照亮著那帶有威脅性的軀體；對方蠻不在意朝自己走過來時那股壓倒性的氛圍；或許是因為正好做到興頭上，那股汗味與體味融合在一起，令他快要窒息。

對方強烈的生命力，令同樣身為雄性的他下意識地想要夾著尾巴離開對方的領域。

鄭泰義看向了浴室牆壁上的鏡子，裡頭映照著他再熟悉不過的人影。無論去到哪，鄭泰義都不是個會畏縮或產生自卑感的人。雖然他的身材說不上有多好，但至少不會輸給一般男性。

不，其實他的身材已經好到直接坦然地露出上半身給其他人看，也不會覺得不好意思的程度。

然而外頭那個男人的身材卻是好到不可思議。鄭泰義原本還以為對方看上去那麼瘦弱，脫下上衣後肯定也是個白斬雞。殊不知一切卻恰恰相反，實在是太犯規了。

鄭泰義走進淋浴間。不過一會兒，一道溫暖的水柱就這樣淋溼了他的身體。從頭頂灌下的溫熱流水洗盡身體的疲勞，一切舒服到就像要融化似的。若是這十天裡每天都能泡在溫暖的熱水中，那肯定是再幸福不過的享受。只可惜這裡面並沒有浴缸。

然而光是能夠在這猶如監獄般的環境中洗上熱水澡，本身就已經是件相當奢侈的事了。

「但是這樣不就失去了關在這裡的意義嗎?牢房裡反倒比外面還要更安逸與舒適?」

「這會影響到評分。只要你進過地牢，之後就很難被分配到好的地方。」

不知道對方是什麼時候跑進來的。當鄭泰義被這突如其來的回答嚇到轉過身時，伊萊已經出現在玻璃隔板的另一側。對方一邊站在馬桶前小便，一邊泰然地看向了鄭泰義。

「所以那些想要去到特定地方的傢伙，以及想被大企業重金禮聘的人就會格外在意自己的成績。這幾天跟他們相處下來，你難道都沒有察覺到嗎？他們之所以會認真聽課、會想要在對練或訓練中獲勝，這些都不是因為求知欲或勝負欲，而是為了得到好成績。但除了這種類型的人之外，自然也是會有隨便、隨性度日的傢伙存在。」

「你在說你自己嗎？」鄭泰義皺著眉頭，開始搓揉起自己的身體。

雖然淋浴間外的洗手檯上放著一顆肥皂，但由於伊萊剛好就站在洗手檯的旁邊，鄭泰義實在是不想走過去。最終他只好用清水搓揉身體，同時暗自咂嘴。

其實之前在公共浴室時，就很常發生當他在洗臉，旁邊有人在上廁所，另一邊還有人在洗頭的情形。然而這種情況無論遇到了多少次，鄭泰義始終都無法習慣，也覺得有些不悅。

尤其是當對方還用一種很感興趣的表情盯著他看時。

「哈哈，雖然我很隨性，但我不會隨便度日。縱使我進出地牢那麼多次，但我的功績可是多到數不清。這也導致有一堆人正準備要來跟我談升遷的事，即便我根本就不打算要升官。」

「升遷？我還以為UNHRDO的部員不能藉由升遷的制度當上教官耶？」

「正常來說是這樣沒錯。畢竟得達到一定的條件，才能當上教官。而身為一名普通的部員，通常很難集齊那個條件，要不是我很常出去幫忙辦事，可能也無法升遷吧。啊、對了，你叔叔原本也是部員啊。」

「好像是吧⋯⋯但是。」鄭泰義話說到一半又再次安靜了下來。他感覺到一股相當露骨的視線正在盯著他看。

鄭泰義馬上轉頭，直勾勾地瞪著對方，「你在看什麼？」

「沒有啦，我只是在想⋯⋯以你的身材，無論去到哪都很吃香吧？泰一，你應該很受歡迎喔！我想那個男孩或許會被你迷住也說不定。」伊萊笑著說道。

而鄭泰義則是露出了不解的表情看著對方。他剛好撞見對方把性器收進褲襠裡的畫面。見到此景，他不禁有些惶恐地想著，如果伊萊掏出自己的陰莖打人的話，對方肯定會瞬間被他打死吧。而有著這般「凶器」的人，卻來稱讚他的身材？

其實早在軍隊時，他就受夠了一群男人們拿性器大小來評斷男人味高低的作法。當他看到那些人討論著誰的陰莖比自己長一公分、短一公分時，只覺得他們十分可笑。他猜不透性器的大小到底有什麼實質上的意義。

而當他的朋友聽見他的這句抱怨時，只是笑著說：「那是因為你有達到平均尺寸，所以才講得出這種話啊！」

然而，在鄭泰義看見伊萊的性器後，他才總算能夠理解那些看到別人陰莖大小而喪失信心的人是什麼樣的心情。因為就連他這個原本完全不在意這種事的人，也會因為對方那露骨的視線而下意識地想遮住自己的身體。

鄭泰義直接擺出不爽的表情瞪著伊萊，但對方依舊不為所動。由於直接叫對方不准盯著自己看也很奇怪，鄭泰義最終只能一邊皺眉，一邊走出淋浴間，拿起毛巾開始擦乾自己的身子。

隨後，他瞥了一眼依舊站在原地不動的伊萊，「既然你都上完廁所了，幹嘛還不出去啊？你是第一次看到別人裸體喔？」

「雖然我很常看到別人裸體，但我是第一次看到你這樣啊……不過，我可以問一件事嗎？」伊萊笑著問道。

鄭泰義狐疑地盯著對方看了好一陣子後，才不情願地點了點頭。

「你是不是還沒跟那個男孩睡過啊？那跟其他人呢？你有做過愛嗎？」

鄭泰義瞬間皺起眉頭。這個問題實在是太過私人了。他才在想為什麼伊萊會這麼有禮貌地先徵求他的意見才發問。

他咂了咂嘴。他當然有過性經驗。雖然鄭泰義不知道對方在這方面是不是也異於常人，但他性經驗的次數是絕對不會低於平均值，甚至還高過平均值的程度。

「我有做過。」

「跟男人嗎？」

「對。」

聽到鄭泰義簡短又冷淡的回答後，伊萊反倒笑了出來。「對了，我們之前通電話時你好像就講過，你在性方面偏離了道德……」他接著問道，「所以你都是跟喜歡的類型，像那男孩那樣的傢伙上床嗎？」

鄭泰義一邊想著對方還真的是什麼都問，一邊點了點頭。

雖然剛剛已經用乾毛巾擦過身體了，但上頭依舊殘留著些許的溼氣，讓鄭泰義不是很想直接穿上衣服。其實他並不介意直接將毛巾圍在重要部位就走出浴室，只不過一想到要光著身子待在那個危險男人的面前，他就覺得有些不安。彷彿有種赤手與猛獸對峙的感覺。

然而仔細一想，那個男人徒手就能輕易地把人殺了。就算鄭泰義手中握有武器，也不一定能夠打得贏對方。

先生，你真的選錯人了啦！怎麼可以把我跟這種傢伙關在同一間牢房裡。你還不如把他跟那個在餐廳裡掏出五〇口徑左輪手槍的瘋子關在一起！

「畢竟人都是有喜好的啊。雖然我偶爾也會抱一些身材很好的傢伙，但還是瘦小的人抱起來更對味。」

「啊哈……所以你沒有被別人上過囉？」

鄭泰義停下了拿起衣服的動作，以一個詭異的眼神瞥了對方一眼後，便徑直地走出了浴室。淺灰色的運動服——準確來說，其實是因服才對——因為身上殘留的溼氣，而無法順利地穿上。

「我剛剛就說過了，每個人都有他的喜好。我就是對那方面不感興趣，也沒考慮過。」鄭泰義淡淡地說道。

其實他對這件事有個小小的創傷。雖然他自己也記不清楚確切的時間點，但好像是他剛進到高中時的那個初夏。

當時因為體育老師請假，所以他們就跟高一屆的學長們一起踢足球。等到體育課一結束，他馬上脫下上衣，跑到水龍頭旁簡單地沖洗身體。那時有位學長站在他身後幫忙潑水，在他道謝完，默默地享受著這股涼意時，他感覺到有一雙手摸上了他的腰與背部。

他原本只把這件事當作是一個意外。殊不知沒過多久，事件就發生了。

在那之後，那名學長常常找理由請他吃飯、買飲料給他喝，雖然他也想過他們之間似乎還沒熟到需要一直請客的程度，但他當時也只是把對方當作是一名過於親切的學長罷了。

正式進入夏天後的某一天，當他躺在體育倉庫裡的軟墊上打瞌睡時，那名學長突然衝過來撲在他的身上。

縱使鄭泰義比那名學長還高，但因為那人曾經練過柔道，所以對方的體型至少比鄭泰義壯碩個一點五倍。無論鄭泰義怎麼閃躲，都躲不開對方的壓制。

此時，那名沒資格被稱作學長的垃圾就把自己的手伸進鄭泰義的衣服中，開始四處搓揉了起來。被對方動作嚇到的鄭泰義才不管對方是不是比自己年長，直接一拳打在那人臉上。隨後不管那個垃圾的叫囂，馬上逃離了現場。

而事件發生後，他就再也沒有理過那個人了。

其實早在那個時期，鄭泰義就已經知道了自己的性向。比起女生，他更想要跟男生發生關係。

只不過也是因為那名學長，才讓他意識到每個人都有自己的喜好。

他既不想被那名學長上，也不想上那名學長。那個人對他而言就只是個前輩，一個他所認識的人罷了。

仔細一想，當時那名學長也只不過是個對愛情還懵懵懂懂的高中生而已。就是因為對愛情太過生疏，才會在還沒確認對方是不是也喜歡著自己的前提下就魯莽出手。

鄭泰義只希望對方現在能遇到一個同樣喜歡著他的戀人。

一想起那段苦澀的回憶，鄭泰義不禁搖了搖頭。霎時，一股不祥的預感猛地出現在他的腦海。

他轉過頭看向了伊萊，「你的喜好不是剛好跟我重疊嗎？」

「什麼？」

「像當時在海邊的那個男生啊！你不是也喜歡瘦弱又柔軟的人嗎？」

「其實我沒有特意挑過，但那種傢伙的確是更好撲倒啦。抱起來也特別有感覺。」

伊萊點了點頭同意道。

「也對……」鄭泰義放心地鬆了一口氣後，嚴肅開口：「我醜話先說在前頭，我不喜歡像你這樣的男生。我對抱一個比我還要高大的男人不感興趣。所以你可千萬不要妄想我會跟你上床。」

聽完對方的話後，伊萊馬上露出不情願的表情，默默地看著舉起食指認真警告自己的鄭泰義。

鄭泰義見狀，馬上又補上一句：「不要用那種眼神看我，不行的事就是不行。」

伊萊目不轉睛地盯著鄭泰義看了好一陣子後，突然大笑起來。

「你幹嘛啊？」

被人一直盯著看就已經夠不爽了，沒想到對方居然還看到笑出來。論誰遇到這種事，肯定都高興不起來。

鄭泰義皺起眉頭，靜靜地看著對方。伊萊就這樣笑了好長一段時間，甚至最後還笑到無力，直接靠在牆壁上。

過了好一會兒，他才總算止住笑意，擺手說道：「啊，好啦！我會記住這件事的。」

信任。

「嗯。」得到對方肯定的答覆後，鄭泰義點了點頭。只不過他的眼神裡卻充滿著不信任。

在他表明伊萊不是自己喜歡的類型後，對方竟然笑得這麼開心。一方面除了放下心中的大石之外，同時也覺得自尊有點受傷。

監獄生活意外地還挺不賴的。

鄭泰義原本以為這裡的環境頂多就跟禁閉室差不多。可是在聽到同伴們那句「只要進去地牢一趟，出來就會瘦成皮包骨」的話後，他才開始擔心起裡面的環境。

然而在他真正進到地牢裡後，他才發現這裡簡直就是安心休養的天堂。

鄭泰義實在搞不懂待在這種地方是要怎麼瘦成皮包骨。難道那些人是故意絕食抗議嗎？而在進到地牢裡好幾天後，無意間聽到這個疑問的伊萊才好心替他解答：「你是託你叔叔的福才能來到比較舒適的牢房。地牢裡總共分成兩種牢房，一邊是像我們這樣單純被拘留的房間，另一邊才是真正的『地牢』。」

聽完伊萊的話後，鄭泰義才想起自己剛來到地牢時的那個畫面。

當他抵達地下七樓，電梯門一打開時，映入眼簾的總共有兩扇門。那兩扇門長得一模一樣，都是被漆成暗黑色的鐵門。而鐵門後頭的環境看上去都差不多，給人一種既昏暗又陰鬱的感覺。

現在回過頭來看，想必那兩扇門隔開了天堂與地獄吧。

看著天花板陷入沉思的鄭泰義猛地轉過頭朝伊萊問道：「那你為什麼會在這裡？」

鄭泰義之所以能夠享有特權，那是因為他是無辜被捲入這起事件的受害者。但是伊萊殺了好幾個人——雖然他主張這是正當防衛——卻還能生活在這麼舒適的環境中，這未免也太不公平了。

伊萊聽到鄭泰義的問句只是輕笑一下，隨後講了一句似真似假的答案：「那是因為我的背景很硬啊。」

「所以你也沒有進去過真正的『地牢』裡嗎？」

「嗯——我只有進去過一次。」

「是嗎？那你為什麼會被關進去啊？」

鄭泰義突然好奇起，就連殺了好幾個人都不會被關進「真正的地牢」裡，那他究竟是犯下了什麼樣的滔天大罪，才會被關進去呢？

然而伊萊這次也沒有正面回答，只是揚起了微妙的笑容。看到對方的反應，鄭泰義馬上就意識到了伊萊肯定不想回答。他也收起自己的好奇心，不再追問下去。

如果是在外面的話，他是絕對不會靠近像伊萊這種類型的人。除了伊萊總是能夠從容不迫地奪取他人性命的這點之外，鄭泰義最討厭那種隱藏著一堆祕密，要問也問不出個所以然的人。雖然叔叔也是這種類型，但畢竟對方是家人，一切自然就另當別論。

「不久前，你是不是還在你的國家裡當兵啊？」伊萊猛地問道。

鄭泰義有些意外地看了對方一眼。由於伊萊有開著床邊的小燈，所以他的影子被拉得好長好長。

「你就把真正的地牢想成是禁閉室、監獄以及拷問室的綜合體。雖然拷問的情形不常發生，但罪刑越嚴重，就越有可能被拷問。當你進到地牢後，你無法躺在地板上睡覺，他們也不可能讓你好好睡覺。所以最後你很有可能會以坐姿或跪姿直接昏過去。」伊萊雲淡風輕地說道。

鄭泰義瞬間就意識到伊萊講的是自身的經驗。

他不禁皺起了眉頭。其實鄭泰義也曾經被關進軍中的禁閉室過，當時他以抬頭挺胸的姿勢坐了一整天。禁閉結束時，他甚至還以為自己的腰斷了。

光是軍中的禁閉室就如此嚇人，他實在是不敢想這裡的地牢又該有多恐怖。

鄭泰義直勾勾地看著伊萊。對方靠著牆，靜靜看書的模樣看上去就像個再普通不過的平凡人。而這清秀又紳士的外型很難讓人不把目光停留在他的身上。

如果對方能夠這樣靜靜地待著的話，要獲得眾人的好感絕對不成問題。然而伊萊的品性卻偏偏糟得徹底。鄭泰義不禁在想，難道對方的家庭環境就那麼不幸嗎？

他暗自在心底咂了咂嘴，替眼前的這個男子感到惋惜。

或許是剛好把書看完，伊萊闔上書本。一抬頭，他便看見鄭泰義正在盯著他看。他馬上露出淡淡的笑容，「你的表情還真是微妙啊。你在想些什麼？」

「嗯——我在為你那不幸的過去感到惋惜。」

「我不幸的過去？」伊萊瞬間變得很感興趣。

明明鄭泰義的那句話有些冒犯，但伊萊看上去卻絲毫不在意。也不知道他是心胸寬大，還是只是沒有把不快顯露出來而已。

「我還真好奇究竟是哪一段不幸的過去，才會讓你產生惻隱之心。」伊萊饒有興致地問道。

「嗯……」鄭泰義猶豫了一會兒，「雖然我不可能會知道你過去發生了什麼事，但大家不是都說人類的品性是建立於過去的環境與經歷嗎？所以我認為，當你在形成品性時，你的成長環境肯定相當……」

「相當不幸嗎？哈哈哈，你的推理還滿有道理的。」伊萊笑得很開心。只不過下一秒，他的語氣卻變得有些淒涼，「但你也沒有說錯，我小時候的確過得不是很幸福。因為我無時無刻都得被別人監視著。所以我也沒有同年齡的朋友。畢竟其他小孩的父母都不希望我接近他們的孩子。」

「被監視？啊……因為你們家是武器仲介商……」鄭泰義先是疑惑了一下，但隨即就找到了理由。

除了簡單的刀、劍和手槍之外，其他武器都是無法透過私人管道來販賣的。更不用說如果是鄭在義所開發的產品，那就絕對不可能是簡單就能入手的武器；甚至還有可能被列為戰備所需的軍需品。

若要賣這些武器的話，那就一定會跟特定的機構扯上關係。如果不是大到就連其他機構也不敢隨意動手的仲介商，那肯定多多少少會被監管的。

只是鄭泰義沒料想到對方居然還盯上了仲介商的家人。這實在有點不人道。

在得知了一直以來都不知道，也不曾關心過的事情後，鄭泰義不自覺地皺起眉頭。又不是在監視什麼危險分子，何必搞到讓小孩都察覺到呢？這也難怪伊萊會過上一個不怎麼快樂的童年。

話雖如此，但這些原因也不足以成為伊萊品性如此怪異的理由。畢竟並不是每個經歷過悲慘童年的人，都會變得像伊萊那樣殺人不眨眼。

然而，鄭泰義還是為對方那不幸的童年感到遺憾。

「當時唯一一個願意跟我玩的朋友剛好就是住在隔壁社區的同班同學。他是一個很可愛的人，我們一起從小玩到了高中。直到高中畢業前，他都是個柔弱又乖巧的人。或許就是受到他的影響，我才會漸漸喜歡上像他這種類型的人吧。」伊萊低沉的嗓音就像在回味著一段再也回不去的過去。

鄭泰義的心猛地一緊。一想到那名男孩或許是唯一支撐著伊萊度過那段時期的朋友與初戀，他就覺得很難受。

誰能想像得到呢？那個大名鼎鼎的伊萊居然還有如此悲傷的過去。也或許是沒人能料想到當初那個總是隻身一人的孩子，居然會變成令所有人畏懼的狂人里格。

鄭泰義不禁為對方那不幸的成長環境感到惋惜。或許在正常環境下長大的伊萊能成為一個既爽朗又好親近的人也說不定。

舉例來說，就像少了里格勞那凶殘的一面，僅僅只剩下伊萊這個人格而已。

「那你還有跟那個朋友聯絡嗎？」鄭泰義好奇起那位曾經看過伊萊人性化一面的男孩的近況。

聽到這個提問，伊萊默默地嘆了口氣，放下手中的書。同時以一個憐憫的表情直勾勾地看著鄭泰義，「我們已經很久沒有聯絡了。高中的時候，由於我硬上了他好幾次，結果高中畢業後他就直接搬家，消失得無影無蹤。」

「……嗯？」鄭泰義微微皺眉，疑惑地歪起了頭。怎麼感覺話題的走向突然轉了個一百八十度的大彎。

看見鄭泰義的反應，伊萊緩緩地搓揉起自己的下巴。從他若隱若現的指縫中，可以看得出他正在憋笑。

「泰一，你很常在奇怪的地方心軟耶……你聽不出來有哪些話是真的，又有哪些話是故意在騙你的嗎？哎呀，我明明講得那麼明顯？」伊萊惋惜的表情就像在說「你這樣要怎麼在這險惡的世界活下去啊？」似的。

呆愣地看了對方好一陣子後，鄭泰義才反應過來伊萊的那句話是什麼意思。簡單來說，就是伊萊泰然自若地對鄭泰義開了個近似於謊言的玩笑。

「——靠。」鄭泰義隨手將手邊能碰到的東西砸向了伊萊。一道快速飛過的聲響就這樣劃破牢房寧靜的空氣。

伊萊輕而易舉地接住對方砸過來的不銹鋼杯，同時還不忘輕笑幾聲。一看見伊萊那欠揍的表情，鄭泰義只覺得把對方的話當真的自己是個白痴。

「你的個性是從小就這樣嗎？」

「這個嗎，雖然我是不知道環境對個性的影響有多大。但我哥偶爾會罵我是個從小就不懂得變通的傢伙。甚至不久前他才說，如果我還小就算了，但長這麼大還是這副德性，之後肯定會完蛋。」

「……」

唯一值得慶幸的是好險伊萊的哥哥看上去是個正常人。不過如果伊萊從小就是這種個性的話，那也難怪其他小孩的父母會不想讓自己的孩子跟伊萊玩在一起。伊萊不幸的過去根本就是他自己造成的。

也不知道究竟是不幸的環境造就他那副德性，還是那糟糕的個性導致他的環境變得不幸。

「這就是雞生蛋，蛋生雞的問題嘛。」鄭泰義嘆了口氣，撓了撓自己的頭。

隨後，他惡狠狠地瞪向伊萊。要騙人就算了，怎麼可以拿這種事來騙？伊萊真的有夠可惡。

而對方見狀則是大笑了起來。以一個剛對別人開了惡劣玩笑的傢伙來說，他的笑臉看上去真的十分欠揍。

「那你呢？」笑了好一會兒才停下來的伊萊突然問道。

鄭泰義依舊以猙獰的表情瞪著對方，「除了軍校裡的一位同儕之外，我從小到大都被別人稱讚是一個好人。不是每個人都會像你一樣活得多災多難，我的人生就是既普通又平凡。」

伊萊笑著答道：「但你不是有一個很知名的哥哥嗎？同樣身為家人，甚至你們還是雙胞胎，哥哥如此突出，應該多少都會讓你的人生過得有些艱辛吧？」

「這個嗎……」鄭泰義一邊維持著凶狠的表情，一邊歪起頭，陷入思考之中。

伊萊見狀馬上笑了起來。而一旁鄭泰義的神情頓時又猙獰了幾分。

說不艱辛是不可能的。畢竟鄭在義不僅僅是突出，甚至已經到了耀眼的程度。除了父母、叔叔以及鄭在義本人之外，基本上所有人都曾經拿鄭泰義與鄭在義比較過。

但艱辛的感覺也沒有持續太久。畢竟在那之後，這種事就成為了鄭泰義的日常，他自然而然也就放棄去計較這種事。更何況他跟哥哥之間的感情也好到足以去忽略那些無聊小事。

「其實不常發生那種事啦，我頂多只是偶爾會羨慕哥哥的運氣。如果我有他一半好運的話，或許現在就不會在這裡了。」

也不會遇上這種傢伙吧。鄭泰義暗自在心中碎念道。

「但是仔細一想，除了最近之外，我也說不上有多衰。況且哥哥似乎比我還要更需要那份好運。畢竟他的才華太過出眾，常常會碰上一些奇怪的人，也被綁架過好幾次呢。」

多虧那令人難以置信的運氣，讓鄭在義即便被綁架了好幾次，卻不曾受過什麼傷。那份過於極端的好運總是能適時拯救鄭在義。甚至還發生過綁架犯突然把車開到警局前，結果心臟病發導致車禍，被馬上前來的警察發現。

雖然鄭在義小時候也曾因為生病差點喪命。但跟他比起來，小時候的鄭泰義虛弱到幾乎天天住院，也因此鄭泰義對自己的童年並沒有什麼太大的印象。

「對，鄭在一的極端好運也很有名呢。或許他的好運氣還比他的頭腦更出名也說不定喔！畢竟我們這裡的人，沒有人不知道鄭在一呢。」伊萊微妙地笑了起來。

雖然鄭泰義不知道對方口中的「我們這裡的人」是指哪裡，但畢竟鄭在義的名聲名揚四海也不是一天兩天的事。他點了點頭表示認同。

「但是你就不好奇嗎？為什麼有人可以好運得如此極端？」伊萊猛地壓低聲音問道。

鄭泰義噗哧一聲，「好運哪需要什麼理由？他就是天生好運啊。如果要拿生辰八字的觀點來看的話，我跟他不但同年同月同日同個時間點出生，甚至連血型都一樣！我想你就算想破頭，也找不到合理的理由吧。」

「雖然我無法從根本上找出運氣好與運氣差的理由，但或許在某些特定的情況下，會有一個原因成為那必然的理由。」

鄭泰義皺起眉撓了撓頭。他沒想過伊萊居然會談論起宿命論的話題，他不禁覺得有些神奇。畢竟對方怎麼看都不像個喜歡聊認命、不認命議題的人。

只不過之前當兩人通電話時，伊萊似乎就有談論到類似的話題。

「如果真的有理由的話，那大家不就會拚了命地去找嗎？」鄭泰義乏味地說道。

無論他們怎麼聊，都不可能會得出一個合理的結論。他已經厭倦那種最終只能講得出「真的好羨慕喔！」「憑什麼只有那個傢伙如此好運啊？」的話題。

「我想你哥應該知道那個理由吧。」

只不過伊萊似乎對這無聊的話題很感興趣的樣子。

鄭泰義無趣地咂起了嘴，「這個嗎，但我沒問過他這種問題耶。如果下次見到他的話，我會去問問看，再告訴你答案的。」已經厭倦這個話題的鄭泰義直接翻身倒在床上。

而伊萊也看出對方的意思，沒有繼續追問下去。

凝視著石牆好一會兒的鄭泰義，猛地轉過頭看著伊萊發笑，「之前通電話時也是這樣，我看你好像對我的哥哥很感興趣。你不是說你曾經看過他嗎？他在你眼裡就那麼神奇？但他除了頭腦好了點、幸運了一點之外，基本上就跟普通人一樣！如果你期待看到什麼特別的一面，那你很有可能會失望喔。」

「特別的一面？我才不期待呢。光是他的運氣與頭腦就已經夠特別了，無論鄭在一本人的個性是好是壞，都不可能讓他變平凡。」伊萊笑著回答。

「是嗎？」

鄭泰義回想起了自己的哥哥。

或許是因為他每天都能以家人的身分陪在對方身邊，所以才無法感受到對方身上的那股不凡。

在鄭泰義眼裡，鄭在義不過就是個專心做自己分內事的哥哥；但看在其他人眼裡，也許就變成了一個彷彿是從另一個世界過來的奇人吧。

只不過居然能從向來不在乎其他人的伊萊口中聽見哥哥的名字。這著實是一件很罕見的事。

「那我下次幫你帶個話吧。我會幫你跟哥哥說，有個名叫伊萊里格勞的男人對他很感興趣。」

語畢，鄭泰義才突然意識到或許這樣做會讓哥哥陷入險境之中。

畢竟叔叔曾經屢次叮嚀他不要跟那個瘋子扯上關係；如果可以，最好是乾脆不要出現在對方的視線裡。然而，若是按照這個邏輯的話，那哥哥早就來不及了。

鄭在義的名聲本來就遠近馳名，伊萊不可能會不知道鄭在義是誰。更何況兩人早就見過面，多少有過幾次的交集，也不能說是完全毫無關係。

鄭泰義只能慶幸好險哥哥身上還有那份好運可以隨時保護著他。

「不過……縱使能夠毫髮無傷地待在這裡休養也很棒，但待了幾天後，裡面是真的很無聊耶。身體也變得渾身不舒服。好想去跑個全程馬拉松來舒展筋骨啊！」

「全程馬拉松嗎？如果緊貼著牆壁跑的話，一圈大概是二十公尺。如果你不想貼著牆壁，那一圈大概只有十公尺，你至少得跑個四千兩百趟。我會負責幫你數的，你就盡情跑吧！」

鄭泰義這次丟的是水瓶。而對方同樣輕輕鬆鬆地就接住了那個瓶子。

或許伊萊也覺得身體有些僵硬，他起身走到石牆前。牆上用鐵釘釘著一個跟普通人差不多高的置物架，伊萊將上頭的東西都拿下來後，輕輕拍打了幾下那個架子。隨後，他便以倒立的姿勢將腳掛在置物架上，開始做起了仰臥起坐。

「你就不能躺著好好做嗎？一定要像蝙蝠一樣掛在牆壁上？」

「偶爾倒立對血液循環也很有幫助。你不知道這件事嗎？」

「不知道，我的平衡感沒有好成那樣。」鄭泰義開始做起簡單的暖身動作，他轉了轉自己的手腕與腳踝，「而且我比較喜歡平凡一點的運動。」

但他也已經做膩了像是伏地挺身、倒立還有仰臥起坐，這些可以自己一個人完成的運動。

鄭泰義看向瞬間就做完三、四十下的伊萊。

對那個男人來說，運動似乎是他的興趣與生活。伊萊就連看書時都可以將身體倒掛在置物架上看，偶爾則是會以深蹲的姿勢看。

照理來說，一個將運動融入進生活融入得如此徹底的人，應該會練得滿身肌肉才對。但伊萊看上去卻非常纖細，完全與猛男兩字掛不上邊，想必他應該是天生就練不壯的體質。

「不過他光憑一隻手就可以輕易地把一名成年男性的脖子折斷，肌肉看起來明不明顯對他來說也不重要吧？」鄭泰義像是自言自語般地說道。

而倒掛在半空中的伊萊先是愣了一下，接著看向鄭泰義。

或許是一起相處了好幾天，鄭泰義心中的畏懼也漸漸消失，他猛地開口：「不過你知道嗎？當人在倒掛時，只要用力攻擊他們的膝蓋與腳後跟，他們就會直接掉下來喔！」鄭泰義語氣平淡地說道。

伊萊見狀只是噗哧笑了一聲，隨後用著跟鄭泰義一樣平淡的語氣回答：「我想應該是不會吧。但如果你想試試看的話，你可以試啊！」

「真的嗎？好，你就不要後悔！如果真的被我打下來了，你之後也不准來找我出氣喔！」鄭泰義深怕對方在掉下來後會小心眼地報復，於是他先下手為強把醜話說在前頭。

鄭泰義起身，走到距離伊萊只有兩、三步的地方停了下來。

「嗯，仔細一想這並沒有想像中容易呢。如果我乖乖走到了你伸手就能碰到的地方，那我不就會被你抓住，接著被暴打一頓嗎？」

雖然伊萊的腳倒掛在置物架上，但他的手仍舊可以自由移動。

鄭泰義並沒有猶豫太久，他馬上輕笑了起來，「不過可以攻擊膝蓋的可不是只有拳頭而已啊！」

語音剛落，鄭泰義馬上退了三、四步。接著像是要跳起來似的將雙手撐地，身體在空中轉了半圈，他的腳瞄準著伊萊的膝蓋。

現在這個距離就算伊萊伸手也抓不到鄭泰義。即便他真的抓到了，也不可能抵擋得住鄭泰義那隻藉由離心力砸向他的腳。

當鄭泰義將腳朝對方揮過去的瞬間，他猛地想到「等一下、說不定這個猶如怪物般的傢伙就連手勁都很大啊！」然而他的身體早已搶先一步做出了動作。

就在他的後腳跟快要碰上伊萊的膝蓋時，對方動了起來。

一切並不像鄭泰義擔心的那樣，伊萊沒有伸出手擋住鄭泰義的腿。而是讓自己的其中一隻腳掛在置物架上，鬆開另一隻腳大力地踢向鄭泰義的腳踝。

一切發生得太過突然，鄭泰義根本來不及躲，也來不及轉換方向。唯一值得慶幸的是他剛剛有好好暖身，這一下的攻擊還不至於受傷，只不過他卻因此失去了平衡。

「啊……！」鄭泰義發出一聲驚呼後，直接朝旁邊倒去。

而伊萊在踢向對方腳踝的瞬間，也鬆開了另一隻掛在置物架上的腳。在他著地的同時，他馬上把側躺的鄭泰義翻過來壓在地板上，使對方呈現一個趴姿。伊萊騎到鄭泰義的身上後，一屁股坐在對方的大腿上。他拉過鄭泰義的雙手固定在腰上，同時用另一隻手壓住對方的肩膀。

轉眼間，伊萊就完成了這一連串的動作。而鄭泰義只來得及哀嚎一聲。明明他原本只是想說要簡單陪對方玩一下，沒想到下一秒就變成他被壓在地板上了。

「你想要開個小玩笑沒關係。但如果要把我當成開玩笑的對象，你難道不用做好萬全的準備嗎？如果現在是實戰的話，你可是早就被我斷頭了呢。」伊萊在鄭泰義的身後笑著說道。

鄭泰義深深地嘆了口氣，將下巴靠在眼前的床墊上。雖然失敗了，但他並不覺得氣憤。畢竟他太小看對方是事實，況且伊萊也不是一個隨便出招就會乖乖中招的人。

可是他還是嚇到了。

對方的反應與平衡感好到超出他原本的預料之外。甚至就連操控力量、速度的能力也流暢到令他驚艷。

「伊萊，你在進到UNHRDO之前在做什麼啊？」鄭泰義嘆了口氣問道。

他很好奇眼前的這個男人是怎麼學會精準找出對方的弱點，並且以極快的速度先發制人。因為單憑分部裡的訓練是不可能達到這種程度的。

而身後的伊萊則是安靜了好一陣子，沒有答話。

鄭泰義連對方現在是什麼樣的表情都看不見。他唯一能做的就只有讓自己緊繃的身體放鬆，乖乖地趴在地板上而已。

「特種武器和戰術部隊……雖然我之前不是待在那裡，但他們曾經有邀請我加入過。」

「哪裡的特種武器和戰術部隊啊？」

對方沒有回話。鄭泰義只能聽見伊萊的輕笑聲。

或許伊萊默默加重了手中的力道，鄭泰義明顯感覺到被壓在身後的手臂變得更加緊繃。

「如果你不想說的話，那我就不問了。我不問不就可以了嗎？何必因為這種小事而把我的手臂扯下來啊！」

「哈哈，我沒有要扯。好，那我鬆開其中一隻手，你試著掙脫看看。」伊萊鬆開了鄭泰義的手，「但前提是如果你掙脫得了的話。」

與此同時，他用自己的胸膛將鄭泰義抬到一半的身體再次壓了下去。他開始加重雙腳支撐在地板上的力量，以及壓著鄭泰義身體的力道。這個姿勢似乎是從柔道裡的固技變形而來的。

鄭泰義猛地一笑。看來對方也覺得乏味，所以打算用這種方式來找樂子吧。

「你是不是也很無聊啊？」

鄭泰義伸出重獲自由的那隻手撐在地板上，同時想辦法將被壓住的身體蜷縮起來，使上半身可以離開地面。他打算趁一口氣將伊萊撐起並甩到地板的剎那，翻身逃離對方的壓制。然而……

「該死，你未免也太重了吧？為什麼一個看上去這麼纖細的人，可以重成這樣啊？」

「當我穿上衣服時，很常會聽到有人說我看起來很瘦弱。但你明明就看過我裸體，怎麼還說得出這種話？從來沒有人會在我脫下衣服後，說我看上去很纖細。」

其實伊萊並沒有說錯。

當鄭泰義第一次看到對方脫下衣服的模樣時，是真的被嚇到了。因為伊萊有穿衣服跟沒穿衣服的落差實在是太大。

不過即便如此，這個男人還是重得太誇張。

鄭泰義可以輕易舉起跟自己體型相近的人，但伊萊的重量卻遠超於他的意料之外。

「你的血管也是肌肉做的嗎？怎麼那麼重？」鄭泰義一邊痛罵，一邊翻身，想趁機把對方從自己的身上甩下來。而伊萊見狀隨即加重力道，好讓鄭泰義無法起身。

倏地，伊萊笑了起來，「你還滿厲害的嘛。照這樣下去，無論是去到哪裡，你都不用擔心頭會被其他人砍掉了呢！」

「當然、囉……！」鄭泰義話還沒講完，他馬上轉身。現在只要想辦法逃脫，這一局就算他贏了。

如果不是一隻手被對方牽制著、如果沒有被壓住的話，他有十足的信心可以改變現在的局勢。

然而，就在這個瞬間。

他身後的那個男人就像數千斤的鐵塊般朝他的肩膀與後背壓了上去。與此同時，伊萊不忘以手刀的姿勢攻擊鄭泰義的手肘。

鄭泰義頓時失去平衡，下巴猛地撞到了地面。痛得他眼淚差點就要飆出來。

「啊！呃……臭小子，你害我差點咬到舌頭耶！」

「抱歉，我沒想那麼多。」伊萊敷衍地笑著答道。

接著，他像是有些為難似地嘆了口氣，「泰一，你應該要趕快逃出來啊。你在下面掙扎太久了啦！」

「你在講什麼屁話，你那麼重耶？啊、快滾啦！我的下巴都快碎了，好痛。」或許嘴裡真的受了傷，鄭泰義似乎能嚐到一股血味。

他無力地癱在地板上，隨後有些惱火地開始左右晃起自己的後背。只不過沒過多久，他的動作又停了下來。

跨坐在鄭泰義背上的伊萊不再將自己的力量壓在對方身上。似乎只要鄭泰義輕輕一推，他就會乖乖離開似的。

然而，鄭泰義卻感覺到有個硬物抵在自己的大腿內側。

「……」

這個位置有些不對勁。鄭泰義疑惑地歪起了頭。好像有個東西一直在他的屁股與大腿間來回。

這到底是什麼？那個傢伙的雙腿之間到底是放了什麼東……

霎時，鄭泰義的腦子變得一片空白。他伸出自己沒有被控制住的那隻手，往屁股摸去。接著，他摸到了一個不斷蠢動著的物體。

「……啊。」

「……哦？」

當伊萊口中發出驚嘆的同時，鄭泰義的嘴裡也發出了一聲詭異的慘叫。

在確認過自己的手摸到的是對方的胯下後，鄭泰義不禁皺起了眉頭。他不知道該怎麼處理手中緊握住的那根棒狀物，只能呆呆地僵在原地。

哇，死定了。一把抓住別人的重要部位就已經夠糟了，偏偏對方還是大名鼎鼎的瘋子；甚至他的分身也跟他的主人一樣瘋，正在慢慢地抬起頭；更慘的是對方的尺寸居然還跟我每天上廁所時摸的差那麼多！

鄭泰義用著他那空白的大腦一邊懊悔著自己的舉動，一邊慢慢地轉過頭，看向了伊萊，「這是怎樣？」

「是你先伸手抓上來的，結果還問我這種問題，這樣我不是很尷尬嗎？啊、等一下，你的手不要使力，我要射出來。」伊萊的聲音聽上去就跟平時一樣冷靜。唯一的差別只在於他的喘息聲似乎微妙地加快了。

聽完對方的話，鄭泰義嚇得只想趕快把手鬆開。只不過在他鬆開之前，伊萊那白皙又漂亮的手馬上貼了上來，不讓鄭泰義鬆手。

「很好，就這樣。再大力一點。」

「好……好個屁啊！我才不要出力，你快點放開我的手！」鄭泰義驚恐地大叫。與此同時，他不斷掙扎著想要從伊萊的身下離開。

伊萊的小腹緊貼在鄭泰義的屁股上，而兩人交纏在一起的手正摸著伊萊的胯下。

鄭泰義氣沖沖地不斷晃動著自己的身體，一心想要逃離對方的魔爪。相較之下，伊萊卻是十分冷靜地輕笑了起來。若硬要說現在的伊萊跟平時有什麼不同的話，那就是他的喘息聲摻雜著一股微妙的興奮感，聲音也變得更加低沉。

「抱歉，抱歉！畢竟被關進來好幾天了，在我還沒反應過來之前，『它』就變這樣了呢。不過也沒差啦，就讓我們一起享受吧——不要動，不要動，噓……」伊萊靠在鄭泰義的耳邊低聲說道。

貼在鄭泰義耳垂上的雙唇熱得發燙。那股又熱又癢的感覺令鄭泰義不自覺地背脊發涼。

這是怎樣？無論是現在還是未來，我都不想跟這傢伙搞這一齣啊！為什麼我現在會淪落到跟他一起發洩欲望啊？

在鄭泰義的腦中陷入混亂的同時，有隻厚實的手摸上了他的褲子。那隻手就這樣從他的小腹緩慢地往胯下摸去，在碰上鄭泰義陰莖的瞬間，猛地收緊。

鄭泰義的氣息倏地加重。

伊萊隔著一層布料摸著鄭泰義毫無生氣的陰莖，下一秒，他有些粗魯地增加手中的力道。雖然還不到痛的程度，但重要部位突然被別人用力抓住，還是讓鄭泰義嚇得張開了嘴巴。

話還沒來得及說出口，伊萊握著鄭泰義陰莖的手開始往上帶。接著，他的手指停在了龜頭的頂端。鄭泰義能夠清楚感覺到對方的指尖隔著薄薄衣料刺激著自己的尿道。沒過多久，鄭泰義的性器毫不猶豫地勃起了。

而鄭泰義手中的那根棒狀物也跟著慢慢地豎了起來，他的手甚至都無法好好握住對方的生殖器。被這個情況嚇到的鄭泰義連忙想要抽手，只不過伊萊那隻交疊在鄭泰義手上的手卻不讓對方有機會可以逃脫。

「喂、等一下！我就說我對你這種類型的不感興趣了！」不知道是不是因為太著急，還是下體過於緊繃，鄭泰義的嗓音變得有些沙啞。

而伊萊的聲音也明顯變得更加粗糙與低沉，「那我也再強調一次好了，你也不是我的菜。不過，一定得是彼此喜歡的類型才能洩欲嗎？你就不要想那麼多，把這當作是種單純的宣洩。就讓我們借彼此的手，來解決雙方的欲望。反正這種程度，跟誰做都沒差吧？」伊萊的嗓音中夾帶著一股熱氣。隨後，他鬆開了握住鄭泰義性器的手。

原本想要怒罵「什麼跟誰做都沒差？誰跟你一樣啊！」的鄭泰義，在感覺到胯下刺激消失的剎那，下意識地皺起了眉頭。

蜂擁而上的欲望以及倏地消失的刺激，瞬間就召喚出了忠於本能的野獸。

仔細回想，鄭泰義最後一次解決生理需求似乎是好幾個月前的事了。其實打從他開始忙退伍的事時，就沒有時間與精力顧及這件事。

……這麼一看，或許距離上次射精早已超過了一年。但即便如此，鄭泰義還是想不透自己怎麼會在瘋狂殺人魔面前起生理反應。

「喂、等一下，只要再一下……再來一次！再一次！」

既然事情都發展成這樣了，鄭泰義也不想管那麼多，他只想解決此刻最迫切的欲望。更何況他的手還被困在伊萊的胯下。反正不管怎樣，那個傢伙都會拿他的手去洩欲，比起委屈地幫對方解決生理需求，還不如兩人一起享樂。

眼看鄭泰義猛地抓住自己的手腕並且大聲挽留，伊萊先是停頓一會兒，隨後低聲笑了起來。同時，他甩開對方的手說道：「你的衣服已經溼了。你是打算射在褲子上嗎？」

鄭泰義收起被甩到半空中的手，他滿臉通紅地低頭看向自己的胯下。伊萊將手伸進鄭泰義的褲子裡，接著一把脫下對方的運動褲。

胯下頓時傳來一股涼意。然而還沒等鄭泰義的欲火被那股寒意給影響，伊萊的手再次包裹住對方的陰莖。

鄭泰義能夠清楚地看見伊萊白皙又好看的手正緊握住自己的性器。他從對方那細長的指縫間看見了自己的陰莖染上淡淡的紅色，有朝氣地站了起來。而性器頂端正如伊萊所說，泛起些許的水氣。那白淨又漂亮的手指正用力地撫摸著鄭泰義的生殖器。

被伊萊淫亂模樣嚇傻的鄭泰義馬上撇過了頭。

與此同時，伊萊將兩人交疊在一起的手伸進了自己的褲擋裡。拉下褲子的拉鍊後，一根發燙的棒狀物就這樣彈了出來。

「呃啊！」鄭泰義拚命忍住自己的驚呼聲。

光是隔著一層布料，他就能明顯感覺到對方的生殖器大得嚇人。而實際摸到伊萊的陰莖後，那整隻手都握不住的大小著實令他不自覺地冒起了冷汗。

「好，乖乖趴好……抬起你的屁股。」

鄭泰義能感受到伊萊熾熱的胸膛正緊貼著自己的後背。那股熱氣彷彿直接傳進他的腦中，令他恍惚了起來。

他乖乖按照對方的指示壓低身體。然而下一秒，他猛地感受到有個東西抵在自己的屁股上，嚇得他馬上清醒。在意識到那根堅硬的棒狀物究竟是什麼東西後，鄭泰義冷汗直流地開口。

「等一下、這不對吧？不行！我就說我不喜歡你這種類型了！我們不是約好用手解決就好嗎？你是存心想殺了我是不是，趕快把那個東西拿走！你這臭小子！」鄭泰義不斷掙扎大喊著。

他沒有在開玩笑。雖然他既不想被上，也沒有被別人上過，但如果那根凶器真的插進來的話，他敢保證自己絕對會當場裂成兩半。

伊萊看鄭泰義驚慌失措地抬起腳作勢要踢他，他停下要將性器放進對方屁股裡的動作，皺起了眉頭。隨後，他像是放棄般地聳了聳肩。

「好吧，反正你也不是我的菜。抱起來感覺也挺沒勁的……那你再靠過來一點。不是，躺著。對，就是這樣。」

眼看鄭泰義猶豫著不敢做出動作，伊萊有些焦躁地直接把對方推倒在地板上。接著，伊萊趴在對方身上，用著寬大的手一把握住鄭泰義與自己的性器。下一秒，他的手用力地上下擺動了起來。

似乎是不想再讓對方有餘力開口，伊萊緊握住陰莖的動作十分粗魯。鄭泰義被對方那強烈到逐漸轉變為痛感的動作給嚇到張大了嘴。

他的陰莖就在這介於痛感與快感的刺激下，漸漸腫脹了起來。兩人的生殖器觸碰在一起，鄭泰義能感覺到對方的性器燙得嚇人，彷彿下一秒就會被燙傷似的。

他什麼話都說不出口，只能緊皺著眉頭。而伊萊則是在他面前發出斷斷續續的呻吟聲。隨即，伊萊猛地伸出自己的另一隻手，遮住了鄭泰義的眼睛。

霎時，鄭泰義的眼前只剩下一片黑暗。

由於視線被遮擋住，鄭泰義的其他感官也變得更加敏感。全身上下的所有感官都集中於此刻的快感上，體內逐漸發燙。

再一點、再那麼一點就好。

隨後，一攤又熱又濃稠的液體射在他的肚子上。擋住他眼睛的手也隨之消失。他垂眼就能看見兩人的陰莖仍舊不斷地發射著情欲過後所遺留下的種子。

鄭泰義的腹部全都沾滿了分不清究竟是哪個人的白色黏稠液體。他甚至能清楚感受到那些液體所傳來的炙熱溫度，而這也令他不禁咂起了嘴。

大腦發燙、眼前一片灰白，這些感受就像幻覺似地持續了一段時間。

鄭泰義疲倦地閉上雙眼，全身無力地癱倒在地板上。正當他以為自己會這樣睡著時，靠在他身上的體溫卻突然離開。

睜開眼睛後，他看見剛剛還趴在他身上的伊萊已經坐到旁邊去了。而伊萊看著癱在地板上的鄭泰義噗哧笑了一聲，「你看，還不錯吧？我就說洩欲這種事不管跟誰做都可以。」

「……不……如果可以的話，我還是想跟我喜歡的人一起做。畢竟完事後，我們還是得看見彼此的臉啊。」鄭泰義一動也不動地躺在地板上嘟噥答道。而他離家出走的理智也漸漸回來了。

我又做了件蠢事啊。

雖然並不是在神智不清的情況下與對方做了這檔事，但他總覺得自己似乎離叔叔那句「絕對不要跟伊萊扯上關係」的囑咐越來越遠，甚至還有種深陷於泥沼中的感覺。

不過往好處想，能夠進展到幫彼此解決生理需求的地步，這也間接證明了兩人的關係更加親密。如果以後真的發生了什麼事，說不定伊萊會看在這個情面上手下留情。

鄭泰義猛地嘆了一口氣。他自己也知道這個想法有多可笑。

伊萊看上去就是個只要對方一惹到自己，管他是戀人還家人，一律格殺勿論的類型。單憑一個互相打過手槍的關係，似乎還遠遠不足以拿到伊萊給的免死金牌。

鄭泰義突然想起對方之前曾經說過：

「雖然我沒有體會過這種事，所以不是很懂你的心情。但那種程度的羞恥對你的人生毫無幫助啊。如果是我的話，我會直接問對方要不要跟我來上一砲。而不是像你這樣一臉欲求不滿地在這裡抱怨這件事。」

對伊萊來說，情感只不過是一時的。所以他根本就不需要考慮太多，只需要忠於自己最原始的欲望就可以了。

而那句話也成為鄭泰義試著去理解伊萊腦中想法最重要的依據。

他瞥了一眼坐在自己旁邊的伊萊。對方早已恢復成平時的模樣，淡然地拿起衛生紙擦拭著自己的身體。下一秒，兩人的視線撞在一起。對方沒有絲毫的忌諱或尷尬，他直勾勾地看著鄭泰義，遞出手中的衛生紙，像是在問鄭泰義要不要擦。

縱使鄭泰義心裡早就有個底了，但此刻的他又再次深刻地感受到對方是個怎樣的人。伊萊把性視為第一優先，其他的世俗眼光、道德規範全都不放在眼裡。

對他來說，做愛就跟運動一樣。夥伴是誰並不重要，只要能陪自己完成眼下的這一場比賽就可以了。

一想到這，鄭泰義不自覺地又嘆了口氣。

其實他根本沒必要把這件事看得如此嚴重，他只不過是借了別人的手來洩欲罷了；更何況把這件事看得太重也沒有任何意義。又不是打了一次手槍，自己的心和身體就會獻給對方。

再次嘆了一口氣後，鄭泰義的心輕鬆了許多。

當他看見伊萊那雙黝黑又冷漠的眼眸後，他的想法也變得更加堅定。這一切不過只是玩玩而已。縱使還是有股淡淡的後悔與苦澀感籠罩著他，但至少當他面對伊萊時，還不至於到太尷尬。

而他現在在意的反倒是另一件事。

心路，對不起。鄭泰義在內心嘟噥。

「你不起來嗎?你不起來的話，那我要先去洗澡囉?」伊萊用下巴指了指浴室的方向。

「隨便你啦，我懶得起來了。」鄭泰義一邊翻身一邊咕噥道。而肚子上已經有些乾掉的精液也隨著他的動作緩緩地流了下來，「好噁。」

伊萊看鄭泰義緊皺眉頭的神情，笑著拿起毛巾替對方擦去肚子上殘留的液體。雖然很難相信，但伊萊似乎比鄭泰義原先想像的還要更加紳士。

「哎呀……居然。」伊萊把毛巾丟向一旁時，不小心沾到了上頭的體液。他有些厭煩地咂起了嘴。

隨後，他直勾勾地看向鄭泰義。還沒等鄭泰義反應過來，他便將沾有體液的手指抹在了對方的嘴唇上。

原先還打算繼續癱在地板上的鄭泰義馬上氣得跳了起來。他一邊作勢要嘔吐，一邊拿手背來回擦拭著自己的雙唇。

眼看伊萊在一旁得逞大笑，氣不過的鄭泰義直接舉起手朝對方的臉打了下去。

滴答。

滴答、滴答……

叫醒他的是遠處傳來的水聲。那道聲響就這樣迴盪在這安靜又陰暗的地下監獄裡，柔軟地敲擊著他的耳膜。

鄭泰義睜開眼睛，映入眼簾的是那盞鵝黃色的燈光。他轉過頭，看向了昏暗的牢房。縱使他拚命豎起了耳朵，但仍舊只能聽見遠處傳來的水滴聲。他聽不到其他牢房傳來的動靜，想必大家應該都睡了。

雖然這裡面既沒有時鐘，也沒有人會告訴他準確的時間，但他的身體就是能猜到大概的時間點。

現在應該是凌晨兩、三點左右。就算有誤，頂多也只會相差一、兩個小時而已。在這個時間點起床實在有些過早；而要跟其他人聊天，這個時間點不免又有些太晚。

「真是的……想說房間裡這麼暗，乾脆來睡一覺。沒想到居然做了這麼恐怖的夢……」鄭泰義伸出食指按壓住仍舊充滿著睡意的眼皮，低聲嘟噥道。

再這樣下去，沒過幾秒他肯定又會再次睡著。但要是現在入睡的話，等一下一定又會夢到同樣的惡夢。這個道理就跟被鬼壓床驚醒時，要是馬上入睡又會再次被壓一樣。

「你是做了什麼恐怖的夢？難道是夢見了你害怕的人？」

鄭泰義愣了一下，那個聲音離他很近。

有個人正半靠在距離鄭泰義最近的那面牆上。而那人的嗓音聽起來沒有絲毫的睡意，看來對方根本就還沒睡。

鄭泰義轉過頭看向了發出聲音的方向，在昏暗的光線下，只能看見對方那剛好反射著燈光的漆黑眼眸。如果沒有做好心理準備的話，包準會被對方這副模樣嚇破膽。

「沒想到我連在夢裡都得看到你啊。」鄭泰義的嗓音中夾雜著滿滿的睏意。

隨即，他聽見了有人噗哧一笑。這是專屬於那人特有的笑聲。

由於睡意不斷襲來，鄭泰義硬是從床墊上坐了起來。為了不要再做到剛剛那個惡夢，就算再累，他也不打算現在馬上入睡。

「唉，就算只是在夢裡，我也不想看到那些討人厭的傢伙啊。」

「看來你真的夢到讓你害怕的人了啊？」

「比起害怕，其實我更討厭他……」鄭泰義苦澀地咂嘴嘟噥。

或許是因為進到分部後就一直在受苦，所以他下意識地認為時間過得特別快。殊不知距離他退伍也不過才過了半年而已，偶爾夢見軍中往事其實也算正常。

「當我還在當兵時，軍隊裡有一個特別惹人厭的傢伙。但我相信在他眼裡，我應該也很令人反感吧。啊、總之，明明裡面就有那麼多善良又可愛的後輩，也有很多值得信賴的前輩們在，為什麼我偏偏就夢見了那個垃圾啊？」

「啊哈，特別惹人厭的傢伙嗎？被你罵成這樣，我反倒更好奇那個人了。」伊萊似乎沒料想到鄭泰義會說出這種話，他的語氣盡是訝異。

鄭泰義本來就不愛談論其他人的事，一開口就把對方罵成這種程度的情形更是少之又少。這也難怪伊萊會覺得很新奇。

聽完對方的回答後，鄭泰義有些為難地撓了撓自己的頭。其實他並不是很想談論這件事。因為他不想再次回想起跟那傢伙有關的任何回憶。

「越是讓你芥蒂的事，就越要靠講出來釋懷啊。難道是在軍隊裡遇到了很討厭的上司，不停被對方欺負嗎？不管是什麼樣的內容，你就儘管說吧。雖然看不出來，但我絕對比你想像的還要更懂得傾聽喔！」

伊萊語音剛落，鄭泰義馬上噗哧一笑。

縱使他並不需要有個人來聽他分享這些往事，但比起默默硬撐著沉重的眼皮，還不如動動嘴巴來醒腦。反正這件事也不是什麼天大的祕密。

「就是因為那個傢伙，我才會退伍。當初我是抱持著要把對方打死的念頭把他打到住院的。雖然我也被對方打到住院，但至少我比那個人還要早半個月出院。」鄭泰義接著補充道：「所以是我贏了！」

伊萊見狀馬上笑了出來。其實鄭泰義自己也知道拿出院時間的快慢來爭論誰輸誰贏的這個行為有多可笑。

「雖然我在學校的時候有努力不要表現得太明顯，但因為一場意外，我喜歡男生的事就在全校傳開了。或許你可能無法理解吧，但我們國家軍隊的觀念其實相當保守。所以一直到我軍校畢業，進到軍隊後，傳聞還是一直跟著我。而那個超惹人厭的傢伙又特別愛講那件事，偏偏我還跟他分到了同一個部隊。」

「啊哈，原來如此。所以你是因為他到處講你的性向，才想打死他的嗎？」

「不是。其實那個傳聞很早就開始在傳，也跟著我好幾年了。更何況傳聞裡的內容也是事實啊！就算我再怎麼討厭那個傢伙，也不可能因為這點小事就把他打成那樣。」

「要不然呢？」

「我那陣子過得特別累，無論是上司還是下屬的事都讓我厭煩。本來心情就已經夠差了，結果那個傢伙還先動手打我。或許就是因為那一拳吧，這幾年來累積的憤怒瞬間就爆發了，我才會湧上想把對方打死的念頭。等我再次冷靜下來，我跟他就已經躺在醫院裡了。」

其實就連這件事也是衰得徹底。

本來是抱持著絕對不要再看到對方的念頭暴打那個傢伙，結果一醒來卻發現自己跟那人並肩躺在同個病房裡……

若單純以情感層面來看的話，鄭泰義甚至寧願跟伊萊這個殺人魔關在同一間牢房，也不想跟那個傢伙待在同一間病房裡。

而且最令鄭泰義不解的是，對方三不五時就會故意找架吵。只要鄭泰義一安靜下來，那人就會講一些讓鄭泰義瞬間暴走的話；就算鄭泰義故意無視他，他也會想辦法用自己的三寸不爛之舌來惹鄭泰義生氣。

對完全不想跟自己討厭的人搭話的鄭泰義來說，對方真的是從頭到腳都跟自己不合。

「他居然敢打你？還真是大膽。就連我也不想跟你打。」伊萊笑著說道。

如果這句話是從其他人的口中聽見，那鄭泰義或許會認為自己很強；但換作伊萊，這句話瞬間就變成了一種嘲諷。而鄭泰義也相信對方肯定是知道會產生這種效果才故意說出口的。

「……對啦。換作是我，我也不想跟我自己打。畢竟誰知道我會耍什麼卑鄙的手段呢。」猶豫了一會兒後，鄭泰義點了點頭認同道。

只要是稍微認識鄭泰義的人，就不會想跟他打架。即便他的技術說不上有多好，但就是沒有人想主動找他單挑。正是如此，所以鄭泰義不常與他人起衝突。

然而金少尉那個傢伙原本也不是個會動手的人，他每次都止於嘴上挑釁的階段。畢竟對方深知鄭泰義是個不惜用上所有卑鄙招數也要獲勝的人。跟鄭泰義打起來，對他來說自然也沒有什麼好處。

所以鄭泰義其實也很意外對方居然會主動發出攻擊。

每當金少尉對鄭泰義講什麼冒犯的話時，鄭泰義都會還以相同程度的辱罵字眼，可是對方從來沒有因此氣到動手過。更何況鄭泰義當時講的內容也沒有到有多冒犯。

「因為他每次看到我，開口閉口都是同性戀。所以我才半開玩笑地回了一句：『你這傢伙是不是偷偷喜歡我？要不然你幹嘛一直待在我的周遭吸引我的注意啊？』結果他一聽完馬上就揮拳了……看來他是真的很討厭同性戀吧。不過他也很神經耶，居然會因為這種小小的玩笑話而發飆？」鄭泰義邊說邊咂嘴。

一講完他才發現，當時的那些回憶依舊歷歷在目。害得他又再次火大了起來。

就連剛剛在夢裡，金少尉也是滿口的同性戀。果真對方不管是在夢境還是現實，都一樣超級惹人厭。

伊萊沒有回話。明明不久前，他還笑著附和鄭泰義，結果一轉眼馬上又安靜了下來。

鄭泰義轉過頭，想確認對方是不是睡著了。然而對方依舊睜著黝黑的眼眸，直勾勾地看著鄭泰義陷入沉思之中。

「你幹嘛那樣看我？」

「沒有啦，我只是在想一般人在什麼樣的情況下會最生氣。」

「嗯……通常被別人說中時，最容易發火吧？該不會那個傢伙真的是同性戀？畢竟有很多人都沒有意識到自己真正的性向啊。」鄭泰義笑著開起了玩笑。

只不過伊萊這次也沒有回話。反倒用了一種很微妙的眼神盯著鄭泰義看。

隨後，他才又笑著說：「就只有那個傢伙會這樣嗎？」

「什麼？」

「除了那個傢伙，還有其他人會這樣故意找你碴嗎？」

鄭泰義思索了好一陣子。其實金少尉是唯一一個讓他恨之入骨的對象。

但隨著時間流逝，除了像現在這樣偶爾會夢到對方之外，他對金少尉的回憶早已不像剛退伍時那麼鮮明又痛苦了。

鄭泰義想不起來自己還有討厭過誰。雖然這幾年在學校、在軍隊裡也常常會有人主動挑釁他，但至少他對那些人的憎恨都遠不及對金少尉的厭惡。

仔細一想，他倒是常常會碰見一些奇怪的人。就像高中時期的那個前輩一樣，基本上每一年他都會遇見幾個怪怪的傢伙。

然而有一半以上，其實都是衝著他的哥哥來的。

鄭在義很容易會被綁架犯或一些奇怪的變態纏上。由於鄭泰義小時候總是跟哥哥黏在一起，所以他也很常撞見那些危急的情況。

不過他們遇見的那些變態跟普遍大眾所認知的變態不同。那些人不會對兄弟倆做一些踰矩的事——當然其中不乏還是會有這種人——但就是很愛纏著兩人不放。

當鄭泰義進入青春期，身材變得壯碩、力氣也變得比以前大後，這種事就越來越少發生了。或許是因為他開始學會拒絕跟一些奇怪的人往來；也或許是因為那些人覺得兄弟倆長大了變得不好看，所以被騷擾的次數才會大幅減少。

總之，自從國中、高中倏地長高之後，鄭泰義就不曾再遇上什麼奇怪的人事物。在他周遭的幾乎都是心地善良又好相處的人。

「也有可能是因為從那個時候開始，我就不再像以前那樣黏著哥哥了。那些人或許都趁我不在的時候跑去煩哥哥吧……反正他們的目的本來就是哥哥，而不是我啊。唉，總而言之，我不常遇到有人來找我碴啦！」鄭泰義聳了聳肩補充道：「況且我看起來也沒有善良到他們敢隨便挑釁我吧？」

也許正因為如此，鄭泰義喜歡的都是善良又可愛的男生。而那些男生自然都不是會陷害鄭泰義的類型。久而久之，他的身邊就不再出現一些心懷不軌的人了。

鄭泰義記不得確切的時間點。但那似乎是剛從軍校畢業，要進到軍隊時所發生的事。

在他得知自己跟金少尉被分發到同個部隊後，很不爽地跟哥哥抱怨了這件事。由於心情太糟，鄭泰義一邊喝著啤酒一邊向哥哥發著牢騷。

馬上就灌完好幾罐啤酒的鄭泰義跟依舊還在喝著第一罐的鄭在義形成了強烈的對比。

對方默默地聽了一會兒，接著嘆了口氣說了句令鄭泰義摸不著頭緒的話。

「那些會覬覦於你的人，都是天生就很貪心的傢伙。你跟他們走得太近絕對沒有好事。」

明明對方不是個會因為一罐啤酒就喝醉的人，鄭泰義實在想不透哥哥沒頭沒尾地究竟在講些什麼。

他露出不滿的表情盯著對方，隨後猛地打起了一個冷顫，「喂、鄭在義先生。你的靈魂是飄到哪裡去了？你到底在講什麼啊？他根本就沒有在覬覦我，而是專找我的碴……你怎麼突然在發呆？你有什麼心事嗎？」

由於對方太過突兀的一句話，令鄭泰義不禁擔心起哥哥的身體狀況，而話題也就這樣被帶過了。

鄭泰義醉醺醺地晃著對方的肩膀叮囑道：「如果你有心事的話，一定要跟我說喔！」

鄭在義看上去似乎想說些什麼，但最終卻又安靜了下來。

過了一會兒，他才總算講出自己最近的煩惱。

「我好擔心我唯一的弟弟會變成酒鬼喔。」

「……」

對鄭泰義來說，他的哥哥始終是一個令人摸不透的人。雖然他偶爾也會因為對方過於成熟的言論而懷疑哥哥是不是真的跟自己同齡，但兩人的感情依舊好到幾乎不曾吵過架。甚至最後一次吵架還得追溯到幼稚園；長大後，他們唯一的爭執也就只有爭論炸醬麵與炒碼麵哪個比較好吃的這種小事而已。

「雖然他肯定過得很好。但我還是好好奇他現在在哪、正在做著什麼事。」鄭泰義重新躺回了床墊上。

而伊萊看著眼前的鄭泰義，露出淺淺的微笑，「哥哥下落不明，你應該很擔心吧？聽鄭教官說，你哥到現在都還沒回家。」

鄭泰義有些嗤之以鼻地揮了揮手。擔心鄭在義是件最沒有意義的事了。對方是個要什麼就會得到什麼的人。只要他在心中默默想著「我好想見到弟弟啊」，那無論如何——舉例來說，鄭在義有可能走路走到一半撞到了一個路人。而那個路人偏偏剛好是UNHRDO的本部長，對方一氣之下就把鄭在義關到了離當地最近的分部地牢裡等諸如此類的情節——他都能馬上出現在鄭泰義面前。

「但這也很難說啊。說不定他現在正被某個武器研究機構祕密地監禁、壓榨著喔。」

「如果他那麼容易就被監禁的話，那他十歲之前應該早就被別人抓走了吧？」鄭泰義想都沒想地直接反駁了伊萊的猜測。

而曾經跟鄭在義見過幾次面的伊萊似乎也對對方究竟有多幸運的這件事有些概

念，他不再反駁，而是直接點頭認同鄭泰義的說法。

和對鄭在義有著基本認識的人聊天，就是有這個好處。因為有些不曾跟鄭在義相處過，只聽過相關傳聞的人，就會對鄭泰義所說的話抱持著懷疑與不信的態度。

然而轉念一想，就連陪伴著鄭在義一起長大的鄭泰義偶爾也會對哥哥的好運感到訝異。外人會產生這種反應其實也不怪他們。

鄭泰義猛地看向了伊萊。雖然這個問題並不重要，但他還是有些好奇。

「你不是說你見過我的哥哥嗎？」

「對啊。但比起見過，擦身而過似乎更準確一點。」

「那你是因為我叔叔才見到他的嗎？還是因為你的哥哥是武器仲介商？」

伊萊露出了一個微妙的笑容，「兩者皆是。」

鄭泰義點了點頭。

此時，伊萊突然問道：「如果連你也不知道鄭在一到底去了哪裡的話，那要是你突然有急事要找他，你要怎麼找？」

「嗯……」鄭泰義皺起了眉頭。他從沒想過這種問題。

因為每次只要有急事要找哥哥的話，他馬上就能聯絡上對方。如果真的聯絡不上，那通常就只有一種狀況：只要一聯絡上哥哥，哥哥就會被捲入一些麻煩的事情當中。

鄭在義就連在這方面也是幸運到不行。

「他不是我想見，就能聯絡得上的人。如果哥哥不想見到我的話，那無論我再怎麼找，也絕對找不到他。這算是他與生俱來的才能吧？」

但這也有個例外。

如果與鄭泰義見面會為鄭在義帶來全然的幸運與好的結果的話，那鄭泰義就能輕鬆找到對方了。

想到這裡，鄭泰義不禁撓了撓頭。他從來不曾計算過利弊再聯絡對方，所以他自己也不知道該怎麼回答。

「話說下下個月的月底就是哥哥的生日耶。」突然想起這件事的鄭泰義輕聲嘟噥道。

伊萊像是覺得很可笑似地挑眉說道：「鄭在一的生日？那不也是你的生日嗎？你幹嘛講得好像那天不是你的生日啊。」

「啊——沒有啦。因為近幾年都是我們在幫彼此過生日。所以我會把那天視為哥哥的生日，而哥哥則是會把那天看作我的生日。」

其實鄭泰義對自己的生日並沒有什麼太大的印象。畢竟他也沒有因為那天是哥哥的生日，而精心準備什麼驚喜送給對方。

他唯一會做的就是記得那個日子，在當天打通電話給對方，要不然就是兩人約個時間一起出來吃頓飯而已。

自從父母過世後，他們周遭也沒有什麼可以聯絡的親戚。而兩人又剛好都沒有另一半，所以最後總是只剩他們兩人在互相幫彼此慶祝生日。

「……話是這樣說啦，但我們兩個其實都不是很重視生日的人。常常都等到生日過了好幾天，才總算想起這件事，約出來簡單吃個飯。」

「那今年若是想要一起過生日的話，就必須等鄭在義主動來找你，要不然就是得等他打通電話給你？」

「我也不知道耶。但我想到時候應該就聯絡得上他了吧？也不知道那個時候打電話回去，他會不會已經回家了呢。」鄭泰義一邊看著天花板，一邊漫不經心地說道。

霎時，他感覺到伊萊盯著自己看的視線。他馬上轉過頭，看向了對方，「幹嘛？」

「沒有啦，我只是在想你們兄弟倆的關係還真好。真是羨慕啊！」伊萊笑著搖了搖頭答道。

「我不太確定我跟哥哥之間的感情有好到需要羨慕……」話還沒講完，鄭泰義猛地停下了動作。

他聽見樓上傳來一道細微的聲響。或許是天花板上，也或許是再高一層樓，或再高一層樓的樓上所傳來的。

而伊萊似乎察覺到鄭泰義突然停下的原因。他瞥了一眼天花板，像是領悟了什麼似地點起了頭。眼看對方好像知道這是什麼聲響，鄭泰義將視線停在伊萊身上。

「這應該是為了應對爆炸而進行的訓練吧。畢竟現在也邁入集訓的第二週了，通常集訓結束前都會做一次這種訓練。」

「為了應對爆炸……那他們到底是引爆了什麼，才會傳到我們這裡啊？」鄭泰義有些啼笑皆非地碎念道。

這棟建築物的樓層間隔本來就比一般大樓還要寬上好幾倍。更不用說分部的內外牆也都特別加厚過，照理來說不可能會聽見其他樓層傳來的聲音。而唯一的例外也就只有像是私人室這種非訓練場地的空間，牆壁才會比較薄一點而已。

畢竟每個樓層與外牆全都是依照防空洞的水準來蓋的。

「如果連這裡都能感受得到爆炸的威力，那應該是在樓上引爆的吧。地下六樓……不就是私人室嗎？其實他們有時候也不會提前告訴部員們要在哪裡引爆呢，看來今年就是樓上囉！」

「居然在建築物裡做應對爆炸的訓練……我看UNHRDO的教官們是真的瘋了吧？難道本部給的預算多到可以這樣浪費嗎？」

「這就跟每年一到年尾，政府會為了預算問題而把好好的路面掀開重鋪一樣啊。每一季的集訓結束後，接著就是編列季度預算的時候了。」

「……看來無論是哪，都充滿著許多不合理的制度啊。」鄭泰義苦澀地感嘆道。

但是像這樣想在哪裡引爆就引爆的話，要是不小心選到了地上一樓，或是接近地面的重要樓層，肯定會很麻煩；而若是在地下五樓引爆的話，雖然對分部來說不會有什麼太大的損失。但對部員們而言，可能就會有很長一段時間找不到地方來打發時間。

「不管是在哪裡引爆，好像都很麻煩……啊、要不然乾脆就帶到外面，直接在樹林裡引爆，或者是在地下四樓引爆也可以啊？」

「那裡可不行。」伊萊低聲說道。

鄭泰義瞥了對方一眼。仔細一想，他到現在還是搞不清楚地下四樓到底有什麼。畢竟那整層樓都是禁止出入的區域，對外門總是鎖著，就連電梯也不會停地下四樓。

而唯一知道裡面有什麼的也就只有相關人員了。

「為什麼？難道地下四樓偷偷藏著保護地球的機器人嗎？」

聽見鄭泰義的猜測後，伊萊隨即放聲大笑。然而他並沒有打算要回答鄭泰義的問題。就這樣等了好一會兒，眼看對方還是沒有想要回答的意思，鄭泰義便悻悻然地轉過了頭。

由於這棟建築物的樓層間隔特別高，若真的在地下四樓藏了一臺機器人似乎也還算合理。不過當機器人出動時，它要怎麼飛出地面呢？該不會是要挖隧道爬出去吧？

在鄭泰義胡思亂想的途中，樓上再次傳來了一聲細微的爆炸聲與震動。想必應對爆炸的訓練還在持續進行中。

鄭泰義看著什麼都看不見的天花板，默默地嘆了口氣。

縱使他不知道現在的準確時間，但肯定是大半夜。而教官們居然選在這個時間點進行訓練，真的有夠不人道。

這麼一看，或許被關進地牢裡的鄭泰義反倒還比較幸運。

自從被關進地牢後，鄭泰義對日期的概念就變得薄弱。所以他也搞不清楚今天究竟是被關進來的第幾天。

而唯一能夠確定的是應該已經過一半了。

「伊萊，你還要在地牢裡待幾天啊？」

「這個嗎，因為我從來沒有準時被放出去過，所以我也不知道。有時候說關個十天就好，最後卻關滿了三個月才被放出去；有時候說要關上好幾年，結果一個月都不到就被放出去了。不過我既不是亞洲分部的人，之後也還有一堆事要忙，所以應該不會被關太久吧。」伊萊不以為意地說著。他似乎並不在意自己究竟什麼時候才會被放出去。

下一秒，他突然問道：「你上次是不是說你只會待十天而已啊？」

「對啊，現在應該已經過一半了吧？」

「你走了的話，一定會變得很無聊。希望到時候還會有其他人進來替補你的位置就好了。」

伊萊語音剛落，鄭泰義便露出了苦澀的微笑，隨手拿起手邊的原子筆朝對方丟了過去，「你以為我來這裡是為了要逗你開心的啊？」

鄭泰義只能暗自在心中乞求著下一位進到這間牢房裡的人，也跟伊萊一樣是個只把室友當作是消遣時間的玩具，既冷漠又自私的人就好了。

只要睡太久，起床時頭就會變得昏昏沉沉的。

所以當鄭泰義一睡醒時，他馬上就意識到自己比平常還要更晚起床。因為他的頭特別重，也很難集中起精神。

鄭泰義從床墊上坐起後，先是左右晃動起自己沉甸甸的腦袋，接著拿起放在枕邊的水瓶喝了口水。現在大概是早上七、八點左右。

伊萊似乎在浴室裡。有道微微的亮光正從浴室的玻璃門，由內往外地透了出來。

一起相處了幾天後，鄭泰義發現伊萊總是在剛起床時去洗澡。除此之外，他還注意到了對方很多的小習慣。像是當伊萊在想事情時，會用食指緩慢地敲打著地板——其實早在他們通電話時，鄭泰義就注意到了對方的這個習慣——以及開玩笑時，伊萊會稍稍瞇起眼睛。

鄭泰義晃著自己沉甸甸的頭，走進了浴室。伊萊正在淋浴間裡沖洗著身體，他一看見鄭泰義便簡單地用眼神跟對方打了聲招呼。

而睡眼惺忪的鄭泰義則是站在洗手檯前，準備要刷牙。由於實在是太睏了，他幾乎是閉著眼睛在刷牙。

明明睡得比較少的時候，馬上就會醒過來了。但不知道為什麼只要睡太多的話，就連好好睜開眼睛的這件事都會變得十分困難。因此鄭泰義直接放棄，他打算讓身體自己慢慢清醒過來。

學生時期，為了配合上學時間、畢業後，為了配合軍隊生活；鄭泰義一直以來都過得相當規律。而這個生理時鐘是不會因為被關進來幾天就被輕易打亂的。

「我才在想你今天怎麼睡這麼晚……喂、不要吞下去，趕快吐出來！」

洗完澡的伊萊一看到鄭泰義一邊睡覺一邊刷牙的奇景，馬上咂嘴拍了拍對方的背。而鄭泰義這時才緩緩地睜開眼睛，把口中的泡沫給吐了出來。一直等到他漱完口後，才總算完全清醒。

「媽的，我的頭痛到快要裂開。我絕對不要再玩猜謎了！」鄭泰義走出浴室後，隨即拿起猜謎雜誌丟到地板上。

昨天下午，來巡視地牢狀況的教官突然停在鄭泰義他們的牢房前，接著拿出一疊書籍遞給了鄭泰義。根據教官的說法，這些東西是同一組的組員們為了無辜被關進地牢裡的鄭泰義所送上的小禮物。

雖然這些書看上去就很沒用，但因為最近正好閒得發慌，所以鄭泰義還是滿懷感激地收下了。殊不知攤開了那疊書之後才發現這些書是真的很沒用。

兩本的色情雜誌、一本早就看過的推理小說，以及一本猜謎雜誌。

光是看選書的風格，鄭泰義就能大致上猜到哪本書是誰送的。色情雜誌肯定是好幾個人合資一起買給他的，而推理小說則是托尤偷偷塞進去的。

雖然猜謎雜誌有些突兀，但畢竟同一組的組員們之中沒有人喜歡猜謎，所以這應該是托尤的室友——同時也是集訓這幾天，鄭泰義的臨時室友——莫洛送來的。

自從發生柯爾特手槍的事件後，每當莫洛一見到鄭泰義，他總是會惡狠狠地怒瞪著對方。不過在看見鄭泰義被關進地牢後，他可能也產生了些許的憐憫之心，所以才會送上自己最喜歡的猜謎雜誌。

由於書堆中唯一一本最有用的書就是猜謎雜誌。因此鄭泰義是滿懷著感激之情地翻開那本雜誌。他甚至都想好了之後放假去香港的時候，一定要去找個中間人買把柯爾特手槍還莫洛。

然而現在，那些感激之情全都煙消雲散。鄭泰義也再次體悟到莫洛究竟有多恨自己。對方送來的猜謎雜誌是難度最高的等級，雜誌的封面上甚至還貼了「初學者不要靠近！」的警告標語。雖然鄭泰義本身也很喜歡猜謎，但他的程度基本上就跟初學者差不多。而莫洛明明知道這件事，卻還是送來了難度最高的猜謎雜誌。

最後鄭泰義花了一整個晚上的時間在解雜誌上的那些謎題，一直到清晨才總算死心地去睡覺。

全程目睹一切的伊萊也曾經不解地問何必一定要解完，但鄭泰義只是堅定地答道：

「做事若沒有有始有終，我不甘心就這樣去睡！」

而堅持的結果換來的就只有睡懶覺、頭很痛，以及眼睛乾澀的下場。

「莫洛……你這臭小子是故意的吧……」鄭泰義死命地瞪著那本雜誌。

在一旁做著伏地挺身的伊萊相當困惑地看著對方，「你不要去解不就好了，何必為了那種小事拚成這樣啊？」

「一旦開始了，就一定得看到成果才行啊……不過或許是用腦過度吧，我肚子好餓。為什麼早餐還沒送來？」鄭泰義摸了摸四周，找尋著手錶的下落，「現在也差不多要送來了吧！」

此時，走廊的底端倏地傳來了打開鐵門的聲音。看來送飯的時間到了。每天只要到了一定的時間，校尉就會準時送上豪華的菜色來填飽他們的肚子。

而每次送飯時，走廊上的燈都會被打開。一時適應不了這刺眼光線的鄭泰義一邊瞇著眼睛，一邊唱著：「飯、飯、飯～我、肚子、好餓～趕快、送飯給我～」同時不忘用手指敲打著鐵欄杆。

伊萊瞥了一眼鄭泰義後，沒多說什麼，只是默默地拿出小餐桌。

「我看你情緒起伏這麼大，想必是很缺鈣吧。只希望今天的菜色可以幫你多補充點鈣質就好了。」伊萊嘟噥道。

鄭泰義見狀馬上噗哧一笑。聽到對方這種無聊的玩笑話後，心情多少有些好轉。或許伊萊也沒有瘋到完全不能往來也說不定。

然而每到下午，當鄭泰義看到對方為了舒展筋骨而揮拳猛打著牆壁上的鐵板，以及倒掛著做仰臥起坐時，這個念頭又會瞬間消失。

無論對方到底值不值得來往，鄭泰義很確定的是伊萊絕對不是個正常人。

其實也不一定要拿牆壁上被他打凹的鐵板來舉例，光是他肩膀上的傷口就足以說明一切了。他的恢復力快到超出一般人的認知範圍。就連每天來換藥的雜務官看到他也會露出「你真的是人嗎？」的眼神盯著伊萊看。

只不過轉念一想，不管對方到底是不是正常人，只要伊萊不會波及到自己，鄭泰義就懶得管那麼多了。

正當鄭泰義百般無聊地看著伊萊擺放餐桌，手指仍舊不停地敲打著鐵欄杆時。

「泰一哥！」

一道熟悉的聲音從不遠處傳來。鄭泰義馬上停下了手中的動作，震驚地轉過頭看向了欄杆外。心路正站在距離鐵欄杆三、四步之外的走廊上。

「……你怎麼會來這裡。不對，你怎麼會出現在這！心路，難道你發生了什麼事嗎？」鄭泰義原先還開心地跟對方打起招呼，不過在他意識到這裡是地牢後，表情瞬間就沉了下來。

就算身為雜務官的心路不太可能做出會被關進地牢的事，但他還是不禁擔心起對方是不是發生了什麼不好的事才會來到這裡。

心路看對方的表情瞬間從開心變為不安，他多少也猜到了理由，連忙揮了揮手解釋道：「哥，我沒事啦！我只是來看你而已。因為很擔心你的近況，所以我才會拜託教官讓我進來的。」

為了要讓鄭泰義安心，心路快速地解釋著來龍去脈。與此同時，他還露出了一個跟平時一模一樣的甜美笑容。但鄭泰義卻一言不發，就這樣默默地看著對方。他深怕心路只是為了要讓自己放心，所以故意隱瞞了什麼。

由於鄭泰義的反應實在是太過突兀，心路有些慌張地歪起了頭。

此時鄭泰義才總算稍微安心地笑了起來，「謝謝你來看我。因為你突然跑來，所以我有點嚇到。我怕你也要被關進這什麼都沒有的荒蕪之地。但仔細一想才發現，你不可能會做出被關進地牢裡的事啊。」

然而鄭泰義卻忘了他自己也沒有做出什麼會被關進地牢裡的事，單純只是因為惹到了教官們才被關進來。

心路站在鐵欄杆之外，有些嬌羞地看著鄭泰義。隨後，他輕聲問道：「那哥哥的身體還好嗎？自從聽到你要被關進地牢裡後，我就好擔心你。這裡面……還好嗎？他們會虐待你嗎？」

「沒有啦，這裡不會發生那種事！我過得很好，那你呢？還有其他人呢？大家都還好吧？」鄭泰義雙手緊握著鐵欄杆。

「大家也都沒事。」心路一邊搖著頭，一邊前進了一步。

明明只要伸手就能碰到彼此，但兩人的面前卻被一道鐵欄杆給阻隔開了。

若是能牽到心路的手就好了。鄭泰義有些惋惜地看著對方。

而心路先是猶豫了一會兒，接著便伸手抓住了鐵欄杆。兩人的手瞬間只剩下半隻手的距離。

鄭泰義看了一眼那雙漂亮的手，再看了一眼眼前的心路。對方低著頭不敢直視他，但臉頰卻染上了一抹淡淡的紅暈。鄭泰義見狀隨即也漲紅了臉。

他慢慢地將手往下帶，接著把自己的手覆蓋在心路的手上。鄭泰義能明顯感覺到自己的臉越來越燙，為了不要讓對方看到自己的這副模樣，他也低下了頭。

這是意料之外的幸福。他從沒想過——其實他根本就不知道其他人可以來探望他們——會有人來看自己；甚至那個對象居然還是心路。

他伸出自己的大拇指輕輕撫摸起對方那柔軟的手。而心路的指尖像是怕癢似地稍稍晃動了起來，那惹人憐愛的模樣看得鄭泰義心癢癢的。

此時，也許是跟心路一起來到地牢裡的校尉走過來送早餐了。

沒有任何對話，僅僅只是紅著臉握著彼此的手的兩人見狀先是愣了一下，隨後才又慌忙地鬆開自己的手。然而鄭泰義卻始終止不住嘴角的笑意，他連忙伸出手擋住了自己的嘴巴。

而平常總是默默送完餐就直接走人的校尉在看了一眼站在旁邊的心路後，又看向了鄭泰義。他突然笑著開口：「你剛剛不是還唱著我肚子好餓、趕快給我飯嗎？來，趕快吃吧，我今天特地盛了比較多喔！」

鄭泰義馬上漲紅了臉。他有些慌張地看向心路，同時在心底痛罵著那名校尉。那該死的傢伙！平常不管我說了什麼、做了什麼，連個反應都沒有。為什麼偏偏要選在心路在的時候講這種話啊！他肯定是故意的！

在鄭泰義紅著臉默默念叨著什麼的同時，他的身後傳來了一陣低沉的笑聲。鄭泰義的臉瞬間就沉了下來。

那是伊萊的笑聲。

而心路在聽見房內的漆黑深處傳來了突兀的聲響後，露出有些驚訝的表情。由於欄杆外看不見置物架下方的陰影區域，心路自然沒有發現有人坐在置物架的正下方。

本來就沒有料想到牢房裡還有其他人，再加上那聲冷不防出現的笑聲，嚇得心路瞪大雙眼地抬頭張望著牢房內側。只不過在看了好一陣子後，他還是沒有認出裡面的那個人是誰。

「啊、原來哥不是自己一個人住一間。那哥是跟誰住……」

「這不是之前看過的那位苗條青年嗎，沒想到他居然還特地跑來這裡呢。泰一，我看你們之間的關係還挺好的啊！」伊萊坐在原地，緩緩地開口道。

心路似乎總算察覺到了那個帶有些許笑意嗓音的主人是誰，他的表情馬上變得凝重，「哥，跟你一起住的人……」

「對……你們之前應該已經見過面了。他是歐洲分部的部員……同時也是上個週末那場騷動的元凶。」

其實根本不是「應該」見過面，而是「絕對」見過面。

就算鄭泰義恨不得心路能夠忘記那段回憶，但他自己也明白這根本就不可能。如同當時伊萊直勾勾地掃視著心路的全身上下，心路那個時候也帶著好奇與警戒的心情死命地盯著伊萊看。

鄭泰義默默地咂起了嘴。為什麼最近只要一見到心路，伊萊就會突然冒出來干擾他們。若是可以的話，他只希望心路能離那個男人越遠越好。

就算對方現在跟自己待在一起——而且還一起被關在牢房裡——所以沒辦法對心路下手。但只要伊萊一恢復自由之身，並且找到機會與心路獨處的話……

鄭泰義連想都不敢想。

就算這麼說有損同樣身為男人的信心與自尊心。但老實說，鄭泰義是真的很怕心路會直接被對方搶走。

「自從被關進來後……哥就一直跟那個人共用同一間牢房嗎？」心路有些不自然地

問道。在他發現伊萊也在同個空間裡後，表情就變得有些生硬。

然而鄭泰義能夠清楚地感覺到，心路不僅僅是有些緊張與不安。他似乎還帶著某種特殊的情感在觀察著伊萊。

心路的眼神既強烈又直接，他甚至不曾用這種視線看過鄭泰義。

鄭泰義猛地想起伊萊之前曾經說過的話。

「既然他還不屬於你，那不管我要不要接近他、要怎麼誘惑他、要怎麼把他騙到床上，這些全都與你無關。但這個前提是，我不會威脅或強迫他跟我發生關係。」

伊萊肯定很有信心。他相信只要鄭泰義不要干涉他，他絕對能把心路給搶到手。不，就算鄭泰義干涉他，他也不會輕易地放棄這個目標。

鄭泰義能感受到自己身後的男子默默地站了起來。而脫離視線死角的伊萊，就這樣映入了心路的眼簾。

鄭泰義不用轉過頭，也能知道伊萊現在的位置。因為心路的視線穿過了他的肩膀，直直地盯著牢房內的某個定點。

啪躂、啪躂。伊萊慢慢地走向鄭泰義。現在不用依靠心路的視線，鄭泰義也能感覺到對方正緩慢地靠近自己。一步、兩步，伊萊走到了鄭泰義的正後方。

他緊貼在鄭泰義的身後。隨即，一雙白皙的手臂猛地從鄭泰義的臉頰兩側伸了出來，緊緊地握住欄杆。

被困在伊萊雙臂中的鄭泰義板起了臉，繼續直視著前方。而站在他面前的心路也同樣板著臉地看著站在鄭泰義身後的伊萊。

突然間，心路的眼中閃過一道光芒。

鄭泰義愣了一下。心路正面無表情地瞪著伊萊。那股情緒不是不安，而是一種戒備、憤怒與鬱火。

鄭泰義不曾看過心路露出這種表情。每當對方看見他的時候，總是會擺出猶如棉花糖般甜膩的笑容，輕聲喊著他的名字。所以他對眼前的心路感到相當陌生。

心路此刻的表情看上去就像——

霎時，心路猛地垂下眼眸，恰好與鄭泰義的視線撞在一起。他的表情瞬間變得有些慌張。看上去像是有些訝異，又像是意識到了自己的失誤。

「泰一哥，我——」心路著急地想解釋些什麼，只不過他的手卻馬上被鄭泰義握住。

鄭泰義故意無視緊貼在自己身後的伊萊，開口道：「謝謝你願意擔心我，但我真的沒事。再過不久我就能出去了，我們就到時候見吧！我們不是約好了嗎？等我出去後要一起去外面。」

聽到鄭泰義故作鎮定地笑著說出這段話，原先還有些不安與著急的心路也默默地點了點頭。隨後，他的臉上漸漸揚起笑容。心路看上去像是很慶幸，又像是馬上就要落淚似的。看得鄭泰義的心也跟著抽痛了起來。

是他害得眼前的這名漂亮青年陷入不安之中。要是他能夠好好地守護心路、替心路擋下這一切的話，對方就不會在看到伊萊的瞬間不安成這樣。

「都是因為……我還不夠強悍，對不起。」鄭泰義苦澀地說道。

而心路見狀連忙搖了搖頭，不停說著：「沒有啦！」

就在這個時候，有隻手搭到了鄭泰義的肩膀上。

伊萊鬆開原先抓著鐵欄杆的其中一隻手，放到鄭泰義的肩上，「你們的感情還真好啊。沒想到他居然還特地跑來這裡找你，好羨慕喔！為什麼就沒有願意來看我的朋友啊？嗯？」伊萊似乎心情很好，他緊貼在鄭泰義的耳邊低聲嘟噥道。

被那股溫熱氣息嚇到抖了一下的鄭泰義馬上不悅地撇起嘴，「你平常不好好累積人緣，現在在這裡講這個幹嘛啊！不要鬧脾氣了，我把我昨天收到的書借給你看，你趕快回去位置上坐好。」鄭泰義邊說邊逃出對方的懷裡。

而伊萊似乎是覺得鄭泰義的反應相當有趣。他先是放聲大笑了好一陣子，隨後便爽快地退開了。

雖然那隻緊抓著欄杆的白皙手臂已經消失在視線之中，但伊萊似乎還沒走回原本的位置上。因為站在鄭泰義面前的心路依舊直勾勾地盯著伊萊的一舉一動。

也不知道身後的伊萊突然做了什麼動作，令心路氣到瞪大雙眼。而伊萊見狀還發出了幾聲短暫的笑聲。

當鄭泰義狐疑地轉過頭時，伊萊早已背過頭朝著牢房裡走去，徒留他不滿地瞪著對方的背影。過了好一會兒，鄭泰義才又重新看向心路。然而對方仍舊面無表情地看著伊萊。

「怎麼了……你生氣了嗎？難道那個傢伙剛剛有對你做什麼嗎？」鄭泰義著急地問道。不過心路卻沒有答話，只是靜靜地望向鄭泰義。

下一秒，他猛地伸出手握住了鄭泰義。心路的手有些冰冷，甚至掌心還冒著冷汗。

「哥趕快出來吧，我會在這裡等你的！哥千萬不能忘記我在等你的這件事喔！」

「啊……好。」鄭泰義詫異地點了點頭。而心路依舊有些不安地看著鄭泰義。

不久後，送完飯的校尉再次繞了回來，「心路，時間到了，該走囉！你不能在這裡面待太久。」

聽見這番話後，心路才惋惜地慢慢鬆開鄭泰義的手。而鄭泰義也因為那股消失的觸感惆悵地握起了拳頭。

和鄭泰義道別完後，心路跟在校尉的身後走了出去。一直等到遠處傳來鐵門關上的聲音，鄭泰義才依依不捨地嘆了口氣走回牢房內。

坐在小桌子前的伊萊已經開始吃起了早餐。鄭泰義見狀只是默默地坐到伊萊的對面，拿起筷子扒著飯。

倏地，伊萊開口打破了這陣沉默，「他還真是可愛。雖然他好像誤會了什麼，但還是不減他的可愛。捉弄起來一定會很有趣。」

鄭泰義瞥了對方一眼。雖然他聽不懂伊萊口中的誤會是指什麼，但他並不打算追問。因為他不想再從伊萊嘴裡聽見心路的名字。比起硬要問個水落石出，讓這個話題越聊越深，他還寧願閉嘴等對方開啟新的話題。

然而伊萊似乎還打算繼續聊下去。他看著鄭泰義生硬的表情，輕笑了起來，「你就那麼擔心嗎？擔心我會搶走那個傢伙？還是你擔心的是其他事呢？」

「……對，我很擔心你會搶走他。畢竟他本來就很可愛，一定有很多人巴不得跟他在一起。」鄭泰義板著臉說道。

聽完這段話後，伊萊稍稍歪起了頭。接著又露出一個微妙的笑容直勾勾地看著鄭泰義。隨後，他放下手中的湯匙，喝了一口杯中的水。不知為何，伊萊那被水氣沾溼的雙唇看上去十分煽情。

或許是注意到鄭泰義的視線，伊萊馬上伸出舌頭舔了舔自己的嘴唇。

鄭泰義見狀隨即皺著眉移開了目光。

其實他自己也心知肚明。若單純從肉體角度來看的話，眼前的這個男人絕對是個相當迷人的傢伙。只要伊萊下定決心，他可以不費吹灰之力地將任何人擁入自己的懷中；縱使那個對象是心路也一樣。

由於鄭泰義與心路間的關係根本就還沒定下來，就算心路突然說要去到伊萊的身邊，鄭泰義也沒有任何權利去阻止心路。

「你覺得一個人的魅力在哪？」伊萊猛地問道。
聽著對方那沒頭沒尾的提問，鄭泰義有些疑惑地歪起了頭。
一個人的魅力在哪。
雖然有很多像是心地、精神、智慧等老套的答案可以回答，但鄭泰義還是選擇了：
「臉。」
得到答案後，伊萊笑了起來。從他輕敲著桌子的動作就能看出對方的心情似乎很好。
「這就是你的基準嗎？這個答案也不錯。臉的確很重要啊！哈哈哈，你果然也很有趣。」
鄭泰義沒有去追問對方口中另一個很有趣的人是誰。畢竟他早就習慣伊萊總是在他身上找尋著哥哥影子的這件事了。
「不過除了臉和身材之外，還有一種足以吸引他人的氛圍存在。那或許是一個人的個性，也或許是一種本領。但不管怎麼說，有些人不用刻意去做任何事，就能令他人為他瘋狂。像那個男孩就是如此。畢竟我只要一看到他，這裡就會馬上硬起來呢！」伊萊邊說邊摸向了自己的胯下。
雖然鄭泰義一度有些懷疑這個話題真的適合在吃飯的時候講嗎，但他最終還是懶得開口吐槽伊萊。
而一直在觀察著對方反應的伊萊故意停頓了一下，接著慢條斯理地問道：「我突然有些好奇，如果我搶走了那個男孩，你會怎麼做？」

鄭泰義停下夾菜的動作。筷子上的小菜就這樣掉了下來。

媽的。我本來就很不擅長夾東西了，幹嘛偏偏在別人吃飯的時候聊這種話題啊？甚至還硬要挑在我好不容易夾起醬煮黑豆的時候！

鄭泰義一邊瞪著滑落在地板上的小菜，一邊臭著臉地放下手中的筷子。隨後，他拿起伊萊剛剛喝過的水杯，一口飲盡了裡頭的水。

如果心路被他搶走的話，自己會怎麼做。

鄭泰義從沒想過這種問題，也故意不去想這個問題。其實就連「搶走」這個詞也很不合理。因為他既沒有擁有過心路，更何況人也不是可以被其他人所擁有的物品。

但他的確不希望心路被別人搶走。他只想把心路留在自己的身邊好好地疼愛，他不希望心路離開自己。

然而要是心路堅決要離開他的話，鄭泰義也沒有任何理由可以阻止與挽留對方。

「如果你遵守約定的話，那我自然也會乖乖遵守。」鄭泰義沉悶地說道。

只要伊萊沒有強迫心路做他不願意做的事，那鄭泰義自然也不會去干涉伊萊。雖然比起約定，這更像是伊萊單方面的告知，但他其實是願意照做的。

而越想越憂鬱的鄭泰義頓時就喪失了胃口，他咂了咂嘴低頭看著自己的餐盤。雖然上頭還留有一些菜色，但他並不打算繼續吃了。

伊萊直勾勾地看著鄭泰義好一會兒，隨後他便笑著把自己餐盤上的飯菜清空。接著，他像是很開心似地自言自語道：「你在某些方面明明就很聰明，但在某些方面卻又笨得不行。不過站在旁觀者的立場，我倒是看得很開心。」

「你要是再繼續以挑釁別人為樂的話，小心總有一天會被打到見血喔！」

「嗯——或許就是因為這樣，我現在才會被關在這裡吧？」

鄭泰義倏地湧上將吃剩的餐盤直接砸向對方的念頭，但沒過多久他又自己打消了這個想法。

距離離開地牢還剩下好幾天。在還得跟這個男人共處一室的前提下，他絕對不能貿然行事，害自己被對方殺掉。

鄭泰義現在唯一能做的就只有惋惜地撫摸著餐盤而已。

* * *

時間總是過得比想像中還快。這十天自然也是如此。

甚至在第九天的一大清早，教官突然就出現在牢房前叫鄭泰義出來。這也讓他不禁有種賺到一天的感覺。

只不過在鄭泰義準備要走出牢房時，他有些猶豫地轉過頭看向了伊萊。因為教官叫的就只有他一個人。

然而伊萊看上去似乎並不在意，他還親切地舉起手向鄭泰義道別。明明這也不是什麼虧心事，但只有自己能提前離開地牢的這件事，還是讓鄭泰義不禁有些心虛。

而一旁的教官看鄭泰義一副猶豫不決的樣子，馬上放聲大罵：「你是還想在這裡面待上十天是嗎？」嚇得鄭泰義連忙跑出了牢房。

當兩人一前一後地走在地牢裡的走廊上時，教官才不太高興地補充道：「那個傢伙最晚明天就會被放出來了，你不用太在意他。不要浪費自己的心力在一個瘋子身上。」

聽完教官的叮囑，鄭泰義才像是稍微放心似地點了點頭。

當他踏出地牢的鐵門，外頭馬上停著一臺電梯。搭上電梯後，他直接被帶往了地上一樓的教官室。而叔叔正站在教官室裡等著他。

鄭泰義一看到對方立刻就皺起了眉頭。

原先還準備要開心迎接姪子的叔叔在看見鄭泰義那愁眉苦臉的表情後，苦笑說道：「你那明擺著在責怪我的眼神未免也太凶狠了吧？地牢裡就那麼辛苦嗎？奇怪，我明明就有叮嚀教官要把你關在東邊的地牢。難道他聽錯了嗎？畢竟他也有些年紀了……」

「沒有，託您的福我過得很舒適，就好像在放假一樣。只不過我的室友卻偏偏是伊萊！」鄭泰義不悅地瞪著叔叔說道。

其實他也不是真的想怪罪叔叔。因為從結論上來看，跟伊萊共處一室的這件事並沒有想像中的那麼糟。至少他沒有受到任何生命上的威脅，就平安地結束了這十天的刑期。不過從叔叔的反應也可以看出，並不是他決定要把鄭泰義跟伊萊關在同一間牢房裡的。

聽完鄭泰義的話後，叔叔有些詫異地看著對方，「你跟里格爾關在同間牢房？不過你看上去好像沒怎麼樣耶……也對啦，那個傢伙感覺就不會傷害你。」

「為什麼啊？」鄭泰義走到叔叔指的沙發上坐下，隨口問道。

他沒想過原來在伊萊眼裡，還有分可以傷害跟不能傷害的對象。難道看上去比較好欺負的人，就可以盡情蹂躪；反之，則不能隨便動手嗎？

但若是按照這個準則，伊萊怎麼可能會放過自己。

不過轉念一想，或許這只是因為自己是少數既好欺負又好使喚的對象吧；用著扭曲心態看事情的鄭泰義，得到的結論自然也正常不到哪裡去。

叔叔似乎還在思考著要怎麼回答，他歪起了頭，「這個嗎，雖然有很多原因。但我想最重要的應該是因為那個傢伙很喜歡你吧！」

「哈？」鄭泰義發出了狐疑的聲音，直勾勾地看著叔叔。而對方見狀只是不斷強調著：「我說的是真的啦！」

「我一直以為叔叔看人的眼光很準……你到底是怎麼聯想到那裡去的啊？」鄭泰義嘆了口氣問道。

雖然他看人的眼光並不像叔叔那麼精準，但基本上也不太會看錯人。在鄭泰義眼裡，伊萊是個隨心所欲到上一秒明明還跟他有說有笑，下一秒卻可以直接翻臉殺掉自己的人。

無論是在開玩笑或惡作劇時，縱使伊萊的臉上帶著笑容，但他的眼底卻始終夾帶著一股冷漠。那是一雙宛若冰塊般寒冷的雙眼。

「那個傢伙可不是個會隨便告訴別人自己名字的人。更何況他在第一次見到你的時候，就告訴你他的名字了。」叔叔搬出了一個完全無法說服鄭泰義的理由。

名字只不過是叫人的一種道具罷了。只要不是太過難聽的綽號，怎麼叫一個人有差嗎？眼看鄭泰義再次狐疑地皺起眉頭，叔叔似乎也猜到了對方在想些什麼，他無奈地說道：「我是說真的啦！」

「叔叔，在我看來那個男人只要有一個充足的理由——即便那個理由僅僅只是因為善變——他也能若無其事地殺掉我。」

「啊啊，這倒是。只不過他喜歡你跟想要殺你，其實是兩件並不衝突的事。」

「這怎麼會不衝突？」

「有些人就是能把這兩件事分得很開啊！遺憾的是，里格就是那種人。」叔叔聳了聳肩答道。

仔細一想，似乎還真的是這樣沒錯。

伊萊里格勞可以神色自若地殺掉任何人。而這樣的他，肯定也會有喜歡與不喜歡的對象。

或許鄭泰義能聽到伊萊說出「我現在不想跟你吵」的這件事，就足以代表他被劃分在伊萊喜歡的那類人裡。不過比起這個，鄭泰義更在意的其實是對方口中「現在」的期限究竟有多長。

懶得再去想這些複雜問題的鄭泰義撓了撓自己的頭後，換了個話題，「不過現在這個時間點，為什麼分部裡那麼安靜啊？通常表定行程開始前，大家不是都會來來往往地聚在走廊上嗎？」

「嗯？那是因為現在放假了啊。」

「什麼放假？」

「當你還待在地牢時，集訓早在上個禮拜就結束了。集訓結束後，馬上就有一個長假。畢竟集訓期間的週末都沒有放假嘛，所以有讓你們補假。因此大部分的人早就跑去香港玩了。而剩下的不是待在自己的房間，就是在地下五樓找事做吧。」語畢，叔叔突然露出一個微妙的笑容補充道，「對了，雜務官們跟平時一樣還在上班喔！」

想必心路前幾天跑去地牢找鄭泰義的事也傳進了叔叔的耳裡。

鄭泰義瞥了一眼手錶。叔叔見狀馬上示意對方可以回去休息了。

「你想的話，現在也可以去香港一趟啊。只要趕在禮拜天的下午五點前回來就可以了。」

「香港嗎……雖然感覺會很好玩，但我現在不太想出去。不過我應該不用再去見其他教官了吧？」

「嗯，從地牢裡出來後，只要跟其中一位教官面談就可以了。畢竟教官們也沒有那麼多話可以叮嚀啊！頂多講個『辛苦了』『今後要再多注意一點』就沒了吧？」叔叔接著嘟噥道，「反正那些會被關進地牢裡的人，不管講得再多，還是會被關進去。而不會被關進去的人，講這些也只是浪費時間罷了。」

看來叔叔雖然會乖乖照著形式上的流程走，但他本人其實並不喜歡花時間在這些事情上。

正準備要走出教官室的鄭泰義突然停下腳步，瞥了叔叔一眼。在與叔叔對視後，他依舊猶豫著要不要開口。

而對方見狀像是想起什麼似地先打破了這陣沉默，「對了，里格勞今天晚上就會被放出來了。由於這件事鬧得太大，像他就必須跟所有的教官面談過一次。」

「今天晚上嗎……這樣啊。」

本來地牢的刑期就充滿著許多變數，鄭泰義原先還擔心對方會不會被關上好幾個月，但看來一切只不過是自己多慮了。

他有些安心地點了點頭。

鄭泰義此刻的心情就像看見了一隻被他人關在籠子裡的猛獸，那喪失自由又動彈不得的模樣實在令他於心不忍。

叔叔接著補充道：「他會搭明天凌晨的班機離開這裡。其他歐洲分部的人早在集訓結束後就離開了，但他因為被關在地牢裡，所以來不及趕上那班飛機。因此等他從地牢出來後，就得馬上趕回自己的分部。」

鄭泰義靜靜地望著叔叔。一直等到眼睛眨了三、四下之後，他才擠出了一句：

「啊、這樣啊。」

他感覺到了一股很陌生的情緒。

原來如此，對啊，集訓早就結束。那個狂人里格也該回去歐洲分部了。我現在不用再擔心要怎麼保全自己的性命，也不用擔心心路會被對方搶走了。

明明也才相處短短兩、三個禮拜，但鄭泰義卻已經習慣了對方過於壓倒性的存在感，進而使伊萊要回去歐洲分部的這件事變得很不真實。

鄭泰義猛地想起當自己要離開牢房時，伊萊輕輕朝自己揮著手的模樣。對方的臉上始終帶著微妙的笑容。他似乎不曾看過伊萊流露出不安或焦躁的神情。

彷彿不管遇到再怎麼不利於他的情形，他也有信心能馬上逃離那個狀態似的。也或許伊萊就像鄭在義那樣，有著十足的運氣在守護著他也說不定。

鄭泰義突然回想起伊萊曾經說過的那句話。

「叔叔，好運的人難道有什麼原因嗎？」陷入沉思中的鄭泰義嘟囔道，「或許就像伊萊說的，除了一生下來就很幸運的人之外，還存在著某種能幫助別人變好運的東西吧？雖然那種東西若是真的存在的話，那這世界上的每個人應該都會想盡辦法地把它搶奪過來才對。」

然而叔叔卻沒有答話。

過了好一會兒，鄭泰義才察覺到這股詭異的沉默。他看向叔叔。對方正露出有些詫異的表情直勾勾地看著他。

一直等到兩人四目交接後，叔叔才像是有些為難似地笑著說：「沒想到里格還會告訴你這件事。」

「難道這件事不能說嗎？」

「沒有啦，倒也不是不能說……這個嗎，我確定的就只有一件事。每個人一生下來的幸運程度就不一樣，所以能讓每個人變幸運的原因自然也不盡相同。」

鄭泰義皺起了眉頭。他聽不懂叔叔想表達什麼。不過對方的脈絡似乎跟伊萊想表達的意思很接近。

他認真思考了一會兒，然而腦中的疑問卻始終找不到個解答。懶得繼續追問下去的鄭泰義在嘆了一口氣後，點了點頭開口道：「這樣啊，原來如此……我只是在想或許伊萊也是個很幸運的人吧。」

「你說那個傢伙嗎？廢話，那小子的運氣當然好啊。他可是含著銀湯匙出生呢！」

「……」

鄭泰義愣了一下，「含著銀湯匙出生？那他不幸的過去呢？造就他的個性變得如此極端的悲慘家庭環境呢？」

叔叔滿臉疑惑地擺了擺手說：「里格勞他家可是一點都不平凡。你不是也知道他們家是在做武器仲介的嗎？但他們可不只是簡單地在供給武器，就連正式的軍需品也是他們家負責的。正是如此，他們家在業界可說是數一數二的名門！由於歷史悠久，名聲很好，有很多人巴不得跟他們合作。甚至他們也請了許多知名的律師，專門在幫他們鑽法律漏洞，好讓他們可以更加放膽地去做武器開發、武器買賣等業務。依照他們家那種程度，我想就連政府也不敢亂動他們……其實他早就超過銀湯匙、金湯匙的水準，而是含著鑽石湯匙出生的吧？」

鄭泰義瞪大了雙眼，惡狠狠地瞪著無辜的叔叔。

難怪他總覺得有哪裡怪怪的。就算他多少也意識到了伊萊口中那悲慘的過去是在開玩笑，但他還以為裡面至少有一部分是真的。就算伊萊的個性天生就比較極端，可是後來會越走越歪，肯定跟他那艱辛的家庭環境脫不了關係吧？

然而這一切全都是伊萊的謊言。

經過這件事後，鄭泰義得出了一個結論。不管對方今天出生在一個多和睦的家庭、不管周遭的環境有多理想，都挽救不了伊萊那與生俱來的糟糕個性。

叔叔看鄭泰義一副憤恨不平的模樣，有些疑惑地問了原因，但對方卻沒有回話。鄭泰義就這樣默默不語了好一陣子。過了半晌，他先是無力地嘆了一口氣，隨後又變回原本那不慍不火的模樣。

經歷過這麼多事，他已經喪失了為一件事氣很久的能力。

「算了，反正他都要回去歐洲分部了，今後也不會再見到他了啊！」鄭泰義打算往好的方面去想。

伊萊今晚從地牢裡被放出來後，就會直接搭上清晨的班機飛回歐洲。所以兩人之後既沒有機會，也沒有理由再度見面。

而下次跟歐洲分部間的集訓也是一年後的事。等到那個時候，鄭泰義早就不在這個地方了。

一想到這裡，這一切的一切似乎也變得不再那麼重要。

叔叔在聽完鄭泰義的那句話後，卻突然露出了一個有些奇怪的表情。一直等到鄭泰義疑惑地看向他，叔叔才恢復原本的模樣，笑著說道：「對啊，辛苦你了。」

縱使鄭泰義仍舊滿臉狐疑地盯著對方，想探究叔叔那個表情所代表的含義。但由於校尉剛好有急事要找叔叔，所以鄭泰義也只能乖乖地離開教官室。

他總覺得有些不安。因為每當叔叔用那種眼神盯著別人看，就代表叔叔想起了一些令他憂慮的事。

「……？」鄭泰義疑惑地歪起了頭，卻始終找不到一個合理的解釋。

在他一邊思考，一邊準備要走去搭電梯時，他倏地放慢了腳步。因為從教官室走到電梯的路途中剛好會經過辦公室。

他的腦中頓時浮現了叔叔語帶笑意說的那句：「對了，雜務官們跟平時一樣還在上班喔！」

雖然心路現在就在辦公室裡，但其他雜務官們肯定也都在裡面。鄭泰義在猶豫了一會兒後，還是鼓起勇氣敲了辦公室的門。

裡面馬上就傳出有人走動的聲音。沒過多久，門就被打開了。或許是因為表定上的行程還沒開始，幾乎所有的雜務官都待在辦公室裡。

鄭泰義來辦公室那麼多次，卻從沒看過裡面聚集著這麼多人——話雖如此，但其實也只有四、五個人罷了——他頓時有些愣住。

而剛好坐在門邊的心路一看到鄭泰義，馬上就露出驚訝的表情站了起來，「哥，你怎麼已經出來了？你不是明天才會出來嗎？」心路邊說邊翻起了桌上的月曆。

鄭泰義能清楚看見月曆上明天的日期被圈了起來，而日期的下方寫著「泰一哥」三字。在看到對方那圓潤又細小的字體後，鄭泰義的心情變得更好了。

「對啊，我原本也以為我明天才會出來，結果今天早上教官突然就把我放出來了呢！看來地牢裡的刑期只不過是隨便說說的吧……你過得還好嗎？」

「除了有點忙之外，其他都還好。那哥呢……你看上去好像又變瘦了。」

「是嗎？但是我在裡面吃好睡好耶，好奇怪。」

「……該不會是因為跟那個男人住在同一間牢房裡，所以才……」心路的表情猛地一沉。

鄭泰義見狀連忙擺了擺手解釋道：「沒有啦，跟他沒關係，你不用擔心。你看，我現在不是好好的嗎？」

與此同時，有位醫官剛好站在位於兩人附近的鐵櫃前。他邊拿出放了十多年的文件夾，邊瞇起眼睛看著兩人，用著彷彿要讓他們聽見的聲音自言自語嘟噥著：「哎唷，不知道的人看到還以為他們有好幾年沒見了吧？」

對方語音剛落，周遭馬上爆發出一陣笑聲。比起嘲笑，更近似於在鬧著他們玩的程度。縱使知道辦公室裡的其他雜務官們沒有惡意，但鄭泰義還是漲紅了臉。而一旁的心路也是如此。

心路馬上就從位置上站了起來，拉著鄭泰義走出辦公室。隨著辦公室的大門被關上，裡頭的笑聲也就此被阻絕掉。

兩人站在沒有什麼人來往的走廊上。心路有些躊躇地看著鄭泰義，而鄭泰義一見到對方那嬌羞的模樣，胸口再度湧上一股心癢難耐的感受。他並不討厭這個感覺。

心路不安地看了鄭泰義好一陣子後，突然伸出手整理起對方的頭髮。鄭泰義瞬間就被對方那輕撫過自己臉龐的柔軟小手給嚇到。

「哥是真的瘦了。看來你在裡面受了很多苦吧？怎麼辦……」

「啊、沒有啦！我在裡面真的沒有發生什麼事，不用擔心。」

「但你不是跟那個男人住在同間牢房裡嗎！」心路猛地大喊道。

或許是一時情緒太過激昂，心路在大喊過後馬上被自己激動的模樣嚇到抖了一下，隨後又安靜了下來。

而鄭泰義自然也被對方那近乎喊叫的模樣嚇到沒有回話。

他是第一次看到對方大喊的樣子。雖然兩人第一次見面時，心路曾經以不悅的表情怒視過自己，但即便是在那個情況下，心路也不曾如此歇斯底里地喊叫過。

鄭泰義有些慌張地看著對方。他是很感謝心路如此擔心自己，但是……

還沒等鄭泰義開口，一直在觀察著鄭泰義臉色的心路馬上就垂頭喪氣地嘟噥道：

「那個男人……他一直……跟哥住在同間房間裡耶……」

「呃……雖然是這樣沒錯啦，但我真的沒事……」

這個話題好像有哪裡怪怪的，這股違和感究竟是出自於哪？

鄭泰義一邊思索著這微妙的感覺是從何而來，一邊看著彷彿下一秒就要落淚的青年。霎時，他的腦中浮現了一個猜測。

雖然可能性很小，但他眼前的這名男孩似乎誤會了他跟伊萊的關係。

「跟那個男人待在同一間房間裡整整十天……如果哥喜歡上他……那我要怎麼辦。」

最終，心路那雙水汪汪的大眼還是流下了淚水。與此同時，鄭泰義也快要哭出來了。誤會就算了，為什麼偏偏誤會了這種最不可能發生的事啊！

鄭泰義頓時就陷入了苦惱之中。他猶豫著要不要告訴對方實話。

依照伊萊正準備要對心路下手的這點來看，不講實話或許更有利於鄭泰義把心路留在身邊。不過他實在又於心不忍看眼前的這個男孩哭得如此難過。

明明對方剛剛還開心地笑著迎接自己，沒想到一轉眼就委屈地哭得淚流滿面。想必對方應該被這件事折磨了很久，才會如此難受吧。

比起自己，鄭泰義還是選擇先安撫他眼前的這名青年。

「心路……事情不是你想的那樣。其實那個男人……他是想對你下手。」

聽完鄭泰義有些斷斷續續的話後，心路猛地抬起了頭。他瞪大依舊夾帶著淚水的雙眼，訝異地看向鄭泰義。

我是不是不該講這件事啊？

在得知有人對自己感興趣後，心路肯定也會下意識地開始注意起對方。鄭泰義深知有很多人的感情之所以會萌芽，就是從這小小的「注意」開始的。

縱使這個機率再怎麼微乎其微，卻依舊存在著可能性。而這正是鄭泰義為什麼不想講出實情的原因。

「伊萊喜歡的是像你這樣善良又漂亮的人……所以我跟他的關係不是很好。其實我……非常不安。」鄭泰義畏畏縮縮地不敢看向心路咕噥著。

不過心路的表情卻依舊以一種很微妙的表情在盯著鄭泰義。一直到過了好一陣子後，他才慢慢地、慢慢地不再哭喪著臉。但他還是沒有恢復成原本開朗的模樣，臉色始終凝重。

「那哥……應該沒有跟那個男人做什麼奇怪的事吧？」

聽見心路小心翼翼地提問，鄭泰義馬上很有自信地答道：「當然沒有啊！」

然而在答完後，他才想起了那件意外的插曲。雖然按照對方的說法，這只不過是「借了別人的手來洩欲」罷了，但他倆的確藉著摩擦彼此的下體一起達到了高潮。

心路看鄭泰義信誓旦旦地回答完後，卻又瞬間慌張起來的模樣，臉色變得更難看了。他倏地抓住對方的肩膀，用凝重的表情直勾勾地看著鄭泰義。而這個眼神幾乎等同於怒瞪。

「沒有啦，我們沒有發生什麼事……你誤會了，我沒有其他的意思！」

「你們做了什麼？」

「什麼？」

心路壓低自己的嗓音冷冷地問道。對方臉上那好看又溫柔的表情早已消失殆盡，取而代之的是冷酷又駭人的一面。就連那低沉的嗓音聽上去也是無比冷漠。

鄭泰義沒有答話，只是靜靜地看著心路。他好像看見了一個從未見過的人。原先那名漂亮又可愛的男孩瞬時就變成了一位冷酷又殘忍的男人。

他默默地握緊了拳頭，想要藉由這個動作來讓自己雜亂的心冷靜一點。

在看見心路這陌生的模樣後，鄭泰義本能地提高了戒備。這就好比突然發現一名既強大又危險的人出現在身邊時，無論是誰都會下意識地產生防備心似的。

沒事的，沒關係。心路不是我該警戒的對象。他現在只不過是有些生氣與不安罷了。看到他這麼在意我，我不是反倒該開心嗎？

鄭泰義不斷在心中默念著這段話。就這樣重複了兩次、三次後，他躁動的心才總算比較冷靜。

「我們兩個真的沒有發生什麼事……你不要僵著一張臉。心路，不要生氣。」鄭泰義邊說，邊拍了拍對方的肩膀。

在被鄭泰義的手碰到後，心路先是愣了一下，隨後又皺起眉頭。只不過這個表情似乎更接近心路原本那可愛的模樣，而這也令鄭泰義懸著的心總算放了下來。

下一秒，鄭泰義的後背猛地被心路的手環抱住。隨即，他的嘴唇傳來了一陣刺痛感。

鄭泰義根本就來不及躲，只能瞪大雙眼地看心路吻著自己的雙唇。當兩人的嘴唇碰撞在一起時，他下意識地張開自己的嘴巴，心路見狀大力地咬了他的下唇。

比起疼痛，鄭泰義更多的是驚訝。他愣了一下後，馬上想要躲開對方激烈的進攻。只不過這個動作卻換來心路更加猛力的擁抱。他甚至還能從自己的口中感覺到對方的氣息。

怎、怎麼辦。

鄭泰義困惑地用著一片空白的腦袋思考現在的情況，他從沒想過會發生這種事。在他懷裡的心路看上去既不安又焦躁。

他猛地想起當叔叔得知他在浴室裡撞見的那名男孩是心路後，曾經耐人尋味地說了一句：「嗯，心路是嗎。」他至今都忘不了對方那微妙的眼神。

然而此刻的他根本就沒有心思去細想那件往事。

鄭泰義嘆了一口氣後，伸出手環抱住對方，輕輕地拍打起心路的後背。在他懷中這個緊緊抓著自己不放的男孩，看上去就像隻迷失了方向的小野獸似的。

原先還有些緊繃的心路在鄭泰義溫柔的拍打下，漸漸放鬆了。他也鬆開咬著鄭泰義下唇的牙齒，不斷念叨著：「泰一哥、泰一哥。」

鄭泰義能清楚感受到對方緊抓著自己衣服的觸感。不過他卻猛地湧上一股奇怪的感受。雖然思索不出具體的原因，但就是有哪裡怪怪的。

鄭泰義疑惑地歪起了頭，同時不忘繼續輕輕拍打著那名可愛青年的後背。

* * *

「……沒想到會有人這麼弱不禁風。」

在鄭泰義碎念著這句話的瞬間，無力地將身體埋進被窩裡的托尤馬上站了起來怒罵道：「哪有人不會生病的？你怎麼可以對好不容易存活下來的同伴說這種話啊？」

「你哪有生病，這只是單純的肌肉痠痛吧。我看、我看。」

「啊、不要壓啦！」

托尤看鄭泰義作勢要按壓自己的大腿與手臂，馬上嚇得大喊。然而沒過多久，他就累到倒回床上。他拿起棉被將自己的全身給包了起來，接著躺在被窩裡發出痛苦的呻吟聲。

集訓一結束，或許是瞬間就鬆懈下來的緣故，托尤生了一場大病。可能是覺得難得放假卻只能待在床上一動也不能動太過委屈，托尤甚至還流下了淚水。

好不容易從地牢裡逃了出來，但那些原本會迎接自己的同伴不是跑出去玩，要不然就是躲在分部裡的某個角落享受著這睽違許久的假期。

鄭泰義唯一找得到的同伴就只剩下躺在床上病懨懨的托尤而已。但他其實也沒有特別去找尋對方的下落，他是因為要回房間，結果碰巧看到對方倒在床上罷了。

鄭泰義打開沒有一樣東西能吃的冰箱，從裡面拿出了莫洛的水瓶。一口氣喝完那瓶水後，鄭泰義將空瓶子放在冰箱上，隨口問道：「莫洛呢？」

「假期一開始，他就跑出去了。我看他好像是要去香港找中間人吧……我記得莫洛在離開前還有強調，等他買到柯爾特手槍後，第一件事就是要開槍殺了你呢！」

「……哎呦，還真是剛好啊。我正想拿他送我的那本猜謎雜誌打爆他的頭。」鄭泰義想起了那本他為了下一位被關進地牢裡的人，而特地放到置物架上的雜誌。

將全身都埋進被窩裡的托尤慢慢地探出頭，「地牢生活如何？」

「你覺得如何？」

「每個人出來都會瘦成皮包骨，但你看上去好像沒什麼差嘛！既然你那麼適應地牢裡的環境，幹嘛不再多待個幾天啊？」

「嗯，我看你好像嫌自己身上的傷還不夠多嘛？我再幫你多打個幾下。」

鄭泰義猛地衝上前，用拳頭大力地按壓著對方的身體。而托尤立刻就痛得全身瑟縮了起來。

一直等到不斷鬼叫的托尤累到喘不過氣時，鄭泰義才收手準備回到自己的床上。但當他看見自己的床鋪時，瞬間就愣住了。

那上頭有其他人睡過的痕跡。

仔細一想，這裡本來就不是他真正的房間，而這張床也有著它原本的主人。鄭泰義只不過是趁原本的主人去南美洲分部時，暫用對方的床而已。

如今集訓結束，對方肯定也從南美洲分部回來了。

「看來帝納回來了啊，南美洲那裡應該沒發生什麼事吧？」

「嗯，南美洲部員裡有兩、三個人受傷，我們這也有兩、三個人受了傷，但除此之外，就沒有什麼大事了。所以當他們聽到我們這次死了六個人時，大家都嚇了一大跳。」

跑去坐在莫洛床上的鄭泰義露出狐疑的表情看著托尤，「六個人？我記得我進去地牢前，那傢伙只有殺了五個人……啊，又有人死了嗎？」

「對啊，在執行應對爆炸的訓練時，有個白痴搞錯了位置，結果就……嘖，只要再死一個，我們就能破歷年來的紀錄了。」托尤一邊開著玩笑，一邊皺起了眉頭。無論是誰都不樂見看到自己的同伴們死去。

鄭泰義點了點頭，苦澀地說道：「想必這次炸藥的威力應該特別大吧？畢竟連地牢裡都聽見了爆炸聲。」

「沒錯，這次的爆炸跟之前比起來的確更加猛烈……不過你在地牢也能聽見爆炸聲嗎？啊，也對，這次是在地下六樓引爆的。你剛好就在樓下，難怪會聽見。」

鄭泰義再次點起了頭。在他走來私人室的路上，靠近南邊的那一側已經被封閉了。從外頭掛著整修中的牌子可以推敲出，那個地方應該就是進行應對爆炸訓練的場地。

「那住在南側的人要睡在哪啊？」

「只能各自去其他人的房間裡借住個幾天啊。不過住在南側的人本來就比較少啦！」

「既然如此，那當初為什麼不選一個沒有什麼人的樓層引爆啊？如果可以的話，乾脆把地上一樓炸掉算了。」

聽完鄭泰義的嘟噥後，托尤笑著說：「這句話要是被教官們聽到的話，你可是會被好好地『疼愛』一番呢。」

語畢，托尤一邊喊著：「啊，我的肚子。」一邊緊緊環抱住自己的腹部。

鄭泰義隨意地躺在莫洛的床上，看著天花板發呆。過了一會兒，他開口問道：「對了，那地下四樓到底在幹嘛啊？」

「嗯？那裡應該是空的吧？其實我也不太清楚。也有可能是蓋到一半，不小心多蓋了那個空間。」

「但那裡不是掛著『除了相關人員，其他人禁止出入』的告示牌嗎？如果那裡是空的，那為什麼要掛這個牌子？」

「要是大家進去了，才發現裡面是空的，這只不過是設計師當初在設計時出包犯下的錯，那該有多尷尬啊。所以他們才會意思意思掛個告示牌吧？」

鄭泰義猛地想起那位設計了這棟看上去老舊到就快坍塌的建築物的教官。那位看起來有些奇怪的先生似乎是個完美主義者，他有可能犯下這種低級的失誤嗎？

鄭泰義看著天花板，再次確信了地下四樓肯定放了一隻機器人。不過不管裡面放的到底是不是足以拯救世界的機器人，反正他半年後也不在這個地方了，事情的真相是什麼根本就不重要。

他打了個呵欠。原本還以為在地牢裡已經休息夠了。殊不知出來外面後，他才意識到自己因為沒有充分運動，反倒讓身體更加勞累。不管環境再怎麼舒適，人始終都不是能被圈養的動物。

「好睏喔……莫洛什麼時候會回來啊？」

「他昨天才剛出去，最晚應該禮拜天傍晚就會回來了吧？」

「我覺得那傢伙似乎有點潔癖。被他發現我躺在他床上睡覺的話，應該會生氣吧？」

「嗯……應該吧。我勸你小心一點，莫洛手上可不只有那一把被你搶走的柯爾特手槍。」

「對啊，我看他的櫃子裡還有貝瑞塔手槍呢。」

「那不是模型槍嗎？」

「……托尤……你還是趕快睡吧，睡熟一點，最好是永遠不要醒過來了。憑你那種不識貨的眼睛，是還希望能看見什麼景色啊。」

托尤見狀，隨即瞪大雙眼罵罵咧咧了起來。不過鄭泰義卻選擇直接無視。

如果他不想要一起床就看見一隻貝瑞塔手槍的槍口對著自己的話，那他現在就得離開這張床才行。然而身體卻懶洋洋地令他不想移動。

他閉上雙眼，外頭的聲音漸漸變小。而托尤也在不知不覺間安靜了下來，或許是已經睡著了吧。除了托尤偶爾發出的「哎唷，好痛」之外，整間房間就只剩下一片寂靜。

我先睡一會兒，等一下起床再換房間吧。雖然沒帶什麼東西過來，但我還是得把行李重新放回原本的房間。等等，住在我房間裡的歐洲部員是伊萊，但他還沒回去啊？那不就代表我的房間現在還住著其他人嗎？我今晚要睡哪……

不過比起要睡在哪裡的問題，鄭泰義更在意的是伊萊。

今後就沒有機會再見到對方了。雖然伊萊是個最好不要再相遇的人，但他倆畢竟也相處了好一段時間。就算他們沒有跨過那條不該跨過的界線，可是他們也在那模糊的黑色地帶一起達到了高潮。再怎麼說，最後都得說聲再見吧？

然而對方並不是個會受到世俗常規影響的人，有沒有這聲再見對伊萊來說應該是不痛不癢。更何況他們之間的感情好像也沒有好到非得道別不可。

但我還是要去講一聲吧……

懶得繼續思考下去的鄭泰義馬上將這個念頭甩出腦外。隨後，一片黑暗襲來。

「喂、喂！起床……我叫你起床！」

鄭泰義猛地感覺到有個堅硬的物體不斷敲打著自己的太陽穴。他緩緩地睜開了眼睛。沒想到還真的被自己料中。莫洛正舉著一把貝瑞塔手槍，並將槍口朝著自己。

「我只不過是睡了你的床而已，有必要因為這點小事就開槍嗎？莫洛，你做人不能這樣啦！」

「你還敢講啊？你先是喝光我的水，接著又躺在我的床上。你以為你是白雪公主嗎？」

「要是有像你這樣的小矮人，誰想要當白雪公主。啊、快點把你的槍拿開啦！哪有人大白天就拿著槍在打擾別人睡覺的？」

「什麼大白天，你自己看一下現在幾點。你睡這裡，那我是要睡哪？」鄭泰義一把推開莫洛的手槍後，對方立刻跑到鄭泰義的耳邊大喊。最終，鄭泰義不得不摀住自己的耳朵從床上坐了起來。

「臭小子，我快聾了！」

「你快點回去你的房間！幹嘛硬要睡在別人的床上啊？反正歐洲分部的那些傢伙們都走了，你趕快滾回去啦！」

莫洛帶著要給托尤的好幾條香菸，以及自己要看的十幾本猜謎雜誌跟好幾袋零食回到房間後，就看見了鄭泰義躺在自己的床上。他一氣之下，直接從櫃子裡掏出貝瑞塔手槍胡亂揮舞著。

但值得慶幸的是，對方並沒有使用到手槍原本的功能。僅僅只是拿著槍管與握把猛揍著鄭泰義而已。

在莫洛激烈的攻擊下，鄭泰義立刻起身去拿對方剛帶回來的猜謎雜誌，並往莫洛的臉上砸去。攻擊結束後，鄭泰義揉了揉眼睛看向時鐘。

他原本還以為自己只睡了一會兒，然而他卻默默地把整個白天都睡掉了。現在已經是晚上十點多。

「你這個傢伙！把我的水喝完就算了，還不趕快去幫我裝回來啊！」暴跳如雷的莫洛邊說邊把手中的水瓶砸向了鄭泰義。

承受不住這番折磨的鄭泰義最終只好拿起水瓶慢慢地走出房間。在走去那有著一段距離的飲水機時，他不免嘟噥了起來，「莫洛那個臭小子，少在那邊挾怨報復。我到時候一次買個上百隻柯爾特手槍還他，看他以後還敢不敢亂使喚我。」

在他抵達飲水機，開始裝起水後，他把視線從飲水機上轉到了走廊底端的那間房間。那是他原本的房間，同時也是伊萊在亞洲分部時所使用的房間。

他突然想起睡前不斷困擾著自己的那個問題。

他倆今後就沒有機會再見面了，在伊萊待在這裡的最後一夜，不管怎麼說他似乎都應該和對方道個別。

但轉念一想，人生還那麼長，或許之後有可能會再次巧遇。他真的有必要特地搞壞自己的好心情去跟對方說這聲再見嗎？

一直等到手指傳來被水淋溼的觸感，鄭泰義才意識到水早就溢出來了，他連忙拿開水瓶。在他關上瓶蓋的同時，他又再次陷入了沉思當中。

無論他想不想特地跑去跟對方道別、無論他們今後還會不會再見面，看在這次一起住在同間牢房的緣分上，他至少得去跟對方說個幾句話才比較合乎情理。

想通的鄭泰義立即改變方向，朝著自己的房間走去。

途中，他猛地湧上了一個可笑又奇怪的念頭。在他眼裡，伊萊是個想要什麼就一定能得到的男人。所以當對方對心路產生興趣時，他才會如此不安；甚至就連此刻也是如此。

然而在意識到伊萊明天凌晨就要離開後，他既覺得慶幸，同時卻又產生了一股很奇怪的感受。

鄭泰義其實想像過伊萊以威脅的手段強迫心路跟他一起回到歐洲分部。

雖然伊萊曾經強調，他不會以威脅或強迫的方式來逼心路做出抉擇，所以作為交換，鄭泰義也不准插手他跟心路間的關係。

不過在回想起這句話的瞬間，鄭泰義倏地想起了今天早上心路的模樣。在意識到對方是多麼擔心自己後，他頓時確信了心路是絕對不可能會跟著伊萊一起離開的。

只要伊萊不脅迫心路的話，心路是絕對不可能主動去找他。因此無論伊萊是今天的凌晨要走，還是什麼時候要走，只要他遵守諾言，鄭泰義都不用再害怕心路會離開自己。

他輕輕地嘆了口氣。看來自己的不安是多餘的。

若是他跟伊萊沒有同時看上心路的話，那或許他倆的關係還不至於到太糟糕。畢竟對方認識叔叔，也跟哥哥見過幾次面，彼此又沒有什麼直接的仇恨。實際聊過天之後，除了偶爾會無法理解對方的思考方式之外，兩人其實意外地很合拍。

「唉，既然都決定要好好跟對方道別了，那我也不要把場面弄得太僵吧。」鄭泰義邊說邊用指尖拉起了自己的嘴角，試著要露出像小丑般的笑容。

然而在他看見牆壁上的鏡子映照出自己的那副蠢樣後，連忙又鬆開了手。

「現在也得跟那雙好看的手說再見了啊……哎呀，突然覺得有些可惜呢！」鄭泰義自言自語地走向自己的房間。

不過在他抵達房門口後，卻又猶豫了起來。

我是不是做了件很沒有意義的事啊？唉，算了啦！鄭泰義忽略掉內心雜亂的想法，悄悄地打開了房門。

房間內一片漆黑。對方似乎是只有打開床邊的檯燈，僅有一道微弱的光芒模糊地照亮著四周。

鄭泰義馬上就懷疑起對方是不是已經睡了，但伊萊並沒有開燈睡的習慣。他轉念一想，或許對方只是暫時離開了房間。

鄭泰義躡手躡腳地踏入房內。有些緊張的他默默地嘆了口氣。

在穿過連接房門與房間的窄小走道後，他看到一道碩大的影子正在晃動著。映照在檯燈下的巨大陰影，實際上是兩個交疊在一起的人。

這看上去就跟前些日子裡，他在海邊不小心撞見的那副景象一模一樣。

鄭泰義再往前走了一步。下一秒，他看見一個男人半躺在床上，而另外一名男子正將自己的臉埋在對方的胯下。

一見到這幅景象，他立刻就愣在原地。這不單單是因為他撞見了別人行房的畫面，最主要是這兩個剛好都是他認識的人。

半躺在床上，面對著鄭泰義的那個男人正是伊萊。或許早在鄭泰義踏入房門的那個剎那，伊萊就已經察覺到有人進來了。他看上去沒有絲毫的訝異之情，只是淡淡地看著鄭泰義。

在兩人對視的瞬間，伊萊揚起淺淺的微笑。

鄭泰義的視線像是被人固定住似地黏在伊萊的身上。一直到過了好一會兒後，他才緩緩地垂下視線。一名全裸的男子正在舔著伊萊的胯下。霎時，一陣溼漉漉的聲音就這樣迴盪在整間房間內。

聽上去既黏稠又淫亂。

對方一邊舔著伊萊的龜頭，一邊用纖細又可愛的雙手搓揉著那根巨大的肉棒。一直等到性器高高豎起後，他才緩緩起身，準備將自己的屁股貼上伊萊的肉棒。

「就像剛剛說好的，我跟你做了之後，你就不准再碰泰一哥了。要是你敢再接近他，我絕對不會放過你的。」那名男子靠在伊萊的身上低聲說道。

鄭泰義臉上的血色瞬時消失。那熟悉的背影、熟悉的嗓音，這一切的一切都令他的心不安地瘋狂跳動了起來。他只能拚命咬著毫無血色的嘴唇來讓自己冷靜下來。

那名男子是心路。

明明對方的模樣與嗓音都是如此熟悉，但看上去卻又十分陌生。在聽見心路那不帶一絲笑意、冷冰冰的聲音後，鄭泰義猛地想起前幾天在地牢裡看見的心路的表情。

那是一副既冷漠又好戰的神情。

鄭泰義再次與伊萊四目相交。伊萊用著不知道在想些什麼的眼神直直地看著鄭泰義，隨後他眼帶笑意地開口道：「好啊，反正這也是我賺到。能夠跟合自己胃口的人上床，我何樂不為呢？」

伊萊猛地伸出他那雙白皙又好看的手環住了心路的腰。雖然心路有些不快地抖動了一下，但他並沒有甩開伊萊的手。

心路在伊萊雙手的帶領下，慢慢地坐了下去。就在伊萊的陰莖要碰上心路屁股的那一剎那。

「——畢竟我也跟那個傢伙說好了。」

伊萊緩慢的嗓音倏地阻止了鄭泰義想要衝上前把兩人拉開的衝動。

「只要我沒有用脅迫的方式來碰你的話，那個傢伙就不能干涉我。而你是自己跑來找我的。」對方的聲音困住了鄭泰義的行動。

鄭泰義只能呆愣在原地。無論是身體、雙手，還是嘴巴，全都像被人施法似地無法動彈。而唯一不受限制的就只有看向那兩人的眼珠子而已。

「對，是我主動跑來找你的。所以你今後都不准再靠近泰一哥了！」

「我靠近他？如果在你眼裡看起來是這樣的話，那我也是沒話說啦。反正只要能夠嚐到你的味道，我就心滿意足了。更何況打從一開始，我在意的就不是那傢伙……放鬆點。」伊萊一邊拍打著心路的屁股，一邊笑著說道。

與此同時，那雙環繞住心路腰身的雙手猛地往下帶。下一秒，那根駭人的陰莖就這樣插入了心路柔軟的身體裡。

鄭泰義馬上伸出手擋住嘴巴。因為他深怕自己會忍不住發出痛苦的喊叫聲。

即便是現在也罷，趕快衝上前去分開那兩個人吧！直接介入他們之間，並大鬧一場才是正確的吧？

然而還沒等鄭泰義做出決定，他就看見心路一邊用自己的身體吞噬著那根凶猛的肉棒，一邊氣喘吁吁地喘息著。光是看對方的側臉，鄭泰義就可以察覺到心路也漸漸地興奮了起來。

無論心路是為了什麼理由跑來這裡，他都是自己心甘情願要與伊萊做愛的。甚至心路也從中感受到了快感。

而從剛剛開始，鄭泰義就感覺到有股視線不停地盯著自己看。他緩緩地看向了視線的源頭。

伊萊在抽插著心路的同時，眼神卻直勾勾地看著鄭泰義。那微微瞇起的眼睛看上去就像在嘲笑著對方似的。

伊萊不停散發著令人懼怕的情欲，視線卻不曾離開過鄭泰義。隨後，他的嘴角緩緩地揚了起來。

鄭泰義瞬間就像被人潑了一桶冰水似的。他不由自主地後退一步。

而伊萊見狀馬上露出愉快的笑容。當鄭泰義退到房門口時，他甚至還開心到發出了笑聲。

此刻，鄭泰義才明顯地意識到，伊萊里格勞這個男人無法對周遭的人產生絲毫的親密感。他只把圍繞在自己周圍的人視為一個跟自己毫無情感關聯的獨立個體。

伊萊並不是對鄭泰義這個人感興趣。他只不過是把鄭泰義視為黏在心路身邊的可笑守護者、鄭昌仁教官的姪子，以及天才鄭在義的弟弟罷了。

他之所以不想跟鄭泰義吵，並不是因為那個對象是鄭泰義。而是因為鄭泰義是別人的守護者、別人的姪子，以及別人的弟弟僅此而已。

無論是用什麼方式，伊萊在即將要離開的最後一刻還是將他想要獲得的東西拿到手了。

鄭泰義靜靜地倒退著走出房間。那隻關上房門的手逐漸變得冰冷。他呆愣在原地，手中依舊緊握著門把。

他此刻的心情說不上是憤怒，也不是失去心路的失落感，更不是氣自己無能為力的虛脫感；但同時他又明顯感受到了這些太過鮮明的情緒。

他想笑，卻又笑不出來。

而他對那個再也不會見到面的人的道別，就在這複雜的情緒中結束了。

6

任命

「你要不要看看你現在的表情啊？喂，你再這樣臭臉下去，難得找上門的好運都要被你嚇跑了！」

「啪！」一道響亮的拍打聲隨即在鄭泰義的背上響起。

而被打的疼痛感完全不亞於那道宏亮的聲響，鄭泰義痛得眼淚都飆出來了。他一邊擦著眼角的淚水，一邊朝坐在旁邊的阿爾塔抗議道：「你好好講就好了，幹嘛動手啊！」

「我好不容易見到這位超難聯絡上的中間人，結果你居然給我在一旁臭著一張臉！如果對方因為你的臭臉不爽跟我們交易，直接離開要怎麼辦？你不買就算了，但我之後說不定還得繼續跟他交易耶！」

「好啦，我知道了，拜託你小聲一點。保持形象也算是為了之後還得繼續跟對方交易的你好。」鄭泰義拿起放在桌上的茶杯。

飄散著熱氣的茶杯裡散發出一陣熟悉的香味。這是蘭香。

「這不是祁門紅茶嗎……心路之前曾經泡給我喝過。」

認為紅茶喝起來都一樣的阿爾塔在聽見鄭泰義那句突兀的話後，疑惑地挑了挑眉，「這是我看菜單隨便選的，所以我也不知道這是不是你說的那種紅茶。不過紅茶不就是紅茶，是什麼種類的紅茶有差嗎？」

坐在阿爾塔旁邊的鄭泰義沒有回話，只是直直地盯著手中的紅茶看。眼前這杯茶飲所散發的香味就跟心路之前泡給他喝的祁門紅茶一模一樣。

他又想起了對方。生活中這些再瑣碎不過的小事都能令他想起心路。而每當他想起對方時，就會不由自主地陷入憂鬱情緒之中。

眼看鄭泰義的表情又再次沉了下來，阿爾塔隨即把手抬高。鄭泰義見狀馬上裝出若無其事的模樣。

「你最近是怎樣？難道是跟心路告白，結果被對方甩了嗎？等一下，這也不對。你不是才跟對方約好今晚要見面嗎？那你幹嘛還這麼憂鬱啊？」

「嗯……很明顯嗎？」

「對，超級明顯，尤其是現在！」阿爾塔不爽地喊道。

「這可不行啊。」鄭泰義邊說邊舉起雙手揉了揉自己的兩頰。

為了轉移自己的注意力，鄭泰義看向了四周。不久前說要去接通電話的中間人似乎是尚未談完要緊事，至今都還沒回來。

這間飯店位於香港九龍的海岸旁。在穿過一條條猶如迷宮般的巷弄，以及看上去有些老舊的民房後，繁華街區的盡頭豎立著好幾棟飯店。而阿爾塔跟鄭泰義此刻正坐在其中一間飯店最高樓層的休息室裡。

雖然是週末，但或許是因為離晚餐還有一段時間的緣故，休息室裡的人並不多。

托尤看不下去鄭泰義一直被莫洛欺負的模樣，於是乎便叫阿爾塔介紹一位槍械仲介商給鄭泰義。縱使鄭泰義本人並不覺得自己有被欺負——甚至他還站在莫洛那邊，認為是自己在欺負著莫洛——但反正他本來就有打算要買一隻柯爾特手槍還對方。因此他馬上就點頭答應阿爾塔的邀約，跟對方一起來到了香港。

那名仲介商表示雖然無法馬上交貨，但他可以幫他們搞到一把柯爾特手槍。而雙方談到一半，仲介商就為了要接突然打來的電話而暫時離席。

鄭泰義轉過頭看向了緊貼在桌子旁的窗戶。他能看見飯店下方的那片海洋，以及位於海洋中央的香港島。

心路現在正在那座島上。對方說要先去找住在香港島上的朋友，等兩人忙完各自的事，晚上再見面。

鄭泰義在聽完心路嬌羞地笑著說：「那我們就約在半島酒店前碰面吧……我已經預訂好了。」後，也跟著害羞地點了點頭。只不過當對方一離開自己的視線，他馬上又陷入了憂鬱之中。

縱使發生了那件事，但他並沒有就此討厭起心路。反倒是覺得既惋惜又愧疚。畢竟那天心路之所以會主動去找伊萊就是因為他。

而這正是令鄭泰義陷入憂鬱的主因。無論是伊萊、心路，還是當初那個狀況都令他十分憂鬱。

然而鄭泰義自己也明白，再繼續鑽牛角尖下去對事情一點幫助也沒有。反正今後也不會再見到伊萊，既然障礙已經消失，那他之後只要跟心路兩人快樂地相愛下去就可以了。

不過……

他還是覺得有股難以言喻的感受哽在心頭。內心彷彿被一陣濃霧給籠罩住，使他無法逃脫這股憂鬱的情緒。

「心路……」

「唉，我怎麼會帶這種人出門。喂，你再給我這樣下去，你看我下次還會不會再帶你過來！」坐在一旁的阿爾塔咬牙切齒地說道。

鄭泰義無視對方的警告，繼續用哀傷的眼神望著對面的香港島。

心路應該還在那裡吧？不對，畢竟距離見面的時間越來越近，說不定他已經抵達九龍了。也或許他正在船上？

鄭泰義清楚地知道，心路嬌羞說著「我已經預訂好酒店了」這句話的意思。正是如此，他在來到香港前，還特地先洗了個澡才出門。

不過這樣真的沒關係嗎？他已經很久沒有做過愛了，不知道會不會不小心傷到心路。更何況伊萊要離開亞洲分部的前一晚，心路應該傷得很重。

在伊萊那駭人巨根的抽插下，心路是不可能毫髮無傷的。縱使現在應該早就痊癒，但鄭泰義依舊擔心著心路會不會再次受傷。

要是這個煩惱被阿爾塔或其他同伴們聽見的話，他們肯定會以心寒的表情看著這不成材的傢伙。然而越是思考下去，鄭泰義的心就越沉重。

「我根本不需要擔心這麼多吧。反正現在也沒有人會再來妨礙我們，我只要想辦法讓心路幸福就夠了。」鄭泰義一邊鼓舞著自己，一邊嘆了口氣。他無聊地看向周遭，視線隨即就落在隔壁桌隻身一人的男子身上。

其實他也不知道自己為什麼會注意到對方。那人身穿一件合身的西裝，手指拿著一隻鋼筆，像是在思考著什麼似地緊皺著眉頭。

對方看上去沒有任何獨特的地方，但鄭泰義就是覺得那人特別眼熟。

「喂，阿爾塔。」

「幹嘛？」阿爾塔沒好氣地答道。

鄭泰義毫不留情地抓過對方的耳朵，輕聲問道：「你認識坐在我們隔壁的那個男人嗎？」

聽見鄭泰義特地壓低嗓音問的內容後，阿爾塔瞥了一眼坐在旁邊的男人。他小心翼翼地將對方從頭到腳打量一遍，隨即疑惑地歪起了頭，「我好像不認識他耶。像他那樣身材好，長得又端正的傢伙，我若是見過應該不可能會忘記。不過怎麼了，他有什麼問題嗎？」

「嗯——我總覺得好像在哪裡看過他。但也有可能是我記錯了吧。」

聽完阿爾塔的話後，鄭泰義也意識到對方即便看上去相當平凡，但那人的長相是只要曾經搭話過，就不可能會忘記的類型。或許他只是把對方誤認成自己認識的人罷了。

鄭泰義歪著頭看向男子。而對方則是全神貫注地看著被他擺在桌上的紙堆。雖然鄭泰義跟那人隔著一定的距離，所以看不清楚紙上寫著什麼，但隱約還是能看出那應該是某樣物品的設計圖。

比起某些部分畫得特別詳細，某些部分卻又畫得很潦草的設計圖本身，圖案一旁的手寫字反倒更加密密麻麻。

下意識盯著那張設計圖看的鄭泰義猛地湧上一股熟悉的感覺。那乍看之下看不出究竟在畫些什麼的圖案，以及一旁寫得密密麻麻的化學式與方程式。

「哎呀……沒想到那人不只看起來特別面熟，就連他筆下的圖案看上去也很熟悉呢。我還以為會這樣亂寫、亂畫的人就只有在義哥。」

或許是因為隔得很遠，這麼一看，就連那個字跡看上去也像鄭在義的字。

正當鄭泰義百般無聊地盯著對方的設計圖看時，那人突然抬起頭。而兩人的視線就這樣撞在一起。

男子冷漠的眼神透過細長的銀框眼鏡看向了鄭泰義。

雖然一直盯著對方看，還猛地跟那人對視到著實有些尷尬。但鄭泰義找不到避開對方視線的理由，於是他也直勾勾地看了回去。

在對視了好幾秒後，鄭泰義依舊想不起自己究竟是在哪裡見過這名男子。看來他們的確沒有見過面。而他之所以會湧上這股熟悉的感覺，也許只是想起跟那名男子長得很像的其他人罷了。

男子與鄭泰義對望了好一陣子後，倏地皺起了眉頭。接著張開嘴，似乎想說些什麼。

然而就在這個時候，中間人結束了漫長的通話回到位置上。可能是覺得擱置兩人太久有些尷尬，他輕笑幾聲後，故作親切地解釋了起來，「很抱歉讓你們等了這麼久。因為昨天剛好有位大人物來到香港。就連我這種等級的人要見他一面都很有難度，沒想到我的大哥居然跟那位大人物有約！」

「啊，真的嗎？聽您這樣一說，想必對方應該真的很了不起吧！不過那位大人物怎麼會突然來香港呢？」

「這可真的是件大事啊！他們好像要在香港開一間大規模的分公司。他們原本只打算把心思放在總公司上，沒想到居然會在香港成立第一間分公司！所以這件事自然就成為我們這個業界的重磅新聞。大家也很好奇最終會是誰來管理這間分公司……」

「哇！那麼對方要跟您的大哥見面不就代表著……」

「雖然一切還很難講，但肯定多少有些關聯吧。」

「太厲害了！」

鄭泰義左耳進右耳出地聽著阿爾塔喋喋不休的阿諛奉承，他緩緩地將自己的視線從中間人身上再次移到隔壁桌的那名男子上。

雖然對方依舊狐疑地盯著鄭泰義看，但最終沒有說出任何一句話，便默默地看向了桌子上的設計圖。

男子偶爾會在一旁的便條紙上寫上幾個字，隨即又陷入了沉思中；那個模樣看上去就跟解著猜謎雜誌的莫洛十分相似。

不過男子桌面上的那幅設計圖怎麼看都像出自鄭在義筆下的作品。

由於看得不是很清楚，因此鄭泰義只能憑藉著大致上的圖案來判斷。其實他也一度湧上想要衝去問對方哥哥下落的想法，但馬上又搖了搖頭作罷。

就算那幅設計圖真的是出自哥哥之手、就算他真的得知了鄭在義的下落，他也無法拋下一切立刻就去找哥哥。更何況那名男子說不定也不知道鄭在義到底在哪。

「至於那把柯爾特手槍的事……」聽見中間人的話後，鄭泰義再次將視線移到了對方身上。

對他來說，現在最重要的不是哥哥那幅根本就看不懂在畫些什麼的設計圖。無論哥哥到底在哪，他都能憑藉著自身的運氣過得很好。

鄭泰義此刻唯一需要在意的就只有要還給莫洛的柯爾特手槍，以及等會兒就要見到面的心路。

按照原本的計畫，當兩人在提前預約好的酒店餐廳裡用完餐後，會去酒吧簡單小酌個幾杯，接著在有些微醺的狀態下——鄭泰義怕太過清醒他會做不下去——去到房間……本來應該是這樣的才對。

只不過這個計畫卻在抵達餐廳後就整個被打亂。當兩人坐在位置上等著餐點送上來時，心路的臉卻越來越蒼白。

其實早在酒店前碰面的時候，心路的狀態看上去就不太對勁了。縱使心路一看到鄭泰義馬上就用他那憔悴又慘白的臉擠出了一個笑容，但鄭泰義還是無法放心，一路上不停詢問著對方的身體狀況。

而每當這個時候，心路都會一再搖頭強調自己沒事。

即便對方看上去虛弱到彷彿隨時就要昏倒似的，不過既然心路都如此堅定地說自己沒事了，鄭泰義實在也不好掃興地說要結束這場約會。

況且心路好像真的很期待這天的到來。

他今天穿的不是每次在分部裡見到的那套制服。而是沒有起任何毛球，彷彿昨天才剛買的乾淨毛衣；搭配上穿在毛衣裡，燙得沒有絲毫皺摺的襯衫；以及一塵不染，既簡單又時尚的棉麻長褲。

乍看之下雖然像再普通不過的日常穿搭，但鄭泰義能從許多小細節裡發現對方是多麼用心在挑選衣服。甚至就連心路的髮絲看上去都比平常還要更加飄逸。

鄭泰義失魂地看著對方那挑不出任何毛病的穿搭，隨後又馬上被心路蒼白的臉色嚇到反覆詢問著對方要不要先回去休息。然而心路卻堅定地搖了搖頭。

「我只是有點緊張而已啦！畢竟我是第一次在外面跟哥見面嘛……所以才會這樣。

我真的沒事！」心路邊說邊率先踏進了酒店裡。而跟在對方身後的鄭泰義卻漲紅了臉。

他搞不懂自己這陣子究竟在擔心些什麼。

這名可愛又惹人憐愛的青年沒有任何改變。他在鄭泰義面前始終都是一名溫柔、親切又善良的人。無論是一跟鄭泰義對視就會紅著臉傻笑的模樣，還是緩緩牽起鄭泰義手時那嬌羞的樣子，全都沒變。

鄭泰義一邊責怪著過去那個沒有任何理由就陷入憂鬱當中的自己，一邊跟著心路走進了酒店。

而事件的開端就是在進到餐廳後。

在等待餐點送上桌的這段期間，心路的臉色已經漸漸開始發青了。最終連開胃菜都還沒上桌，心路就摀住嘴巴直接奔向了廁所。

一旁的鄭泰義見狀自然也是馬上跟著衝去廁所。即便開胃菜在兩人一離座時就剛好出現，但鄭泰義連跟服務生解釋的時間都沒有，只能緊緊地跟在心路身後。

一進到廁所，心路立刻就抱著馬桶開始嘔吐了起來。心路把自己關在廁所隔間裡，就這樣一路吐到連胃液都吐出來了，還無法離開馬桶的周遭。

其實鄭泰義原本也有跟著進到隔間裡。只不過心路在用著發青的臉色說完「我不想讓哥看到我這個模樣」後，就直接把他推出了門外。

最終，鄭泰義就只能默默地守在外頭。

一直等到嘔吐聲漸漸緩下來後，鄭泰義才小心翼翼地問了一句：「你還好嗎？」然而門內卻是一片安靜。

鄭泰義見狀立刻用力撞開了隔間門，而心路早已無力地癱倒在地板上。此時的他才不管什麼燭光晚餐、什麼美酒，直接就扶著心路進到了提先預訂好的房間裡。

至於現在，心路正有氣無力地躺在床上昏睡了過去。而一旁的鄭泰義在幫對方把弄髒的衣服以及隨身物品洗乾淨、拿出來曬乾後，才總算有那個餘力靜靜地坐在心路的身邊。

他直勾勾地看著緊閉雙眼的心路。值得慶幸的是對方的臉已經恢復了血色。或許是胃也不再不舒服了，心路看上去沒有絲毫難受的神情，正沉沉地睡去。

鄭泰義深深嘆了一口氣後，將視線移到心路的身上。由於對方的衣服也沾到了嘔吐物，所以一進到房間後，他就幫心路脫下所有的衣物，僅僅只留下一件內褲。

因此他能清楚地看見對方身上纖細又光滑的四肢。

如果一切都按照計畫走的話，說不定他現在就能將心路擁入懷中。雖然今天肯定是告吹了，但今後只要有機會的話，他隨時都可以與對方做那件事。

鄭泰義輕輕地牽起心路的手。

看到對方脫下衣服的模樣後，他才意識到原來心路也是個男人。即便對方的四隻纖細到可能會令人誤會，但那若隱若現的肌肉正在強調著心路的真實性別。

「臭小子，哪有人在勾起別人的期待後，卻自己先呼呼大睡過去的啊！」鄭泰義半開玩笑地低聲嘟囔道，同時將自己的手指輕壓在對方的鼻尖上。隨後他開心地噗哧笑了一聲，直接躺在對方的身旁。這張床大到睡兩個人也綽綽有餘。

其實他並不覺得失望。雖然他原本也很期待今晚的行程，但在碰上這意料之外的插曲後，他卻沒有想像中的失望。頂多只是在看到心路那憔悴的臉龐後，非常心疼對方罷了。

就算今晚沒有發生關係也沒差。他只要能握住對方那雙溫暖的手就心滿意足了……要是這渺小的心願被叔叔或其他同伴們聽見的話，他們肯定會恥笑如此沒出息的鄭泰義。

他轉過身，靜靜地看著心路。睡得香甜的心路因為已經恢復血色，就連臉頰也染上了可愛的紅暈。而那張平時嬌羞地喊著「泰一哥」的雙唇，此刻也是如此惹人憐愛。

「哎唷，你這可愛到不行的傢伙！」鄭泰義輕輕地捏了對方的臉頰一下。

距離集訓結束已經過了一個多月。但自從那天之後，他就不曾好好地跟心路聊一聊彼此的近況。

因為集訓的補假一結束，他們又再次忙了起來。尤其亞洲分部至今都還沒找到一個好的人選來遞補死在集訓中那名教官的位置，所以每位教官都忙到焦頭爛額。

而教官一忙起來，幫忙他們處理其他事務的雜務官自然也是忙到不可開交。因此每當他跟心路見面時，都只能簡單講個一、兩句話就被迫得結束了。

正是如此，所以他們不曾聊過伊萊。除了沒有必要特別提起之外，鄭泰義也故意不想提到這個人。

每當他想起伊萊，就會想起那一晚心路跨坐在伊萊身上的樣子。不過不單單是鄭泰義，就連心路也沒有主動提及那件事。或許心路直到現在也不知道鄭泰義當天撞見了他跟伊萊做愛的事實；而鄭泰義自然也不想坦白這件事。

其實最令他感到意外的不是心路居然願意跟伊萊做愛，而是當心路用著冰冷又凶狠的嗓音說話的模樣。

心路從來不曾在他面前流露出凶狠的一面，所以鄭泰義理所當然地也沒有想像過原來對方還有這一面。

然而無論是誰，自然都擁有著很多不同的面向。像鄭泰義除了有溫柔的模樣之外，自然也有殘暴、幼稚與親人的一面。

若心路只想要展現自己溫柔的一面給鄭泰義看的話，那對鄭泰義來說心路就是個溫柔的人，僅此而已。

鄭泰義猛地歪起了頭。如果每個人都有著很多不同的樣貌，那伊萊呢？伊萊里格勞那個男人又會是如何呢？

在鄭泰義眼裡，伊萊是個殘忍、無情、豪爽卻又有趣的人。

伊萊擁有著許多看似無法共存，卻又同時存在於他身上的不同面貌。而這樣的他看在其他人眼裡也許是個令人懼怕、殘酷又凶暴的人；不過在地球的某個角落，或許還真的會有人認為伊萊是個善良又溫柔的男人也說不定。

善良又溫柔的伊萊……只可惜無論鄭泰義怎麼想，都想像不出伊萊的這一面。

正當鄭泰義甩了甩頭，準備把伊萊給甩出腦海的同時，他聽見旁邊傳來了明顯的呼吸聲。一轉過頭，心路緩緩地眨起了眼睛。對方似乎還沒意識到現在是什麼狀況，有些呆滯地看了天花板好一會兒，接著才又轉頭看向鄭泰義。

兩人的視線隨即交織在一起。

在與鄭泰義對視的瞬間，心路先是有些犯睏地眨了眨眼，隨後便開心地笑了起來。

「哇……是泰一哥耶……」半夢半醒的心路像孩子般開心地說道。

而鄭泰義見狀也笑著學起對方的語氣，「哇……是心路耶……」

要是兩人的這副模樣被其他人看見，肯定會被人用鄙視的眼神怒瞪吧。但是那又如何，反正這個地方就只有他們兩個而已。

鄭泰義有些紅著臉地將垂到心路臉頰上的頭髮撩了上去。眼看心路開始傻笑了起來，他也輕輕地搓揉起對方的臉頰。

從心路有些渙散的眼神，再到仍舊帶有睡意的嗓音可以推敲出對方似乎還沒睡醒。或許心路認為這只是一場夢吧。不過鄭泰義並不在意，畢竟這樣的心路也很可愛。

他早就放棄原本的計畫。像現在這樣一起躺在床上開個小玩笑也罷。

鄭泰義笑咪咪地摸了摸對方的秀髮，而心路見狀也跟著甜甜地笑了起來。

「哥……泰一哥。」心路邊說邊伸出自己的手，摸向了鄭泰義的嘴唇。那不斷撫摸著鄭泰義雙唇的動作看上去莫名煽情。

鄭泰義雖然愣了一下，但他並不打算阻止對方的動作。因為心路指尖觸碰著他嘴唇的觸感令他的心情很好。

而心路在撫摸鄭泰義的雙唇好一陣子後，猛地坐了起來。他騎到鄭泰義的身上，並將自己的嘴唇貼到對方的唇上。

鄭泰義瞬間瞪大了雙眼。

此刻坐在他身上，輕捧著他的臉接吻的人居然是心路。

心路趁鄭泰義嘴巴微張的時候，將自己的舌頭伸了進去。那不斷輕舔著鄭泰義口中的動作看上去就像隻小貓咪。

雖然鄭泰義不免有些慌張，但隨即又放鬆了緊繃著的身體。畢竟對方只不過才剛睡醒，他實在沒有必要特別苛責對方。更何況他也不想去苛責心路。

他只覺得現在的心路特別可愛，令他不由自主地發笑。

只不過他馬上就發現了一個大問題。對方似乎並不打算停在接吻這可愛的行為上。

那一一解開鄭泰義鈕扣並幫他脫下襯衫的人，早已不是剛剛那個睡眼惺忪像個小孩子般的心路。心路微微紅著臉，表情中摻雜著些許尷尬的興奮感，他將自己的臉埋進鄭泰義的胸膛。

接著輕輕一舔，他再次像誘人的貓咪般輕舔起鄭泰義。

「心路……你的身體還好嗎？」

由於太過慌張，鄭泰義下意識地喊了對方的名字。然而在這種情況下，要直接叫對方停下動作實在也很奇怪，於是乎他只能含糊地提起另一個話題。

而心路見狀直接吻上鄭泰義的耳朵，輕聲道：「我現在好到不行。」

雖然鄭泰義心裡有些困惑，最終還是苦笑地伸出手摸了正在輕吻著自己脖子的可愛青年。要是對方沒有暈過去的話，這個情況肯定是件再正常不過的事。雖然途中發生了點意外，但現在也只是回到原本的計畫上罷了。

「心路，那個……因為我有點久沒做了，所以沒有什麼信心。」鄭泰義抱著胸前的心路咕噥道。

而心路只是淡淡地笑了起來，「沒關係，因為我也很久沒做了，所以一樣沒有什麼自信。」

鄭泰義猛地想起不久前心路跟伊萊待在同一張床上的模樣，但隨後他又馬上抹去了那個畫面。

撒一點小謊又有什麼關係。心路只不過是不想讓自己喜歡的人討厭自己罷了，這種程度的小謊鄭泰義還是能接受的。

話是這樣說，但醋勁爆發的他還是用力地咬了對方的耳朵一下。

鄭泰義接著吻向心路的臉龐。再怎麼說他比對方大好幾歲，性經驗肯定也比對方還豐富，身為哥哥的他應該要主動領導這場性事。況且他也必須隨時注意對方的狀況，以免讓心路在中途受傷或感到害怕。

鄭泰義原本打算要溫柔地推倒心路。然而對方卻不願意從鄭泰義的身上下來，依舊跨坐在上面輕舔著鄭泰義的脖子與胸口。

……難道心路喜歡騎乘體位嗎？

仔細一想，當時心路跟伊萊做的時候也是騎乘體位。雖然鄭泰義並不討厭這個姿勢，但這樣很難確保心路不會受傷。

既然他喜歡的話，那也沒辦法。只能更加小心了。鄭泰義摸了摸正在舔著自己胸部的心路。

不過照理來說，應該是鄭泰義要負責愛撫對方才對。怎麼感覺兩人的角色好像對調了？

正當鄭泰義思考著這個問題時，心路猛地咬了鄭泰義的乳頭。雖然那個力道還不到會叫出聲的程度，但也讓鄭泰義嚇到抖了好大一下。

察覺到對方動作的心路抬起頭問道：「不覺得很舒服嗎？」

「嗯？」

「啊……看來哥平時應該不常碰這裡吧……這裡只要一敏感起來的話，就會變得超舒服哦！多試過幾次，乳頭就會敏感起來了。就讓我們慢慢地嘗試，讓我來改變哥吧！

不用擔心，把一切交給我就可以了。」心路笑著吸吮起了鄭泰義的乳頭。他一隻手挑逗著另一邊的乳頭，一隻手摸向了鄭泰義的腹部。接著一路從肚子、腰際，再摸到了小腹。

這股陌生的感受令鄭泰義的耳垂開始發燙。

他沒想到現在的小孩居然跟他那個年代差那麼多，變得如此大膽。縱使兩人相差的歲數並不算多，但他還是感覺到了兩人在做愛方式上的代溝。

鄭泰義尷尬地紅著臉，隨後一邊嘆氣，一邊笑了起來。對方是如此努力地想讓自己舒服，他自然也不能閒著沒事做。鄭泰義伸出手從心路的大腿摸到了屁股。

然而心路卻猛地發笑，「哥，好癢哦！我沒關係啦，哥就好好待著享受就好。畢竟等一下可是會很累呢，至少讓我趁現在先讓你舒服起來吧！」

「……不會啦，我不會累……你這種程度已經算輕的了。」

鄭泰義相信自己絕對可以支撐起心路的體重。更何況騎乘體位會累到的也不是他。該不會對方不只要玩騎乘，還要玩一些連鄭泰義也不知道的稀有體位嗎？

一想到這，鄭泰義不免有些不安，但隨即又像看開似地無奈發笑。反正等一下他們就要靠身體的碰撞來對話，有什麼不懂的，兩人可以一起慢慢地去瞭解與學習。

此時，跑到鄭泰義胯下的心路看著還沒完全抬起頭的陽物先是輕笑了幾聲。接著雙手捧著那根肉棒，將對方的龜頭含進嘴裡。

鄭泰義見狀嚇得差點就要從床上跳起。眼看鄭泰義一副想要起身的模樣，心路暫時把嘴巴從陰莖上移開，用著有些沙啞的嗓音低聲說道：「哥，等、等一下……你是不是沒有被別人含過？沒關係，你只要乖乖待著就可以了。我今天還不會叫你幫我含的。你就盡情享受吧！」

鄭泰義看著興奮到有些發燙的心路，最終放棄了再繼續虛張聲勢下去的念頭，打算直接跟對方坦白。

「雖然我很喜歡你積極的樣子，也很感謝你的這份心意，但我也想幫你啊！更何況你剛剛不是也說了嗎……你已經很久沒做了。所以我得先幫你擴張才行，要不然你等一下會很難受，我也很難放進去……」似乎是覺得眼前的心路很可愛，鄭泰義摸了摸對方的頭說道。

而仍在輕舔著對方肉棒的心路在聽到這句話後，卻倏地愣了一下。他的櫻桃小嘴依舊含著鄭泰義的陽物，視線卻移到了對方的臉上。

他正用著很微妙的眼神盯著鄭泰義看。

「我有帶潤滑劑來。快過來吧，我來幫你擴張。」

「……」心路一語不發地吐出鄭泰義的肉棒。接著有些慌張地陷入了沉思中，同時不忘用大拇指擦掉嘴角的液體。

「……泰一哥。」

「嗯？」

「那個……」

「怎麼了嗎？」

眼看心路一副有話想說卻又說不出口的樣子，鄭泰義深怕對方其實有什麼不滿的部分卻不敢說出來，連忙開口問道。

雖然他現在已經漸漸興奮起來了，但只要心路說他覺得很害怕，想要下次再做的話，他也能毫不猶豫地馬上收手。

只不過心路的表情看上去似乎並不是害怕也不是膽怯，而是有種苦惱的感覺。心路盯著鄭泰義看了好一陣子後，小心翼翼地開口道：「那個……我之前有跟哥說過……我跟男人睡過的事嗎？」

「有啊……啊、如果你不想做下去的話也沒關係，你就儘管說吧！我們也可以純睡覺啊！畢竟也有很多人都是要做的前一刻才發現自己硬不起來。所以你也不用太有壓力，想說什麼就說吧！」

「……我真的可以說嗎？」

「當然囉！」

鄭泰義見狀不禁笑了起來。該不會心路認為他是一個明明對方不想做，卻還霸王硬上弓的人吧？其實只要心路說他不想做的話，縱使是興奮到下一秒就快要射精的程度，他也會乖乖地結束這一切……雖然他其實也沒有什麼信心能做到就是了。

心路有些難為情地看著鄭泰義。沉默了好一會兒，他像是總算下定決心似地再次問道：「那我真的要說囉……？」

「好啊。畢竟這是會讓你有壓力的事，你就盡情說吧！」

「……」心路再次安靜了下來。

他有些尷尬地移開視線，接著用手背擦了擦自己的嘴角。當他再次看向鄭泰義時，原本那尷尬的神情早已消失殆盡。

而鄭泰義也瞬間愣了一下。又來了，那看上去相當陌生的表情。

對方此刻正用著看似陌生，但這些日子以來卻不小心撞見過好幾次的面孔盯著鄭泰義看。然而這次與前幾次都不同，心路的表情多了分慵懶與色氣。看得鄭泰義的心馬上就熱了起來。

「哥，那你的腿可以張開一點嗎？我坐得有些不舒服。」跨坐在鄭泰義身上的心路猛地拍了拍鄭泰義的大腿說道。想必對方也對這有些模稜兩可的姿勢感到不適吧。

看在鄭泰義眼裡，心路此刻就像在討玩具的小貓。他笑著張開自己的大腿，而心路也從他的身上爬下來，坐到鄭泰義的兩腿間。

不過我是不是要先幫心路擴張啊？要不然等一下進去，一定會很痛吧？

但是仔細一想，在被伊萊那駭人的巨根摧殘後，心路隔天依舊像沒事般地跑跑跳跳。或許對方有著什麼讓身體快速恢復的妙招也說不定。

鄭泰義看認真啃咬著自己脖子的心路，輕輕地吻了對方的頭頂。隨後，他的手摸上了對方的肩膀。而觸感就跟他想的一樣，既光滑又細嫩。

此時，心路倏地把鄭泰義張開的雙腿給立起來，使其呈現M字。接著再伸出手往鄭泰義的大腿內側摸去。

「……？」

鄭泰義見狀雖然愣了一下，但他並沒有阻止對方的動作。而心路便順理成章地往鄭泰義的私密處探去。

最終，心路的手停在鄭泰義的後穴上。他先是猶豫了一會兒，接著便用自己的指尖按壓起那個洞口。

在稍稍插進去的那一剎那，鄭泰義體驗到了這輩子從沒體會過的陌生感受。

「等一下！！！」鄭泰義立刻從床上坐了起來。而正把頭埋在鄭泰義鎖骨附近的心路則是有些驚慌地看著他。

驚慌程度不輸心路的鄭泰義默默開口道：「那裡有點……」

現在的小孩連那裡都會愛撫到嗎？不對啊，通常應該是反過來吧？應該是我要去幫心路擴張後庭才對，現在這個情形就像……

鄭泰義的視線漸漸移到對方的下體。那根肉棒早已挺立了起來，並且在鄭泰義股間的附近不停地晃動著。

鄭泰義隨即露出混亂的神情看向心路。對方看上去雖然有些詫異，不過馬上又恢復成平時的模樣，嬌羞地笑著吻向鄭泰義。

「哥，沒事。我不會讓你痛到的。」

「什麼？」鄭泰義突然大喊。由於太過錯愕，他甚至還有些破音。

心路看鄭泰義的反應如此激烈，不免有些慌張，然而下一秒他的臉馬上就垮了下來。

他用憂鬱的神情一邊看著鄭泰義的臉色，一邊嘟噥道：「哥剛剛不是說可以盡情地……做想做的事嗎……」

「等一下，你好像打從一開始就誤會了什麼。我們先聊一聊。」

鄭泰義馬上爬了起來，嚴肅地跪坐在床上。而心路也立刻調整好姿勢，低著頭跪坐在鄭泰義的對面。

與此同時，心路挺立著的陽物也隨著他的動作不停地晃動。鄭泰義拚了老命才總算把自己的視線從對方身上移開。

在猶豫了好一會兒該怎麼開口後，鄭泰義直直地看向對方，緩緩問道：「你之前說你跟男人睡過，難道你當時是在上面嗎？而不是在下面……」

「對。因為我當初是這樣開始的，所以從沒想過其他的可能性。」心路在看到鄭泰義如此嚴肅的神情後，變得更加無精打采了。那有氣無力的模樣，彷彿下一秒眼淚就會直接奪眶而出似的。

鄭泰義努力忍住想要心軟的衝動，開始思考起眼前這棘手的問題。

他從沒想過會發生這種事。縱使他想像過各種的可能性，但就是沒有想到這種情形。

我在下面嗎……也不是不行。

他只不過是沒有試過罷了，其實他並不排斥被人上。畢竟被人壓在身下肯定也有另一種的快感。

但是……

鄭泰義陷入了苦惱之中。即便他不想讓心路難過，可是他只想抱心路，並不想被對方抱。

而心路似乎是沒有注意到鄭泰義還沉浸在煩惱裡，他先是疑惑地歪起了頭，隨後輕輕地吻上對方的雙唇。

眼看鄭泰義沒有拒絕，心路伸出舌頭舔拭起對方的嘴唇。隨後，他直接將鄭泰義抱入懷中。

「哥，我第一次做的時候，還有被對方稱讚我做得很棒。我真的會努力讓你舒服起來的，泰一哥。」

「沒有啦，現在的問題不是這個……」鄭泰義有些為難地說道。

聽到心路那惋惜的嘟噥聲後，鄭泰義有些心軟了。或許就試那麼一次看看也沒關係。

正當他還猶豫著要不要違背自己的喜好來嘗試時，心路猛地推倒了鄭泰義，接著跨坐在他的身上，「哥，我們就先試試看吧。我真的忍不下去了。就算哥說不想做，我也無法停下來。我現在只想跟哥瘋狂做愛，你都不知道我等這天等了多久——就算不想，也請你忍一忍吧。」

騎在鄭泰義身上，居高臨下看著他的心路又再次浮現出了那陌生的表情。心路看上去不再像原本那既純真又可愛的弟弟，而是想要什麼就一定得得到的自私男人。

心路舉起手用力地壓住鄭泰義的肩膀。彷彿即便鄭泰義說了不想，他也會強迫對方就範似的。

而原先已經有些心軟的鄭泰義瞬間就湧上了一把怒火。只要對方願意再讓他考慮一下的話，或許他就會拿為了體驗到截然不同的快感來當理由，答應對方的邀約也說不定。

但在聽到這句話後，那些想法馬上就煙消雲散。

「心路。」

「嗯……？」

「我其實不想對你動手……但你今天真的得被我揍一拳才行。」

語畢，鄭泰義不苟言笑地盯著心路，並趁對方還沒反應過來前，朝對方的肚子送上一記勾拳。而這樣做的代價是心路因為反胃而吐了鄭泰義一身。

*
*
*

「啊、對了。是硝酸鉀。」

鄭泰義猛地被自己自言自語的夢話給嚇醒。

睜開眼的剎那，他產生了有人在向他搭話的錯覺。從床上坐起後，他疑惑地撓了撓自己的頭，「硝酸鉀……？」

早在他睡醒的那一刻起，他就忘記自己究竟是夢到了什麼。而唯一還有印象的僅僅只有那句「硝酸鉀」而已。

鄭泰義困惑地看著自己的腳邊發呆。過了一會兒，他才像想起什麼似的點了點頭。

雖然他自己也不是很確定，但他似乎是夢見了哥哥。而這或許跟前幾天偶然撞見的那幅猶如塗鴉般雜亂的設計圖有關。畢竟他的哥哥也很常在客廳裡畫著不知道究竟是設計圖還是塗鴉般的圖案，並且在紙上的空白處寫下密密麻麻的潦草字跡。

每當哥哥寫到厭倦時，就會拿出一張新的空白紙書寫下不同的圖案與公式。若是再次寫到無聊，對方又會拿出新的紙寫下新的內容。

比較誇張的時候，哥哥還曾經把寫過的紙鋪滿了整面地板。

鄭泰義第一次看到這幅景象時，曾經問過對方究竟在畫些什麼——當時的鄭泰義還沒升上國中——而他的哥哥只是用著淡然的表情答道：「若是按照上頭的理論來製作的話，應該能做出一個小炸彈。」

聽見這個回答的鄭泰義自然是迫不及待地叫哥哥趕快做一個試試看，不過對方見狀卻淡淡地問了一句：「那你能拿到硝酸鉀嗎？」

不明所以的鄭泰義繼續追問硝酸鉀是什麼，而他的哥哥也再次親切地告訴他只要能拿到乙酸就可以了。然而對一名平凡的少年來說，他自然是聽不懂對方究竟在說些什麼。最終，那個實驗就這樣止於口頭上說說。

「為什麼會突然夢見哥哥啊……雖然我也想不起來究竟是夢到了什麼。」鄭泰義輕輕抓起自己的頭髮自言自語道。

不過他馬上就想起自己為什麼會夢見對方的理由。

在這幾天的反覆思考下，他確定了前些日子裡撞見的那張設計圖的確就是哥哥的筆跡。可能因為這陣子都在思索著這件事，才會導致他突然夢見哥哥。

也不知道是不是因為剛剛沒有睡好，他的肩膀有些僵硬。鄭泰義一邊伸展著身體，一邊看向了四周。

他不小心開著燈睡著的地方正是叔叔的房間。由於對方之前曾經說過集訓結束後想來就可以來，所以鄭泰義這陣子時不時就會跑到叔叔的房間。

縱使他來這裡的目的就只是為了看書，但這幾天卻沒有什麼機會能看見對方。

鄭泰義原本以為集訓結束後，叔叔就會比較悠哉一點。然而因為訓練途中死了一名教官的緣故，反倒讓叔叔變得更加忙碌。所以他也只有偶爾看書看到太晚，準備要回私人室時，才會碰上剛好要回房間的叔叔。

倏地，鄭泰義的口袋裡出現了震動聲。他拿出對講機，有人傳來了一則訊息。

「晚安，祝你有個好夢。」

這是個既有禮貌又不會太踰矩的問候。而最近這幾天，每天的早、中、晚，他都能收到這種類似的問候訊息。

不用特地去看，他就能猜到寄件人是誰。這肯定是心路寄來的。

那天從香港回來後，對方就一直持續傳訊息給他。縱使沒有什麼特別值得講的事，心路仍舊會傳一些問候的話給鄭泰義。有時候比較有空，對方還會直接跑來找他。

而每當鄭泰義邀請心路進到自己房間時，心路就會用著有些洩氣的表情觀察對方的反應，接著默默坐到鄭泰義的身邊。一直等到時間很晚了，他才又會惋惜地回去自己的房間。

或許心路現在之所以會傳訊息過來，就是因為他去到鄭泰義的房間才發現對方不在，所以才改用傳訊息道晚安的方式。可能是因為心路還在看鄭泰義的臉色，因此不敢正大光明地問鄭泰義現在在哪，以及叫他趕快回房間等話題。

鄭泰義再次看了一眼訊息的內容後，有些苦澀地收起了對講機。

自從發生了那件事，鄭泰義就以很不明顯的方式在躲著心路。若要說有多不明顯的話，那就是當心路來找他的時候，他會開心地迎接對方；當兩人在走廊上巧遇時，他也會開心地跟對方打招呼以及短暫地閒聊近況。

而他唯一的改變就是不再主動去找心路。也許看在其他人眼裡，鄭泰義好像沒什麼變，但眼尖的心路肯定早就發現了這細微的差異。

前一晚，當心路跑到鄭泰義房門外來找他的時候，也是一副眼淚馬上就要落下的樣子，可憐地問道：「泰一哥，你討厭我嗎？」

不過對於這件事，鄭泰義可以毫不猶豫地就搖頭否認。

然而即便他並不討厭心路，但他卻很在意對方那產生了微妙變化的態度。

在香港發生了那件事之後——被吐滿全身的鄭泰義在洗完澡，換心路進去浴室裡洗的時候，突然不安了起來，當下直接逃出了酒店——也許是仗著最糟的一面都被鄭泰義看過的心態，縱使心路還是會乖乖地看鄭泰義的臉色，但態度卻變得厚臉皮、光明正大了起來。

他再也不是之前那個彷彿一碰就會熄滅、一吹就會飛走，令人不由自主產生憐憫之心的心路。雖然對方還是一樣可愛，但早已不是鄭泰義原先認識的那名純真少年。

無論鄭泰義再怎麼思索，他都想不透為什麼對方會突然變成這副模樣。

「唉——」鄭泰義深深地嘆了口氣。

自從來到這裡後，他的命運就變得多舛了起來。一切看似順利，卻又微微地有些變調。這也令他不禁懷疑起自己半年後是真的能平安地離開這個地方嗎？

正當他苦惱著這股沒由來的預感時，一道熟悉的電話鈴聲在房內響起。

鄭泰義倏地愣了一下，接著抬起頭看向聲音的方向。叔叔書桌上的電話響了起來。而筆電螢幕也隨即發出微弱的亮光，上頭的通話按鈕不停閃爍著。

他靜靜地看著不斷發出聲響的電話。那張面無表情的臉也漸漸地皺起了眉頭。即便他並不知道來電者是誰，但之前在這間房間裡幫忙接電話的記憶至今仍歷歷在目。

「……」

鄭泰義根本就不需要考慮，他馬上就下定決心不去接這通電話了。

接起電話對他來說完全沒有好處。他不想聽見那個男人的聲音。對方一邊與心路交纏在一起，一邊看向自己的那雙黝黑瞳孔、似笑非笑的嘴角依舊烙印在他的腦海裡。

「……媽的，突然好氣。」止不住怒火的鄭泰義猛地怒罵道。

下一秒，他像是把電話當作那個男人似的，直接把手中的杯子砸向那臺機器。不銹鋼杯在砸中筆電螢幕後便掉到地板上，而螢幕的邊角則碎成了蜘蛛網狀。隨著電話的話筒掉到地上後，電話鈴聲也不再響起。

仔細回想，鄭泰義才意識到自己究竟有多蠢。

雖然他表面上不曾承認過，但他其實已經默默地把伊萊視為自己的朋友。縱使對方經常冷漠地把殘忍的話語掛在嘴邊，不過鄭泰義卻下意識地認為要是當那個時候到來時，對方肯定會手下留情。

而他之所以會產生如此莫名其妙的信念，就是因為伊萊當初那句「我現在不想跟你吵。」

然而無論是對方殘酷的話語，抑或是那冷淡的態度都一再傳達著伊萊最真實的想法。他不打算讓任何人有機會跨過他設下的那條界線。

鄭泰義笨就笨在明明對這個事實再清楚不過，卻還認為對方有可能會改變。他之所以會怪罪伊萊的反覆無常，其實就只是在遷怒罷了。

即便鄭泰義也知道這一切都是錯在自己會錯意，但他還是不想再見到對方。他既不想聽見那個男人的聲音，也不想再跟那個男人扯上任何關係。

「唉……反正他只不過是個把人命視如糞土的殺人魔，我何必對此感到惋惜呢。至於心路……一想到就好煩……但至少心路最後留在了我的身邊。」鄭泰義試著要安撫自己雜亂的心。

霎時，房門猛地被打開。鄭泰義一抬起頭便看見叔叔的身影，而對方在看到他後似乎也不覺得意外，僅僅只是說了一句：「哦，你來了啊！」

「我今天買到一本很珍貴的書，大概下個禮拜就會到了。」

鄭泰義聽完叔叔的話後，開心地點了點頭。

叔叔買了新書，對鄭泰義來說自然也是件好事。因為這樣他就可以輕鬆借走許多難以買到的稀有書籍。

脫下外套，準備掛在衣架上的叔叔倏地看見了書桌上的那副慘狀。他有些詫異地瞪大雙眼，說了：「嗯？」

而鄭泰義此刻才想起自己剛剛忘記收拾地板與書桌，默默地撇過了頭。雖然這樣也無法掩飾他就是凶手的事實就是了。

「電話怎麼突然變這樣？哎呀，螢幕甚至還碎了耶。這很難修的……」叔叔看上去似乎並不生氣，他只是默默地查看著電話的狀態，並把掉到地板上的話筒撿起來而已。

由於一時之間太過憤怒，進而把人家好好的電話砸壞的鄭泰義在偷偷瞥了對方一眼後，苦澀地咂了咂嘴小聲說著：「抱歉。」

而叔叔見狀只是好奇地看著鄭泰義問道：「不過你為什麼要砸電話啊……」話講到一半，叔叔像是在想些什麼似地停頓了一會兒，「是接到了什麼奇怪的電話嗎？」

鄭泰義不用問就能猜到對方腦中浮現出了誰的臉孔，他聳了聳肩回答：「倒也沒有啦，我只是覺得鈴聲太吵才把東西砸過去。沒想到居然剛好打中了呢……」

「嗯。」叔叔沒有多問，簡單點了點頭。不過那稍稍揚起的嘴角看上去似乎在沉思著什麼事。

此時，電話鈴聲再次響起。剛剛似乎是只有傷到螢幕，並沒有傷到電話本體。

被那道鈴聲嚇到抖了一下的鄭泰義立刻就惡狠狠地瞪向那不斷響著的電話，而剛好站在電話旁的叔叔隨即按下了通話按鈕——然而螢幕已經不會亮了——以及拿起一旁的話筒。

「是，我是鄭昌仁——啊，是的。好的，沒問題……你說的是哪一位呢？那對方的經歷是……」

鄭泰義在屏息聽著叔叔的對話內容好一會兒後，才像是鬆了口氣似地鬆懈下來。

原來如此。原來不是那個男人啊。

仔細一想，在打給叔叔的眾多電話裡，那個男人肯定只占了極少數罷了。鄭泰義實在搞不懂自己究竟在緊張些什麼。他既不需要緊張，也沒有理由為了對方而緊張。

鄭泰義靠坐在床上看著手中的書，同時不忘瞥了叔叔一眼。對方的這通電話講得比想像中還長。偶爾聽見一些不尋常的單字時，他就會時不時地抬起頭看向叔叔。

這通電話似乎是機構內部的人打來的。他們好像在聊升遷跟調離之類的內容。而最主要在討論的應該是要選誰來代替死去那名教官的位置，除此之外也有提到總管去到美洲本部之後的事，以及下次會是哪位次長爬上總管位置等諸如此類的話題。

一想到這，鄭泰義猛地好奇起一切真的能如叔叔所願，讓他的上司順利地晉升成總管嗎？

鄭泰義的腦中回想起了叔叔的上司，魯道夫讓蒂這個人。雖然他只見過對方幾次面，但他很確定魯道夫讓蒂晉升成總管絕對能好好帶領亞洲分部走出一個更好的未來。

然而這一點另一名次長也一樣。他沒有近距離見過另一名名為毛利印的次長，只有偶爾在全體集合時遠遠地看過對方的長相罷了。那人看上去雖然有些木訥，但做起事來不會虎頭蛇尾，是個一絲不茍的人。

其實無論是哪一位，只要是能坐上分部次長位置的人，自然都有著一定的手腕與能力在。

對鄭泰義來說，無論是誰當上總管都沒差。只不過若是站在叔叔的立場，這或許就成為了一個很敏感的問題。

但是……

鄭泰義看向天花板。或許表面上跟私底下多少還是有差吧，他並不覺得叔叔跟魯道夫很合得來。那兩人看上去就像各懷鬼胎的大蟒蛇，既無法真心地信任彼此也合不來。

然而這只不過是私底下的問題。要是換到檯面上的話，一切可能就又另當別論了。

在鄭泰義一邊陷入沉思，一邊盯著叔叔看的同時，對方剛好掛斷了電話。叔叔看著被他握在手中的話筒，默默不語。

「叔叔看起來很忙呢。」

一直等到鄭泰義主動打破了這陣沉默，叔叔才緩緩地看向他。

「對啊。」對方像是很傷腦筋似的靠在椅子上，「基彭哈恩不是死了嗎？但是大家對於誰要繼任他的位置卻一直喬不攏，本部想要推薦的人跟每個分部想要推薦的人都不同。雖然最後還是會參考本人的意見，並且按照各自的經歷與評分選出總分最高的那個人就是了。」

「這樣啊……那叔叔的表情為什麼那麼糟啊？難道你討厭的人進到候補名單裡了嗎？」

「沒有啦，我哪有什麼討厭的人。只不過倒是有一個如果來到我們分部，會令大家很傷腦筋的對象吧。」

「那就選其他人不就好了嗎？」

「但這也不是我能選擇的啊。本部跟分部的教官們在協商後，會先選出有達到基準分數的人選，最後再藉由電腦選出最接近升遷分數的人。」

「啊啊。」鄭泰義點了點頭。

叔叔像是在思考著什麼似地陷入沉思之中。然而這個情形並沒有持續太久，他便不耐煩地抓了抓自己的頭碎念道：「媽的，基彭哈恩那個傢伙幹嘛做些毫無意義的事結果害自己被殺啊。他難道分不清有哪些事是做得到，哪些事是做不到的嗎？甚至還選在這個時機動了里格……」

鄭泰義看自言自語嘟噥著的叔叔，主動轉換話題，「那總管之爭的事進行得如何了？會朝叔叔期望的方向發展嗎？」

「這個嗎，還不確定。但目前的情勢的確是對讓蒂次長更有利一點，畢竟他過去所累積的實績很好。不過毛利在次長這個位置上不但當得比較久，經驗也更多。」

「但UNHRDO不是個會看實績決定升遷與否的地方吧？」

「雖然表面上是這樣說，但實際上決定升遷的並不是制度而是人啊。所以大家或多或少還是會去參考一個人的實績。」叔叔淡淡地說道。

跟鄭泰義比起來，叔叔似乎更不在乎最後是誰會當上總管。

鄭泰義有些疑惑地看著對方，但隨即又馬上收回了視線。反正自己只會在這個地方待上半年而已，他只要顧好自己的命、做好份內事就夠了。

「話說里格前幾天有打來呢。」叔叔輕描淡寫地說著。

而聽見這句話的鄭泰義馬上就停下翻著書頁的動作。他下意識地皺起眉頭，然而叔叔似乎並沒有看見他的表情，繼續講了下去。

「歐洲分部最近似乎也挺混亂的。畢竟若我們空出的教官位置，最後是由其他分部的人被任命上的話，那他們自己也會少一個人。最終，這很有可能會導致大規模的調動。」

鄭泰義不斷晃動著手中的書頁。他湧起了一股不是很好的預感。

「叔叔之前不是說過歐洲分部的人不會直接被調派過來嗎？」

「對啊，是沒有啊。要是沒有什麼特別的理由，基本上是不會直接被調派過來的。縱使這也不是什麼原則問題，但因為一直以來都是如此，所以大家會先排除歐洲分部選出來的人選。不過這個前提是，沒有什麼『特別理由』的話。」叔叔一邊點頭一邊說道。

莫名湧上不祥預感的鄭泰義不安地揉了揉自己的胸口，接著又深深地嘆了口氣。他猛地想起在地牢時，伊萊說過的那句話。

「縱使我進出地牢那麼多次，但我的功績可是多到數不清。這也導致有一堆人正準備要來跟我談升遷的事，即便我根本就不打算要升官。」

鄭泰義垂著頭思索了好一會兒，隨後開口問道：「如果歐洲分部剛好有一位準備要升官的人，而亞洲分部恰巧也少了一個位置，那這種時候會怎麼辦呢？」

「應該會從其他分部派一個合適的人選過來，接著再讓歐洲分部的人去遞補原本那個人的空缺吧……怎麼了，難道你有想到歐洲分部有哪個很棒的人選嗎？」叔叔猛地發問。

鄭泰義皺著眉搖了搖頭否認，「沒有，沒事。」他試著要消除內心的不安。

一切只不過是自己想太多，變得太敏感了。如果真的發生這種事的話，他真正需要擔心的反倒是……

「那個男人被派去兩個月後要跟我們一起集訓的分部裡，結果我偏偏在那裡遇見了他。」鄭泰義自言自語道。把這個可能性講出口之後，他又倏地不安了起來。

大家總說一直去思考不好的事，那件事就會成真。媽的，我還是趕快忘掉這件事吧。

鄭泰義用力地晃動起自己的腦袋。

而一直在觀察著鄭泰義反應的叔叔像是想起什麼似地突然笑了起來，「你跟心路最近好像變得特別要好啊。聽說每到晚上心路就會跑去你房間找你呢！」

「……」鄭泰義愣了一下後，馬上安靜下來。下一秒，他直勾勾地看向叔叔。

對方果然是個絕對不能大意的對象。他一邊猜測著叔叔究竟知道了哪幾件事，一邊厭倦起自己天天在看叔叔臉色的行為。

「就……那樣啊……對啊。」

「你上個禮拜不是跟心路一起去香港了嗎？聽說心路訂了半島酒店的特級豪華客房呢……你有那個心情好好參觀房間嗎？」叔叔耐人尋味地笑了起來，「還是你都在忙著參觀其他東西，而沒有時間好好看房間長怎樣呢？」

鄭泰義表面上雖然不動聲色，但內心卻早已皺起眉頭。這個地方難道沒有祕密可言嗎？為什麼消息能傳得這麼快？

「那間房間是特級豪華客房啊？我還真的不知道耶。我只記得那間房間真的很大，大到要曬剛洗掉沾著嘔吐物的衣服還嫌太寬敞的程度呢！」鄭泰義板著一張臉說道。

叔叔先是愣了一下，接著露出微妙的表情看著對方，「沾著嘔吐物的衣服？這是什麼意思？」

「看來消息還沒傳到那裡啊。那天心路因為身體不適，所以早在進到房間前就已經暈過去了。」

「……這樣啊。」叔叔看上去似乎很意外，又像是很同情對方。只不過他的眼神卻嗜血地在找尋著足以拿來開玩笑的素材，「心路還真可憐耶。」

「不是我很可憐，而是心路嗎？」

鄭泰義一反問，叔叔再次露出微妙的眼神看向他。接著笑著說道，「心路剛好是你喜歡的那種類型吧？看上去既漂亮又可愛，個性也很乖巧開朗。」

「……」

「不過那個傢伙呢，有著令人出乎意料的一面……我相信你再繼續跟他相處下去，應該就會慢慢發現了吧。」

鄭泰義沒有答話。他已經多少猜到叔叔口中那個「令人出乎意料的一面」是指什麼了。他猛地又憂鬱了起來。

叔叔看鄭泰義那明顯沉下來的表情，似乎也猜到對方在想些什麼。他饒有興致地緩緩開口：「那個傢伙也很適合當戀人呢。能夠在分部裡當上雜務官的人，都是頭腦好、會看臉色又很聰明的人。你別看那個傢伙現在這樣，他的血統可是超好的呢！他出生在中國財經界數一數二知名的名門望族裡。」

聽到這句話，鄭泰義隨即露出奇怪的表情盯著叔叔。對方的神情看上去雖然像在鬧著他玩，但語氣卻是十分認真。

深深嘆了一口氣後，鄭泰義抬起頭望向天花板。即便他也能感覺得出對方應該是出生在一個不錯的家庭裡，不過在聽到叔叔的那段話後，他還是瞬間產生了一股違和感。

然而無論對方的家庭背景有多顯赫，這些都不重要。畢竟鄭泰義的哥哥也是一位大名鼎鼎的傑出人物，而他的叔叔雖然不像鄭在義那樣知名，但跟普通人比起來也是相當厲害了。

想到這裡，鄭泰義又再次回想起叔叔剛剛那句「令人出乎意料的一面」。他自己也很清楚對方指的絕對不是心路身世如此簡單的問題。

鄭泰義臭著臉地從床上爬起。接著惡狠狠瞪向看著自己似笑非笑的叔叔說：「我要走了。」

「那麼快啊？那你不借幾本書走嗎？」

「我之後再來這裡看就好了。」鄭泰義一邊無力地嘆氣，一邊背過身朝對方揮了揮手。

不過在聽見叔叔發出的低沉笑聲後，他的心情頓時又鬱悶了幾分。

「泰義啊。」

在他踏出房門口前，叔叔像是想起什麼似地叫住了他。

鄭泰義維持著一隻腳踏在門外的動作，轉過頭看向了對方。叔叔嘴角掛起令人摸不著頭緒的微笑，靜靜說道：「加油啊，反正半年——你只要再撐幾個月就可以了。」

「……？好喔。那叔叔也趕快去休息吧。」

鄭泰義點了點頭後，便從房間裡走了出來。不知為何，他的心有種悶悶的感覺。

睜開雙眼，四周皆是一片黑暗。

在盯著天花板發呆好一陣子後，他看向放在枕邊的夜光手錶。現在才凌晨四點多。

這是個除了習慣早起的部員們之外，其他人都不可能會醒來的時間。

鄭泰義睜著眼睛思考了一段時間，才倏地意識到自己突然清醒的理由。房間裡的電話正在響著。不知道從什麼時候開始，電話鈴聲就以稱不上有多刺耳的聲音不停地響著。

鄭泰義皺著眉頭從床上坐起。他不耐煩地瞪著電話好一會兒後，才緩緩地起身走了過去。

會選在這個時間點打來的人……哥哥！

他的腦海馬上浮現出了一個人選。雖然哥哥平時的生活都過得很規律，但偶爾不規律地外出或在外面過夜時，對方總會做些很反常的事。

而反常的事大多都是像現在這樣，選在大家都睡著的時間點打給他，要不然就是說自己出門一下，結果卻在兩個小時後叫鄭泰義拿護照去機場找他之類的瑣碎小事。

由於長時間跟這樣的哥哥生活著，因此當他在奇怪的時間點接到別人打來的電話時，總會下意識地想起哥哥。

等一下……但是哥哥不可能知道這裡的電話號碼吧？

當他湧上這個念頭時，他已經拿起了話筒。

「幹嘛突然打給我？」一直等到他淡淡地講出這句話後，他才想起哥哥根本就不可能會知道這裡的電話。

然而只要鄭在義想要打給鄭泰義的話，他隨便在電話上按幾個號碼也能奇蹟似的打給對方。

接起電話後，鄭泰義看向了來電顯示。這是紅燈，外線電話。

如果是內線電話，那就有可能是叔叔或心路。除此之外，也有可能是有急事要聯絡他的其他同伴們。

然而若是外線電話的話……唯一有可能打給他的也就只有運氣好到不行的哥哥而已。

鄭泰義認真思考著這機率微乎其微的可能性，同時再次朝著沒有人答話的話筒問道：「喂？」

電話那頭依舊沒有任何回應。鄭泰義不禁皺起了眉頭，難道這是別人打錯或惡作劇電話嗎？

原本睡得好好的卻突然被吵醒，接起電話後才發現是如此沒有意義的通話。鄭泰義也漸漸不耐煩了起來。

「唉……大半夜的居然接到……」

「看來你過得很好嘛？」

正當他準備要放下話筒的那一剎那，一道低沉的嗓音從聽筒裡傳了出來。

鄭泰義愣了一下，握著話筒的手漸漸出力。睡意也霎時煙消雲散。

即便他才剛睡醒，也絕對不可能認錯這聽上去既緩慢又慵懶，同時還帶著些許笑意的聲線。

「……沒想到一大早運氣就差成這樣……」鄭泰義下意識地咂了咂嘴。

聽筒那端馬上傳來一陣笑聲。一聽見對方的反應，鄭泰義的心情也變得更加沉悶。

危險！危險！明明他跟對方已經不可能再見到面了，但腦中卻還是不由自主地發出警告。鄭泰義自己也很清楚，再繼續跟對方聊下去絕對沒有什麼好事。

「看來你最近不常跑去鄭教官的房間玩啊？」

「哪有，我昨天跟前天都去了。」鄭泰義不滿地碎念道。

伊萊，伊萊里格勞。鄭泰義實在想不透對方怎麼會突然打給自己。

「你幹嘛打給我？如果你是要打給叔叔的話，那你打錯了。」

「沒有啦，我昨天就已經打給鄭教官了。甚至當我問起你的事時，他馬上就告訴我了。」

叔叔……你到底是跟對方講了什麼？不對，最重要的是這個男人為什麼會問起我的事？

鄭泰義沒有答話。畢竟他實在猜不到伊萊是為了什麼理由而打給他，也想不到對方從叔叔那裡聽到了什麼。不過無論對方聽見什麼風聲，那應該都是一些無關緊要的小事。

「聽說你跟那個男孩處得很好啊？」伊萊慢條斯理地打破這陣沉默。

而鄭泰義則是皺起了眉頭。他並不想和這個男人談起跟心路有關的事。縱使他們今後不會再見面了，照理來說對方也不可能再對心路下手，但鄭泰義就是有些不安。

……不過仔細一想，他卻猛地覺得有點不爽。無論那個理由究竟是什麼，心路居然願意乖乖地被那傢伙上，而不願意被他上？

就在鄭泰義的眉頭越皺越深時，對方繼續講了下去。

「如何，那個男孩有合你的胃口嗎？他的確是挺可口的啦，但對我來說調味實在是太淡了。我比較喜歡會撒嬌的人呢！」

「你就是為了講這件事才打給我的嗎？如果你這麼想講這種不三不四的話題，那麻煩你去講給其他人聽。要不然你也可以直接講給心路聽，我看他之後還會不會理你。」鄭泰義赤裸裸地表現出自己的不爽。

一想到對方就是為了講這些垃圾話才把自己從睡夢中吵醒，他就越想越氣。他對伊萊的喜好並不感興趣。

「啊哈哈，沒有啦。我最近因為事情很多，所以變得特別忙。不久前剛忙完，多了一點空閒時間，突然就想起你了！所以我才會直接打給你。畢竟現在打給鄭教官，你也不會接了……」伊萊的嗓音稍稍壓低。彷彿他也察覺到了鄭泰義在躲著自己。

鄭泰義咂起了嘴。雖然他也曾經想過要不要直接掛掉電話，但他又不甘心這麼做，最終他只能重新把話筒給握好。而他的睡意早在聽見對方聲音的那一刻就已經消失了。

他最後一次見到伊萊是對方要離開亞洲分部的前一晚，那人與心路一起躺在同一張床上。

只不過他們當時就只有對視罷了，並沒有講任何一句話；如果是最後一次對話的話，那就要追溯到他倆還被關在地牢的時候了。

縱使鄭泰義沒有機會好好跟對方道別，但伊萊似乎根本就不在乎這件事。

「仔細一想我們還沒好好道別過。我原本打算在你離開之前，去跟你打聲招呼的。殊不知那個狀況根本就不適合說再見。既然如此，那我現在就來好好地跟你道別吧，Bye Bye。」

為了不要再次見面，鄭泰義特地選了「Bye Bye」這個詞。他只希望這通電話結束後，他倆的緣分也會就此結束。

或許鄭泰義不自在與不爽的情緒也傳到了話筒的另一邊，伊萊笑了起來。

「你好像很不開心耶，你是為了什麼事而鬧彆扭的呢？難道是因為……我上了那個男孩？」

「當然不是……唉，多少跟那件事有關吧。」原本想要否認的鄭泰義，馬上又改口直接承認。畢竟就算否認了，對方也不可能聽不出鄭泰義的真心話。

他又想起了那個畫面。每當他想起時，總是會不由自主地開始反胃。

其實鄭泰義也有認真思考過自己生氣的理由。這並不單單只是因為對方睡了心路而已。

即便他沒有認真跟其他人交往過，但他很確定自己並不是一個會在乎另一半貞操的人。更何況心路最終也沒有拋下他，進而投入伊萊的懷裡。

無論他思索了幾次，答案都只有一個。那就是伊萊當時的那股視線。

他猜不透那股視線所代表的含義。為什麼對方要在跟心路上床時，直勾勾地看著自己，甚至嘴角還揚起了些微的弧度？

而那股似笑非笑的視線令鄭泰義至今想起都還是會情不自禁地怒火中燒。

「哈哈，泰一，我們不是已經約好了嗎？我相信你當時也有聽到吧，我並沒有強迫那個男孩跟我上床。而是他自己先跑來找我的。」

「對，我也知道。就是因為這樣，我當時才沒有衝上去揍你。不過我記得我沒有答應過你，我不會因為這件事生氣。」

「哎呀……的確是呢！看來當初的約定擬得太過粗糙了。」伊萊在意識到自己的失誤後噗哧一笑。

而仍舊搞不清楚這通電話的目的為何的鄭泰義也漸漸焦躁了起來。他很討厭不明所以就被對方打探著底細的這個氛圍。

「但你現在應該也沒有必要再提起那件事了吧。你到底為什麼要打給我解釋這些啊？」

「啊哈，我當然得解釋囉。我之所以會拖到現在才打給你，是因為前陣子真的太忙了，現在好不容易才有一點時間能聯絡你。而我為什麼要打給你，那當然是因為你跟我很要好啊！」

鄭泰義差點就要鬆開拿著電話話筒的手。不，他還不如真的鬆開算了。他恨不得自己能夠藉由不小心弄掉話筒的動作來掛掉這通電話。

他好像聽見了一些不該聽到的話題，抑或是聽見也對自己沒有任何好處的內容。完全想不透對方意圖的鄭泰義臉色霎時變得蒼白。這個瘋子究竟是為了什麼才打這通電話的？比起憤怒，他更多的是害怕。

鄭泰義從沒想過叔叔那句「絕對不要跟他扯上關係，也不要出現在他面前。」的叮囑居然直到現在也還有效。

他原本想質問對方，他們是什麼時候變得要好的。只不過張了張嘴，卻又原封不動地把這句話給吞回肚子裡。

他實在沒有必要再跟伊萊吵下去。最終，鄭泰義選擇用比較隱晦的方式來問出這個問題，「若要說我們很要好的話……你甚至連聲再見都沒說，就直接離開了耶？」

鄭泰義接著補充道：「你離開的前一天晚上，我之所以會去找你就是為了要跟你說再見。雖然最後還是告吹了……」

伊萊見狀只是淡淡地答道：「那是因為我認為我們不久後又會再次見面。只是一陣子不會見到面而已，沒有必要特地說再見吧？」

鄭泰義握住話筒的手心漸漸冒出了冷汗。他這次是真的想要直接掛斷電話。而那股從接起電話時就籠罩著的不祥預感又加深了幾分。

「我們為什麼會再次見面？」他的心不安地加速跳動著。由於猜不到對方又會突然冒出什麼話，心底不安的情緒也逐漸加重。

鄭泰義此刻只想崩潰地朝對方質問：你到底為什麼要打給我！

「什麼為什麼？只要人還沒死，想要見面就能再次見上面吧？」

「但我不想見到你啊。」

因為鄭泰義毫不猶豫的回答，話筒另一端傳來了大笑聲。伊萊笑得像是聽見了什麼很有趣的玩笑似的。

鄭泰義默默地摸向自己的額頭。他能感覺到一股炙熱的怒火正準備要從體內宣洩而出。

他不想再拐彎抹角地打探對方究竟在想些什麼，他已經累了。

鄭泰義有氣無力地嘟噥道：「所以你到底為什麼要打給我？你總不可能真的覺得我們兩個人很要好吧？」

「哈哈，你怎麼會這麼想呢？」

還不是因為你在聽到這種話後，既不覺得被冒犯也不會生氣，甚至還認為這一切很有趣！

鄭泰義沒有把心底的話說出口，而是靜靜地等著對方把話講完。他從沒想過跟一位意料之外的人對話竟會消耗如此多的能量。

或許是意識到鄭泰義並不打算回答，伊萊先是低聲地笑了起來。

接著，他收起玩笑的態度，爽快答道：「我打給你不是為了其他的目的，真的只是單純想起你罷了。因為我們剛好聊到了鄭在一。」

對方又把自己視為哥哥的附屬品了。

然而這件事實在是太常發生，鄭泰義已經習慣到不會再為此而感到難過。

「那你打給我哥啊，幹嘛打給我。」

「因為鄭在一現在失蹤了。那你知道他現在在哪嗎？」

這一刻，鄭泰義猛地意識到，或許這正是對方打這通電話的目的。縱使這有可能不是最主要的意圖，但在對方打通電話的那一刻起，他肯定就想問這個問題了。

「在我跟你被關在地牢的那段時間裡，我不是就已經跟你講過了嗎？」

鄭泰義之所以會如此不耐煩也不是沒有理由。因為他之前就已經跟對方聊過這個話題，而他當時也清楚表明過自己不知道哥哥的下落。

伊萊再次笑了起來。他用著若無其事的語氣淡淡說道：「沒有啊，畢竟也過了一段時間了嘛，所以我才想再次問問看。我周邊有很多人都在找他呢！」

「那你記得幫我跟他們說聲加油。順便帶話給他們，就連鄭在義的家人都不知道他在哪裡了，他們就自己想辦法找到他吧。」

「好的。」伊萊的聲音裡夾帶著些許的笑意。

如果單純聽這個嗓音的話，他或許會認為伊萊是個既風趣又溫柔的男人。無論是那低沉好聽的嗓音，抑或是那豪爽不拖泥帶水的語氣都是如此。

假如他沒有在現實中遇見對方，僅僅只靠著通話來認識伊萊這個人，那他肯定會對對方產生好感。

這就跟他在遇見里格勞前，對伊萊的看法一樣。

「好啦，那直到我們再次見面的那天，你都要好好保重身體喔！」伊萊低聲笑道。

而早已厭倦跟這個男人通話的鄭泰義一邊嘆氣，一邊嘟噥著：「嗯，你也是。」

一直等到對方掛斷電話後，他才注意到伊萊剛剛那句「直到我們再次見面的那天」。

「哦！」

「哦？」

見到托尤用食指指著自己，同時還疑惑地發出了一聲「哦！」後，鄭泰義也回了一句「哦？」然而他那面無表情的模樣卻顯得格外突兀。

托尤瞥了一眼手錶，緩緩走到鄭泰義的身旁。現在還不到六點。

鄭泰義一看見對方嘴上叼著的香菸後，輕聲說了一句：「果然。」他才在想托尤怎麼會一大早就起床，原來是為了要抽起床後的第一根菸。

「你怎麼起得那麼早？」托尤叼著菸問道。

意外地很喜歡花花草草的托尤正默默用指尖輕敲停在葉面上的露水。

由於他長得特別凶惡，所以那些第一次見到托尤的人，都無法想像他竟然會喜歡這種比較沒那麼陽剛的事物。

「嗯……凌晨的時候接到了一通惡作劇電話。」

「你幹嘛不隨便罵個幾句，再繼續睡回籠覺啊？」

「因為對方有點難纏。」

「下次再接到這種電話，你就直接把電話線拔掉啦！」

「似乎真的得這樣了。要不然我就想辦法不讓外線電話打進來吧。」

「到底是哪個瘋子竟然敢打惡作劇電話到UNHRDO的分部？我們應該要查出那通電話是誰打的，給對方一點顏色看看才行吧？」

「……」鄭泰義直勾勾地看著托尤。

「怎麼了？」

「沒事。」

在托尤疑惑地轉過頭看向鄭泰義後，他輕輕搖了搖頭。要是托尤敢冒著生命危險做這件事的話，那他肯定會為對方獻上十足的敬意。

眼看托尤蹲坐在地板上，不斷玩弄著葉子上的露水，鄭泰義也跟著蜷縮在對方身邊。他慢慢地伸出手，學著托尤將指尖碰觸在露水上。

電話被掛斷後，他就再也睡不著了。雖然距離表定行程開始還有一段不算短的時間，但躺在床上嘗試入眠的他卻屢屢失敗。

最終，鄭泰義直接放棄做這種無謂的嘗試，跑到外面來呼吸清晨的新鮮空氣。分部的周遭布滿著濃霧。等太陽出來後，想必會是個炎熱的好天氣吧。

正當他呼吸著這股混雜著霧氣的空氣時，他恰巧看見了叼著菸從分部內走出來的托尤。

「不過你為什麼一大早就跑出來抽菸啊？」

「我一直都是在這個時間點起床出來抽菸的。因為你不曾在這個時候跑出來，所以才不知道罷了。」聽見對方的提問後，托尤嗤之以鼻地答道。

鄭泰義仔細一想，似乎真的是如此。縱使他很常在這個時間點起床，卻不曾跑出來外面，這也難怪他會不知道這件事。

即便托尤是個很容易為了香菸而痴狂的怪胎，不過對方在同伴間已經算是相當勤快又老實的類型了。

「你為什麼要露出這種表情啊？」托尤瞥了一眼鄭泰義問道。

每當他吐出煙霧時，總會小心翼翼地朝著天空吐，而不是朝著眼前的樹葉。這或許是他對植物們最後的良心吧。

「那通電話真的太難纏了。」

「什麼？」

鄭泰義敷衍地回答完後，搓揉起沾到指尖上的露水。

雖然他明顯感受到了托尤疑惑的視線，但此刻他的腦海實在太過混亂，沒有那個閒工夫再去認真回答對方的問題。

在他與伊萊通話時，總是會注意到隱藏在話語中的一些小細節。而正是那些再微小不過的內容，讓他的心變得如此不安。

「來，給你一根吧。」或許是看鄭泰義的表情太過難看，托尤主動遞了一根被他視為寶物般的香菸。

由於托尤前陣子才剛去香港一趟，可能他也趁機囤了一些貨。因此當他遞出這根香菸時看上去意外地從容。

鄭泰義收下後，將香菸叼在嘴上深深地吸了一口氣。嗆鼻的菸味就這樣被他吸進肺裡。

此時，他倆的身後傳出了些微的動靜。是托尤率先轉過頭去，鄭泰義被對方的動作嚇到才跟著轉頭看向身後。

透過分部老舊的玻璃窗可以看見裡面有名男子正大步地走向教官室。

「是高汀耶！沒想到那位大叔也起得那麼早。不過在這個時間點就已經穿好制服，甚至還進到了教官室裡……難道他等一下要去出差嗎？」托尤咕噥道。

然而在他講完這句話之前，走廊的另一端又再次出現了一名教官。

對方跟高汀一樣，身穿著表定行程時才會換上的制服，大步走進了教官室。

沒過多久，第三位教官也出現了。這次是叔叔。

或許是因為剛睡醒就直奔地上一樓，即便對方的制服穿得十分整齊，但眼神中卻充滿著睡意與不滿。

叔叔在走向教官室的途中，下意識地看了走廊窗戶一眼。而站在外頭抽著菸的鄭泰義和托尤馬上就映入他的眼簾。叔叔微微地皺起眉頭，張開嘴像是要說些什麼。然而在思索了一會兒後，他直接作罷，一言不發地走進教官室。

「……？」

「這是怎樣，為什麼一大早大家就忙成這樣？難道凌晨的時候發生了什麼事嗎？」

托尤狐疑地碎念著。

鄭泰義看教官們一個接一個地走進教官室裡，同樣疑惑地歪起了頭。

在叔叔進到教官室後，還有幾位教官也陸續地抵達地上一樓。而次長們則是在教官們都抵達後，遲了一點點才出現。

距離表定行程開始還有三個多小時，照理來說這些高官們不可能那麼早就身穿正裝地出現在分部裡。而且每一位進到教官室裡的人的表情都有些微妙。看不出來究竟是開心還是難過，也或許這兩者都不是。

唯一能確定的是這肯定不是件好事，可能是發生了近似於壞事般的大事。

鄭泰義只能暗自在心中乞求，不管上頭發生了什麼，都不要影響到分部裡的部員們就好。

霎時，他看見心路著急地穿過走廊。如果連雜務官都這麼早被叫醒的話，那想必是真的發生了什麼大事吧。

在鄭泰義叫住對方之前，剛好看向窗外的心路就先發現了他，「泰一哥！你怎麼這麼早就出現在這裡？」

一看見對方開心地打開窗戶大聲喊道，托尤隨即露出耐人尋味的笑容，半開玩笑地說：「哎呀，還真是羨慕你啊！居然有個一看到你就開心地搖起尾巴的傢伙在。」

而鄭泰義見狀直接當作沒聽到這句話。

剛剛教官們都是板著一張臉，露出一副既不開心也不生氣的奇怪表情。或許是他們之間那微妙的氛圍還沒有渲染到雜務官那裡，心路看上去相當開心。

「因為我睡不著，所以跑來外面透透氣。不過你呢？為什麼那麼早就起來了啊？我剛剛還看到一堆教官們經過……該不會出了什麼事吧？」

「啊，今天凌晨本部聯絡我們了。聽說他們已經決定好會是哪位新教官任命到我們這裡來。」

今天凌晨。

一股不是很好的預感倏地閃過鄭泰義的腦海。可能是因為今天凌晨才剛被一道不祥的聲音給吵醒，所以他下意識地覺得今天要發生的事都會沾上那股霉運。

「這種日子就是要齋戒沐浴，乖乖地待在房間裡，不要外出最好。」

「什麼？」

「啊、沒事。那那個人是誰啊？」

「這我也還不知道呢。」心路有些尷尬地笑著答道。

畢竟對方才剛被叫出來，的確不可能會知道這種熱騰騰的消息。或許得等到教官們短暫的會議結束後，雜務官才會早部員一點點得知這個資訊。不過高官們至今都還關在教官室裡頭，心路當然不可能會知道。

「總覺得有種怪怪的感覺……」鄭泰義有些不安地嘟噥道。

一些細微又瑣碎的線索瞬間浮現在他的腦海裡，卻怎麼解也解不開。然而即便解開了，感覺那個答案也不會朝好的方向發展。

「新教官嗎……只希望對方不要是個怪人就好了。」鄭泰義嘆了口氣碎念著。

雖然他只要再待幾個月就可以離開這個地方了，但他實在不想在剩下這幾個月裡遇見一位奇怪的上司。

而一旁的托尤見狀，先是朝著天空吐了一口菸，接著緩緩說道：「新任教官的好壞會直接影響到他的直屬上司——次長。我想次長們為了要讓自己的未來有好日子過，自然不會選一位奇怪的人吧？更何況就算對方真的是個怪人，只要是能夠當上UNHRDO分部教官的傢伙，能力就不會差到哪裡去。雖然自己說有點害臊，但這裡可不是什麼阿貓阿狗都進得來的地方呢……」托尤看著直勾勾盯著自己看的鄭泰義馬上補充道：

「啊，對了。除了你之外，你這個走後門的傢伙！」

即便鄭泰義也沒有那個臉聽見別人稱讚他是一名能力出眾的部員，但聽到托尤說他是走後門的人，心情自然好不到哪裡去。氣不過的鄭泰義猛地拉扯起托尤的耳朵。

「啊！你幹嘛啦！我有說錯什麼嗎？」托尤隨即大喊道。

稍微消氣的鄭泰義此時才緩緩地鬆開自己的手，接著與仍舊待在窗邊看著他倆的心路四目相交。

「你不是很忙嗎？不用趕快去找他們嗎？」看到心路獨自一人被晾在一旁，鄭泰義有些尷尬地笑著問道。

「我也差不多該走了。不過一起床就能看見泰一哥，心情真的好好喔！」

「……嗯，我也是。」

在毫無心理準備的情況下聽到這句話，鄭泰義的臉瞬間就紅了起來。

最近在遇到心路時，鄭泰義總是會先做好心理準備。因此他也不會再像之前那樣動不動就滿臉漲紅，抑或是發生講話結巴的情形。

但是偶爾在意想不到的狀況下，聽見令自己心情大好的話時，他又會下意識地動搖起來。

啊，我果然還是喜歡著他。

縱使他們之間發生了一些令人慌張以及混亂的事，不過這還是不減心路的可愛程度。要不是對方的外表與內在實在是落差太大的話，鄭泰義真的恨不得時時刻刻把眼前這名可愛的男孩帶在身邊。

然而每當他看見心路那好戰又貪婪的眼神時，還是會陷入混亂之中。正因為如此，他每每都只能停在對方的面前，不敢再更靠近一步。

此時，辦公室裡突然冒出一名雜務官喊了心路的名字，心路見狀連忙向鄭泰義道別並跑回辦公室。

鄭泰義靜靜地待在原地看著對方早已消失的背影。

他最近仍舊深陷於複雜的情緒之中，至今都還沒有整理好對心路的感情。

也不知道托尤是怎麼解釋鄭泰義的這個眼神，他一邊咂著嘴，一邊自言自語道：

「唉，為什麼上級不禁止大家在分部內談戀愛啊？」

「你有意見不會自己去交一個喔。」鄭泰義轉過頭，以露骨的視線盯著托尤說道。氣不過的托尤作勢要去拉鄭泰義的耳垂，而鄭泰義見狀連忙伸出手擋住對方的臉，同時抬起頭看向了天空。上頭依舊被濃霧籠罩著。

就好像我的心情。既陰沉又令人鬱悶。

「霧還真濃啊。不過這種天氣只要等太陽升起後，就會變得特別晴朗哦！」明明托尤不可能猜得到鄭泰義在想些什麼，但對方卻突然冒出了這麼一句話。

而默默被這句話安慰到的鄭泰義則是靜靜地點了點頭。

對，即便來到這個地方後，就有一種做什麼事都很不順的感覺。但只要繼續堅持下去的話，總有一天一定能碰上放晴的那天。

抽完菸，小聊一會兒後，托尤又再次掏出了新的香菸。這已經是托尤的第三根香菸了。

看來同伴們之前說托尤一抽起菸就一定是三根起跳的傳聞是真的。

正當兩人坐在分部的前院一邊聊著天，一邊觸碰著樹葉上的露水時，一道呼喊聲猛地打斷兩人的閒聊。

「鄭泰一。」

一聽見有人叫著自己的名字，鄭泰義先是愣了一下，隨即下意識地皺起眉頭。這並不是因為他討厭那道嗓音的主人。而是在那一剎那，他感覺到了一股不是很好的預感。

鄭泰義轉過頭後，便看見一位身穿制服的男人正在看著自己。而縈繞在他心中的那股不祥預感越來越重。

每當他跟著身穿這套制服的人走的時候，總是會發生不好的事。

舉例來說，他當初跟穿著同樣一套制服，就跑到自己家中的叔叔來到亞洲分部後，就不曾發生過什麼好事。甚至還數度碰上差點就要賠上整個人生的危機。

而他現在也湧上了十分類似的預感。要是他現在跟著對方一起走的話，肯定會發生什麼很糟糕的事。

「鄭昌仁教官叫你現在來教官室一趟。」

鄭泰義才在想對方看上去怎麼那麼眼熟，原來身穿制服的這個男人是叔叔的校尉。雖然對方的身分一樣是部員，但鄭泰義平時基本上不會遇見對方。

由於校尉最主要的任務就是時時刻刻保護著教官，所以除了教官所指導的課程之外，一般部員們是沒有什麼機會能看見該名校尉的。正因為如此，校尉在部員們之間總是有種格格不入的感覺。

「但我不想去。」鄭泰義回答了跟他當初拒絕叔叔邀約時一樣的答案。他的本能正不斷地告訴著他絕對不能跟過去。

而姜校尉在聽見鄭泰義的回答後，有些困擾地笑著說：「不想來也得來。要不然我就直接把你拖過去。」

「……」

鄭泰義露出相當不滿的表情。縱使他很想回對方：「如果叔叔有事要找我的話，就叫他自己過來。」但畢竟現在還有其他人在場，這樣回絕著實有些不得體。

若單純只有他跟姜校尉兩人的話，那或許還沒有什麼關係。不過在有其他人在的前提下，隨便亂回應實在有損叔叔的面子。更何況就算他現在拒絕對方，姜校尉肯定也會不顧情面地把他拖到教官室裡。所以他實在沒有必要讓場面變得更加難看。

「我去去就回。」鄭泰義留下這句話，便直接起身。

姜校尉在確認完對方乖乖跟過來後，也邁開步伐朝著教官室前進。

或許是因為第一次見到對方時，他還負責著司機的工作，所以在鄭泰義的印象裡，他一直認為姜校尉是一名司機。

鄭泰義默默地跟在對方身後，猛地問道：「校尉除了要當司機之外，還要幫忙拿行李、處理教官的大小事是嗎？」

一直等到他講完這句話，他才意識到這個問題實在有點冒犯。然而姜校尉看上去不但沒有生氣，反倒還淡淡地笑了起來，點了點頭答道：「差不多吧。你可以把校尉看作是各種苦差事都得幫忙做的祕書。」

「苦差事嗎？為什麼你連這種事也要幫對方做啊？」

雖然職稱是校尉，但他們實際上卻跟部員沒什麼兩樣。因為職責跟部員相同，所以待遇也沒有比較高。甚至就連薪水和享有的權利也都跟部員一樣。

校尉除了福利沒有比部員好之外，有些時候還要留下來陪工作還沒完成的教官加班。而且這個地方也不是待越久就越有機會升遷，無論他們當校尉當了幾年，也無法直接晉升成教官。

聽到鄭泰義的提問後，姜校尉沒有思考太久，馬上回答：「校尉可以從更多身為部員時所看不見的角度來觀察狀況。若你很尊敬你的教官，你就可以藉由長時間待在對方身邊來學到很多東西。」語畢，姜校尉笑著補充道：「你的叔叔有很多地方很值得學習呢！」

由於對方的笑容太過溫柔，鄭泰義不禁替叔叔慶幸他的身邊還有一位這麼棒的下屬。但與此同時，他也忍不住在心底吐槽姜校尉真的很沒有看人的眼光。

跟著姜校尉一起來到教官室後，裡頭正坐著四名教官。明明剛剛鄭泰義也有看見次長走進來，但此刻卻不見那兩位出現在這裡，想必他們應該是早就離開了。除此之外，負責管理地牢的那位先生也不在位置上。畢竟那人向來都不是很喜歡這種場合，所以他會提早離開似乎也不算太過奇怪。

官腔地跟在場的教官們打完招呼後，鄭泰義緩緩地走進了教官室裡。

叔叔背對著他站在窗邊，手中拿著咖啡杯望向窗外。因此迎接鄭泰義的是其他教官。

「進來吧，你坐那。」麥基教官邊說邊用手指指了指空著的座位。

鄭泰義偶爾會在走廊上看見對方與叔叔對話的模樣。雖然麥基平時是個很溫柔的人，但只要一踩到對方的地雷，他便會想盡辦法來折磨你。

麥基教官的資歷比叔叔再高一點，同樣也是隸屬於魯道夫讓蒂手下的教官。

鄭泰義朝對方點了點頭後，便在那人所指的位置上坐了下來。隨後，他默默地掃視在場的四名教官。

除了全體集合的場合之外，他從沒看過那麼多名教官同時聚集在同一個地方。

每位教官各自分開來看都是會讓人很有壓迫感的類型。縱使其中有些人的氛圍比較柔和，有些人則是相當嚴肅，但每個人都散發著足以引領一整個團體的領導者氣場。

也是他們才讓鄭泰義瞭解到UNHRDO真的是個「國際人才培訓機構」。

「你就是隸屬於鄭昌仁教官他們那組的鄭泰義嗎？同時也是不久前在跟歐洲分部進行集訓時，被牽扯進那場意外進而關進地牢裡的人？」坐得比較遠的高汀教官問道。

因為對方當時被派去南美洲，所以集訓時他人並不在亞洲分部。

高汀教官正用一種新奇的眼神仔細端詳著鄭泰義，而那股視線看上去不知為何有些不太尋常。

明明對方肯定不是第一次看見從地牢裡出來的部員，鄭泰義想不透對方為什麼要用那種眼神盯著自己看。

「聽說你跟里格勞很熟啊？甚至還跟他一起被關在同間牢房裡。」

「您是說伊萊嗎？雖然我是不知道我跟他究竟算不算熟啦，但我們的確被關在同間牢房裡。」鄭泰義接著嘟噥道：「要不是那位先生硬是把我跟他關在一起，我也不想跟他待在同一間牢房。」

語畢，教官室裡頓時陷入了一片寂靜。而唯一有動靜的僅僅只有靠在窗邊，憋笑到肩膀不斷抖動著的叔叔一人。

正當鄭泰義思索著究竟是自己的哪一句話讓教官室裡的氣氛變得如此微妙時，四名教官中年紀最大的克里姆森打破了這陣沉默，「伊萊嗎？原來你是這樣叫里格勞的。那集訓結束後，你還有跟他聯絡過嗎？」

一聽見對方的提問，鄭泰義馬上露出詫異的神情。

雖然對方的語氣很溫柔，但內容卻像在質問著證人似的。更何況所有高官們凌晨一起開會後談論的第一個話題竟然是伊萊，他心中那股不祥的預感變得越來越重了。

「有，他今天凌晨才剛打給我。」鄭泰義脫下彬彬有禮的外衣，露出些許不爽的表情答道。

而他的那句回答再次讓整間教官室陷入沉默之中。

叔叔似乎也沒有料想到鄭泰義會講出這個答案，他直接把視線從窗外移到鄭泰義身上。隨後，他噗哧一聲地笑了出來，接著講出他的目的：「鄭泰義，你要當校尉了。」

「我不要。」叔叔語音剛落，鄭泰義馬上就回絕了對方的提議。

在他聽見校尉那兩個字時，瞬間就被不祥的預感給籠罩，嚇得他全身的寒毛都豎起。而這對話的脈絡也令他感到相當不安。

他既不想站在身為部員時所看不見的角度觀察狀況，也不想一直待在教官的身邊。況且這些教官中，沒有一位是令他尊敬到會產生想從對方身上學到東西的人。

而這次換叔叔立刻就笑著否決了鄭泰義的意見，「不想做也得做。從今天開始，你就不是我這一組的人了。而是新教官底下的一員，並且你還要成為對方的校尉。」

「我就說我不要了。」

鄭泰義此時已經無法顧及還有其他教官們在看，以及會不會有損叔叔面子的問題，瞬間板起臉再次重申自己的立場。

如果他現在不好好拒絕的話，那個名為「不幸」的傢伙肯定會死命地纏著他不放。

「你根本就還不知道新來的教官是誰，幹嘛拒絕得那麼快？」

「就是因為我已經猜到是誰了，所以才拒絕的。」聽到叔叔的話後，鄭泰義立刻瞪大雙眼答道。

而叔叔似乎並不覺得意外。

鄭泰義一看見對方的反應，那股不祥預感便越來越鮮明，清晰到令他的背脊開始發涼。彷彿下一秒就會起雞皮疙瘩似的。

「你上次不是才說歐洲分部的人不會直接調到亞洲分部嗎？」鄭泰義恨不得是自己的預感出錯，手中緊握著最後一絲希望地問道。

他之前明明就有聽叔叔說過，雖然沒有明文禁止歐洲分部跟亞洲分部間的人員互相交換，但因為他們一直以來都會盡量避免這件事，所以這也就成了一種不成文的規定。

除非——

「沒辦法，事情就變成這樣了。其實遞補教官這種小事馬上就可以得出結論，但這次剛好牽扯到好幾件事，所以選人也比平常拖了好幾倍的時間。既然上頭都已經決定好人選，我們自然不能拒絕。畢竟這件事可不僅僅是攸關到我們兩個分部，就連本部也被牽扯進來了。」叔叔說道。

縱使鄭泰義也明白這並不是對方的錯，但他還是埋怨地怒瞪著叔叔。

這次的人選怎麼想都很不合理。無論本部要派誰過來，他都不會有意見，不過為什麼偏偏就選上了那個男人？

「這也太誇張了吧！你們居然要讓殺死基彭哈恩教官的男人來取代他的位置？」最終，鄭泰義止不住心中的怒火，猛地站起大喊道。

從他們的對話脈絡中，就只有一個人選符合這些條件，那就是伊萊里格勞。

那個男人即將要來亞洲分部當教官，甚至他替補的還是基彭哈恩——那位死在他手下的教官——的位置。除了道義上本身就令人難以接受之外，其他亞洲部員們的反對聲浪肯定也是個大問題。

光是新來的教官是歐洲分部的人這件事就足以令大家暴動了，更何況那個對象還是里格勞；那位令亞洲分部所有部員都恨得牙癢癢又懼怕到不行的男人。

「對，就是這樣。正因為如此，亞洲分部裡有一些資歷的部員肯定都不想當他的校尉。所以我們只能選最近才剛來到這裡，並且對歐洲分部仇恨並不深的人來當他的校尉。而那個人就是你，鄭泰義。更何況里格勞似乎也滿喜歡你的。」

「他哪有？我才不想當！我應該也有拒絕的權利吧？」

鄭泰義滿臉嚴肅地看著叔叔。除了叔叔之外，他還看向了在場的其他教官們。

要不是教官們集體發瘋，他無法理解他們為什麼會得出這種結論。可是再怎麼瘋也不該瘋成這樣吧？怎麼會偏偏選那個傢伙來當亞洲分部的新教官？

如果亞洲部員們集體發起抗爭的話，這座小島上的高官隨時都有可能會被推翻。

「鄭泰義，你沒有拒絕的權利。這不是選擇，而是命令。只要你還沒離開UNHRDO，就不能違背上司的命令。」

「……那我可以現在離開嗎？」

「不行。」至少目前不行。

鄭泰義一邊看著其他教官的臉色，一邊快速地發問。不過叔叔立刻就回絕了他的請求。然而對方在講完話後的嘴形卻給了他一個線索。

因為他還沒過完當初講好的半年部員生活，所以現在還不能離開。

叔叔！你為什麼要漸漸把我逼進絕境之中啊？你是看我在這裡面過得還不夠衰嗎？想說的話已經湧到了喉頭。要不是其他教官們在場，鄭泰義肯定早就喊出了那句：

「我不幹了。」

此時的他根本就不想管什麼叔叔、爸爸和哥哥，他只想馬上離開這個鬼地方。

正當他猶豫著要怎麼維護叔叔的面子，同時表達自己最真實的想法時，叔叔直接擺了擺手叫他離開。而馬上注意到對方動作的姜校尉立刻就把鄭泰義拉出了教官室。

明明那些想說的話都還卡在口中，鄭泰義卻已經被趕出來了。

那該死的集束炸彈當初就不應該在武道室裡引爆，而是要在叔叔的房間爆炸才對吧？不對，早知道我就不要常常跑去叔叔的房間，也不要接那通電話就好了。不，我根本就不該來這座島。

＊
＊
＊

這一切都是源自於那天早上，那道不祥的腳步聲。

其實鄭泰義早在聽到那接連不斷的門鈴與腳步聲時，就已經猜到了來人是誰。但蠢就蠢在他居然乖乖地把門打開，還邀請對方進到家中。

要是幾個月後，他能平安地回到家裡的話，他打算這次一定要緊跟在哥哥的身邊。因為唯有這樣，他才不會再碰上那些倒楣到不行的衰事。

從一大早開始，鄭泰義的心情就處於最糟的狀態。

即便早在好幾天前，他的心情就彷彿是急遽下降的曲線般一天比一天還糟。但今天早上已經達到了人生中的最低點。

這個地方的消息傳得特別快。畢竟一百多個人關在同一座小島上，消息散播的速度要不快實在也有難度。

而最先散布開來的是鄭泰義即將成為新任教官的校尉。

雖然其他小組的組員們會用「新來的菜鳥憑什麼當上校尉？」的鄙夷眼神盯著他

看，並且在背後罵他只會靠關係。

但同組的組員們聽聞只是笑著說：「你要當校尉？那個既無恥又卑鄙的耍花招大王、講話超容易就惹怒他人的傢伙，即便戰鬥能力低於平均值，但直覺很準，所以不曾輸得太難看的那個鄭泰一要當校尉了？」他們會用這種挖苦的方式來鼓勵他。

由於校尉的職位並不算高，所以沒有什麼人會想爭奪這個位置。大家實際上都不太把這件事當一回事。

而此時，第二波的消息也散布開來了。聽說新任教官居然是從歐洲分部來的。

這個消息一傳開，同伴們都跑到鄭泰義的身邊——就連那些跟鄭泰義不熟的其他小組的組員們也都跑了過來——追問這件事。新來的教官真的是從歐洲分部來的嗎？

由於鄭泰義不敢講出真相，所以他一律以裝傻帶過。

「我只不過是聽叔叔的話照做罷了。我甚至連校尉在做些什麼事都不知道，身為小小部員的我又怎麼可能會知道是哪位教官要來呢？」

他說謊的能力漸漸提高，因此那些跑來找他打聽消息的人，最終都只能兩手空空地離開。

直到這個時候，一切都還在可控範圍內。

最終，那個猶如核爆等級的消息也傳開了。聽說那名從歐洲分部來的新教官原本還只是個部員，是這次才被任命為教官的。

而這件事一傳開，整個分部就像被人弄掉到地板上的蜂窩般瞬間亂成一團。

歐洲分部裡沒有幾個人有那個資格升遷成教官。其實部員間多少都知道對方的評分在哪個程度。

縱使是對升遷或任命不感興趣的人，也會多少關注一下他人的評分。因為分數的多寡會直接影響到之後離開UNHRDO時，會進到哪個政府部門或私人機構裡的問題。因此大家或多或少都會注意他人的評分。

而能夠被任命的部員可說是少之又少，一個分部裡都不見得會有那麼一、兩個人選的程度。更何況歐洲分部裡，擁有升遷資格的也就只有那麼一個人。

狂人里格；綜觀所有分部及本部裡，也沒有人能比他還瘋的那個男人。

在鄭泰義意識到大家已經得知這件事，準備要逃跑前，所有聽聞這個消息的部員就已經衝到他的房間抓著他的衣領質問著事情的真相。

而這件事剛好發生在新任教官抵達亞洲分部的三天前。

消息都已經傳到這種程度，鄭泰義要是再繼續裝傻下去實在也有些不合理。

其實按照原本的傳統，在新任教官抵達的前十天至前一個禮拜，校尉就必須先去找對方培養彼此的默契。但這次除了情況本身就比較特殊之外，新任教官剛好也有急事，所以就省略了這個過程。

不過即便省略了這件事，都這種時候了，鄭泰義如果還要繼續強調自己什麼都不知情，著實令人難以信服。

因此鄭泰義並沒有裝傻到最後一刻。畢竟距離對方正式任命也只剩下三天，現在還扯謊隱瞞實在毫無意義。

既然核彈遲早都會落下，那比起待在原地乾著急，還不如提前先做好應對措施。就這樣，所有部員都知道了新來的那名教官是伊萊的事實。

而分部內自然是亂成一團，部員們的反應激動到近乎是暴動的等級；其中又以原先基彭哈恩旗下那一組的組員們最為憤慨。

新來的教官偏偏是殺死自己原本教官的罪魁禍首。

即便基彭哈恩教官多少也是自作自受，但再怎麼說，讓殺人凶手來取代死者的位置還是十分不合情理。

因此他們強烈地抗議絕對不要進到伊萊那一組，甚至其中還有幾個人真的準備要打包離開UNHRDO。

而最終是叔叔讓這件差點晉升為動亂的狀況平復了下來。

他十分乾脆地讓那些說要離開機構的部員們離開，至於其他基彭哈恩旗下的組員們則是平均分配到別的組別。叔叔接著用「因為新來的教官要先熟悉分部環境，所以近期內不要讓他負責任何小組」為理由來說服其他教官們不要讓伊萊帶領組員。

其他教官見狀自然是沒有意見。畢竟現在除了這個方法之外，他們也束手無策。

而叔叔這麼做的結果就是令鄭泰義開始認真考慮起要跟誰買超小型的集束炸彈，以便他可以丟到對方的房間裡。

如果教官不用額外負責其他的組員，那就代表伊萊那一組的組員就只剩下教官跟校尉兩人而已。換句話說，鄭泰義之後必須單獨跟對方一起處理各種分部內的大小事。

「要不要去問問看阿爾塔啊？說不定上次那位中間人也能搞到一顆集束炸彈。沒錯，在他幫我弄到柯爾特手槍時，順便叫他幫我拿顆集束炸彈來算了！」鄭泰義一邊自言自語，一邊走進了廁所隔間。

他不禁在想，如果叔叔當初再晚一點把他帶來這裡的話，或許這一切還不至於糟糕成現在這樣。

若是能在什麼都不知情的狀況下成為伊萊的校尉，即便他有可能會滿頭霧水地被一百多名的部員們討厭與挑釁，但肉體上的勞累總比精神上的疲倦好太多了。

然而，他現在遇到的卻是最糟的那個情形。

「媽的，我的好運到底都跑去哪裡了？在義大人、在義大人，拜託你也分一些運氣給我吧！」鄭泰義就像沉迷於宗教的信徒般複誦著哥哥的名字，同時緩緩地走出了廁所隔間。

正當他站在洗手檯前，看著鏡子裡自己那張憔悴的臉而嘆氣時，有人打開廁所的門走了進來。兩人的視線透過鏡子四目相交。

「嗨，源浩！」鄭泰義馬上就跟對方打了聲招呼。

但源浩見狀先是愣了一下，隨後馬上皺起眉頭，徑直地朝著廁所最裡面的隔間大步走去。對方的臉上寫滿了不爽。在伴隨著一聲響亮的「砰──」後，隔間的門被大力甩上。

「……」

要不要乾脆把那個傢伙拖出來痛毆一頓啊？那臭小子憑什麼無視人？

雖然鄭泰義的腦中瞬間就湧上這個念頭，但他馬上又打消了這個想法。如果他真的要因為這種小事就痛毆別人的話，那他要揍的可不只有源浩一人而已。同個小組──其實早在他成為校尉的瞬間，他們就不是同一組了──的傢伙們全都得被他拖出來痛毆一頓。

在他們得知鄭泰義要負責的教官是里格勞後，大家對待他的態度立刻就變得十分冷淡。組員們都以一種「你這個叛徒」的眼神看著這些日子裡一直不願講出實話的鄭泰義，同時也不再跟他搭話。有些比較激進的人在看到他的時候，甚至還會直接朝著他吐口水。

縱使鄭泰義恨不得直接朝著那群人大罵說：「我又沒有做錯什麼事！」但他也明白這麼做一定會造成反效果，所以他只能默默地忍受這些冷言冷語。

他原本以為過一段時間後，大家就會慢慢消氣了。殊不知情況卻一天比一天還糟糕。

當鄭泰義咂著嘴走出廁所，準備要回到房間時，他也在走廊上巧遇了幾位熟悉的面孔。而他們的反應也都跟源浩差不多。不是一看到他，馬上就皺起眉頭；要不然就是散發出了「不要靠近我！」「不准跟我搭話！」的氣場。

然而明明幾天前，他們都還是會一起開著玩笑、一起玩的同伴。

「這裡真的很扯耶……我以前因公跑去金少尉那傢伙的小隊時，氣氛也沒有糟到這種程度。」

更何況那個時候鄭泰義還可以任性地亂發脾氣。

在他因為公事而跑到對方的小隊上時，沒想到就連金少尉旗下的菜鳥隊員也沒大沒小地挖苦他，這也導致鄭泰義當場直接爆炸。剛好金少尉當時不在，所以他理所當然地好好教訓了那些人一番。

雖然在金少尉得知這件事後，他倆又爆發了一場新的爭執，但至少當時鄭泰義還能夠盡情地宣洩自己的怒火。

「我又不是故意不說。這幾天乖乖當個受氣包被他們欺負也夠了吧？男子漢大丈夫卻這麼小家子氣……」鄭泰義一邊碎念，一邊走進房間。

最近幾天都是這種情形。這也搞得他的肚子跟著痛了起來。

叔叔，我可以拋下這一切，直接離開嗎？我怕再這樣下去，我真的會去買一顆集束炸彈丟到你的房間。

鄭泰義用力按壓著抽痛的肚子，眉頭也緩緩皺起。

他是真的很想離開這裡。他向來都不是個抗壓性很高的人，所以當他還在軍隊時，只要發生令他煩心的事，他就必須得時時服用胃藥來緩解這股疼痛感。

而他現在也很需要胃藥。不對，比起胃藥，他更想離開這裡。他是真的很想念那個能令他放鬆的家。

縱使來到這個地方後，他時不時就會懷疑自己變得很倒楣，但他卻從來沒有這麼累過。

＊　＊　＊

鄭泰義嘆著氣回到了房間裡。

在他吃完胃藥後，才緩緩地看向時鐘。再過不久，表定行程就要開始了。但他今天並不會去上任何一堂課。

因為今天早上九點，伊萊將會正式地被任命為亞洲分部的新教官。那個男人將不再是歐洲分部的人，而是亞洲分部的一員。除此之外，鄭泰義也會正式成為對方的校尉。

「呃……肚子好痛……」

即便吃了胃藥，但那股錐心的刺痛感卻遲遲沒有消失。鄭泰義緊皺著眉頭，無力地倒在床上。

伊萊現在也差不多該到香港了。或許對方已經抵達要前往這座島的碼頭，也或許伊萊已經搭上船。距離要再次見到對方已經沒剩多少時間了。

有可能鄭泰義胃痛的主因就是因為伊萊。

雖然同伴們的冷眼冷語也很令他感到煩躁，但只要一想起自己今後每天都得見到伊萊那張臉，他心底的壓力就變得越來越沉重。

鄭泰義時時刻刻都得擔心著伊萊會不會哪天突然不爽就把他給殺了。

「我的苦難開始了啊……」

正當鄭泰義一邊碎念，一邊在腦海裡數著自己還要在這個分部裡待多久時，電話響起了。

他先是愣了一下，隨後皺著眉頭地起身走向電話機。來電顯示上亮著的是綠色的燈，這是內線電話。

「是，我是鄭泰義。」

「這裡是辦公室。任命儀式就快開始了，請你在八點五十分前抵達總管室。」

接起電話後，一道生硬又冷漠的嗓音響起。這是心路的聲音。

然而一聽見對方的嗓音後，鄭泰義卻變得更加無力了，「謝謝你告訴我這件事，心路。」

「……」

在鄭泰義打完招呼後，另一端像是在猶豫著什麼似地沉默了一會兒，隨後又立刻掛斷電話。徒留鄭泰義直勾勾地看著再也無人接聽的聽筒發呆。

最近這幾天就連心路也是這樣。既不會再跑來鄭泰義的房間，甚至連訊息都不傳了。縱使鄭泰義有主動傳了幾封問候訊息給對方，卻遲遲收不到對方的回覆。

偶爾因為工作巧遇時，對方也只會用著生硬的語氣說完該說的話，接著連招呼都不打就直接離開。

「真是的。我只不過是成為那個傢伙的校尉而已，沒想到轉眼就變成了全民公敵。」鄭泰義苦澀地咂了咂嘴。

看向時鐘，他不禁又嘆了一口氣。距離八點五十分已經沒剩多少時間了。等他洗完澡、換好衣服趕去總管室也會有點危險的程度。

開始著裝後，他的心情卻越發越憂鬱。如果一大早就憂鬱成這樣，接下來一整天的心情肯定也好不到哪裡去。

不，或許今天正式成為伊萊的校尉後，往後的日子將會比今天還要沉悶個好幾倍也說不定。一想到這，鄭泰義就感到全身無力。

待一切都準備好，要踏出房間的前一刻，他看向了月曆。距離跟叔叔約定好的半年還剩下三個多月。

「不對，我應該要往好處想。我只要再撐三個月就可以了！」然而鄭泰義哀傷的語氣卻跟這積極的內容形成了強烈的對比。

總管室位於地上一樓的最內側。從外面看的話，是無法直接看到位於建築物正中間的總管室。打開地上一樓的大門，進到分部內後，至少要轉四次彎才能抵達彷彿隱藏在迷宮裡的神祕空間。

其實鄭泰義也只有來過這個地方一次而已。

之前他曾經被當搬運工使喚，幫忙搬沉重的畫框到總管室。但他並沒有進到裡面，只是把東西放到了門口。他當時半開玩笑地說：「想必這裡應該是一般部員們絕對進不去的雲頂之城吧。」

鄭泰義原本還以為在他離開亞洲分部之前，都沒有機會進到總管室。殊不知他此刻不但能一窺總管室內部的模樣，甚至還成為了新任教官的專屬校尉。

等他抵達總管室時，剛好是八點五十分整。敲了敲門進到裡面後，有一位校尉正在整理著房間。

明明總管室看上去乾淨到完全不需要再次整理，但那人依舊細心檢查著有沒有什麼東西擺歪。一看見對方的模樣，鄭泰義再次確信起自己絕對無法勝任校尉的工作。

唉，不管了。反正我就把這三個月的校尉生活當作是打發時間吧。等時間一到，我再馬上逃跑就可以了。不想再被胃痛折磨的鄭泰義只能盡量地往好處去想。雖然他自己也不知道一切是否真的能如預想般順利就是了。

鄭泰義接著環視起從來不曾進來過的總管室。其實裡面比想像中的還要更加平凡。一張巨大的高級原木書桌以及典雅的書櫃，看上去就像一般企業或公家機關高官的辦公室。

只不過房間的內側還有一扇似乎是廁所的門。而那扇門的旁邊，還有另一扇不知道是通往哪裡的門。

「……？」

鄭泰義見狀雖然疑惑地歪起了頭，但馬上又找到了一個合理的理由。想必那扇門是通往總管的房間吧。

像是為了要驗證他的猜想般，不過一會兒，總管便從那扇門裡走了出來。而比次長跟教官都還要早抵達的總管一看見鄭泰義，便停下了腳步。

「你就是鄭在一研究員的弟弟嗎？」

鄭泰義微微地挑起了眉。雖然這件事在分部裡已經是無人不知，無人不曉的程度，但大家通常都會以「你就是鄭昌仁教官的姪子嗎？」作為開頭。

第一次在分部裡聽到有人先問起他跟哥哥的關係，鄭泰義不禁覺得有些新奇。

「對，是的。」

「所以你就是那個雙胞胎弟弟？」

鄭泰義點了點頭。就算對方不強調是雙胞胎，鄭在義的弟弟也就只有他一個人而已。

他們早已沒有了直系血親，只能依靠著彼此相依為命。而唯一的親戚也只有很偶爾才會見上一面的叔叔。

不過一想到對方直接把姪子拉來連名字都不知道叫什麼的島嶼，並且指使他做一些倒楣事……鄭泰義就又憂鬱了起來。

不，我不能這樣。

正當鄭泰義在心底為自己打氣時，他感受到總管的視線一直停留在他的身上。鄭泰義雖然有些訝異，但他並沒有躲開對方的視線，而是理直氣壯地與對方對視。

他能感覺到年過半百的總管身上正散發著一股很有威望的氣場。即便對方今天只穿了件簡單的夾克配棉褲在公園裡拔草，肯定也會流露出不凡之人的氛圍。

所有經歷過逆境，靠著自己的力量爬上高位的人身上都有類似的氣場。縱使他們靜靜地站在原地，也能吸引到眾人的目光。

而這位五官看上去就跟普通大叔般隨和的不凡男人就這樣直勾勾地看了鄭泰義好一會兒。隨後，他就像河回面具般猛地笑了起來，接著自言自語嘟囔道：「是嗎，看來你就是那個吉祥天吧。」

「……？」

鄭泰義微微地皺起了眉頭。對方講了一句他聽不太懂的話。

吉祥天。他以前曾經在《世界神話論》中看過這個單字，這是指印度神話中被稱作吉祥天女的女神。

然而還沒等鄭泰義解開心中的疑問，總管室的門就被打開了。次長跟教官們一一走進這個房間。

在看見這些上官們各個都尊敬地與總管行禮後，鄭泰義才意識到自己還沒跟對方問好。他本該在總管一走出那扇門時，就先向對方打聲招呼，但他當時只有呆呆地看著對方，甚至還讓總管先開口朝他搭話。

現在才意識到自己有多無禮的鄭泰義偷偷瞥了對方一眼，不過總管看上去似乎並不在意，對方正一一地與教官們打了聲招呼。

而最後一個進到總管室裡的人是叔叔。他向總管行完禮後，直接站到了空著的位置上。此時，鄭泰義猛地與對方四目相交。若是平時的話，對方或許會還以一個溫柔的微笑，但今天叔叔卻像沒有看到他似地移開了視線。

鄭泰義見狀只是不以為意地猜想著可能現在是嚴肅的場合，所以叔叔才不跟他打招呼。想通的他默默地點了點頭。

倏地，他意識到了自己為什麼會出現在這裡。今天是亞洲分部新教官上任的日子，而他正是那名教官的校尉。

任命儀式並沒有想像中的盛大。他們只打算在總管室裡召集所有次長與教官讓彼此簡單地打聲招呼就結束。至於部員們則是要等到新任教官開始授課後才會看見對方的廬山真面目……雖然部員們應該都不是第一次見到那個男人就是了。

鄭泰義的臉瞬間沉了下來。指針呈現直角的形狀，已經九點了。

像是故意等著這一刻似的，九點一到，總管室的門剛好被打開。

「有請今天將要被任命的新教官。」跑到機場去接對方過來的雜務官說道。而站在門旁的男人見狀也走進了總管室。

房間裡霎時安靜了下來。彷彿有人特地調換了這個空間的氛圍似的，總管室變得既寧靜又寒冷。

伊萊里格勞正站在大家的面前。

鄭泰義見狀面無表情地默默握緊了拳頭。他的背脊一陣發涼。

那人看上去沒有任何的改變。就跟鄭泰義第一次見到對方和最後一次一樣，乾淨的五官上掛著一副似笑非笑的笑容。也或許伊萊根本就沒有在笑，他原本就長成這樣也說不定。

那個男人看上去就像從容不迫找尋著玩物的猛獸一般。

鄭泰義暗自地咂起了嘴。他沒想到自己竟然會緊張成這樣。他原本還以為自己早就習慣了對方的那股氣場，只不過是幾週沒見到面而已，總不可能又再次被伊萊的魄力給震懾到吧？

但一切卻跟他預想的大相徑庭。

他當初應該要直接逃跑，不讓自己有機會進到對方的視線裡才對。現在的情況就像是扣錯的鈕扣般，只要一顆扣錯，接下來就是顆顆錯。而他早已沒有機會拆開所有的鈕扣從頭扣一遍了。

下意識瞥開視線的鄭泰義又再次看向了對方。那人的視線先是掃過了總管、兩位次長，接著再到每一位教官的身上，最後再與鄭泰義對視。當對方一看見鄭泰義的瞬間，嘴角馬上勾起了一個淺淺的笑容。不知道是不是鄭泰義的錯覺，他總覺得對方的眼睛也跟著彎了起來。

好久不見。

伊萊微張的嘴就像在說著這句話似的。鄭泰義見狀馬上皺起眉，然而下一秒對方直接撇過了頭，站在總管的面前。

總管主動向伊萊打了聲相當制式化的招呼。在那之後，伊萊接著向次長們與教官們一一打起了招呼。

與此同時，鄭泰義正默默地觀察著對方。明明才幾週沒見，對方肯定不會有什麼太大的改變，但他卻像要找出黏在伊萊身上的新灰塵的地死命盯著對方看。

伊萊看上去就跟之前一模一樣，尤其是那微妙的笑容。

一看見那令人猜不透究竟在想些什麼的微笑，心情倏地變差的鄭泰義小聲地咂了咂嘴。

下一秒，他的視線停在對方手上。伊萊依舊戴著一雙乾淨的深色手套。雖然UNHRDO制服最標準的穿法就是得戴上手套，但戴在伊萊手上的那雙手套看上去就是特別不同。

鄭泰義還記得對方曾經說過，縱使戴手套這件事很麻煩，不過為了不要讓鮮血沾到自己的手，他不得不時時刻刻戴著手套。

當對方解釋著這段話的時候，他們正享受著一個再和平不過的早晨；而伊萊那個時候也一樣戴著手套。

即便那個和平的早晨馬上就被別人給打破了，但其他真的沒發生什麼事的普通早晨，對方也仍舊戴著手套。

像現在也是如此。

或許站在他眼前的這個男人把雙手隨時都會沾上鮮血視為一種理所當然的事；縱使是現在這種幾乎不可能會見血的場合也不例外。

鄭泰義直勾勾地看著對方手上的那雙手套。此時，剛跟所有教官們打完招呼的伊萊以像是覺得有趣的眼神看向鄭泰義，隨後猛地伸出自己的手。

「你喜歡這雙手套嗎？還是想要手套裡的東西呢？」

「——雖然後者更美一些，但這兩樣我都不想要。無論是沾血的手套，抑或是讓他人染血的那雙手。」鄭泰義皺著眉頭生硬地答道。

霎時，周遭的人全都陷入沉默之中。只有伊萊在聽到這句話後愉快地笑了起來。

「好吧。不過我之前那句『只要你想，我隨時都會把我的手摘下來給你』的話到現在還有效喔！一旦你回心轉意了，隨時都可以跟我講。」

「我就說我不需要一雙被砍斷的手了……」鄭泰義一邊嘟噥，一邊伸出自己的手，「那你可以給我你的手套嗎？縱使我不想要手套裡的東西，但我很想看看你的手。」

伊萊瞬間露出了有些意外的表情。他先是垂眼看了鄭泰義伸出的那隻手，隨後馬上又噗哧一笑。

他緩緩地脫下了手上的手套，「好啊，只要你想要的話，手套當然可以給你。」伊萊從容地將手套放到鄭泰義的掌心上。

而鄭泰義在將手套收進自己的口袋後，看向了對方的手。雖然那雙手看上去跟以前一樣白皙到接近蒼白，但卻絲毫不減美麗的程度。

唯一的差異只在現在還多了分駭人的氣息。

突然感受到周遭那股微妙氛圍的鄭泰義隨即看向了四周。房間裡的教官們全都用著很奇怪的眼神在看他。他這時才意識到自己搶走對方的手套是不是打破了制服的規定，又或者是因為他對自己的直屬上司講話太過沒大沒小才引起大家的不滿。

由於現場的氛圍太過沉重，鄭泰義也安靜了下來。正當他默默地觀察著大家的反應時，有個人突然放聲大笑；而那個人正是叔叔。

叔叔撇過頭，低聲笑了好一陣子後，才發現大家的視線都集中在他的身上。他連忙舉起雙手，靜靜地說了聲：「抱歉。」

隨後，他朝著伊萊說：「里格——不對，伊萊里格勞教官。那個男人是你的校尉，他今後將會負責協助你處理大小事。雖然他本來是我旗下這組的組員，但從現在開始，他就是你那一組的人了。他叫做鄭泰義。」

叔叔語音剛落，伊萊的視線又再次回到鄭泰義的身上。在他那雙冷酷的眼眸中，漸漸浮現出了一絲笑意。他伸出自己的手，像是想跟鄭泰義握手似的，「那今後就拜託你囉，無論是哪個方面。」

「……我才是。」

縱使鄭泰義十分在意那句「無論是哪個方面」代表著什麼意思，但他還是拚命忍住了一副像是吃到蟲般難看的表情，伸手握住伊萊的手。

那雙白皙的手也隨即回握住了他的手。鄭泰義能夠清晰感覺到對方的手究竟有多厚實。

而最令他意外的莫過於是那雙猶如玻璃般光滑的手卻遠比他想像中的還要更加溫暖。

7

吉祥天

「我還真的不想再看見你的臉了。」男子板著一張臉冷漠地說道。

而鄭泰義見狀則是點了點頭，用著同樣冷漠的語氣回答：「若是可以的話，我也不想再看到你的臉……但是事情就演變成這樣了，我是能怎麼辦？這又不是我願意的。」

那名男子一邊碎念著一些聽不懂的內容，一邊用力地關上了抽屜。隨後，他將從抽屜裡拿出的藥膏丟向鄭泰義。

「那瓶送給你。若是遇到一些簡單的跌打損傷，直接擦那瓶，拜託你不要再跑來了！最近的患者突然變超多，結果你還每天帶一堆人過來。」

「我剛剛不就講過，這又不是我願意的。」

就連鄭泰義自己也搞不清楚今天已經見到對方幾次了。在他接過男子丟來的藥膏後，深深地嘆了口氣。

這罐藥膏正是號稱能夠治百病的虎標萬金油。他記得對方曾經說過虎標萬金油還能治頭痛。一想到這，鄭泰義不禁湧上了想要將這個藥膏抹在太陽穴的念頭。

他現在急需一個可以緩解頭痛的神丹。

鄭泰義連忙打開了蓋子，將裡頭那乳白色的膏體抹在頭的兩側。而這副模樣被醫務雜務官看到後，他又不免俗地被對方嘮叨了一番。

「幹嘛！你之前不是說這個也能治頭痛嗎！」

鄭泰義語音剛落，雜務官馬上又大罵了一長串完全聽不懂的內容。嚇得鄭泰義不敢再繼續頂嘴。

最近負責醫務的雜務官時不時就在抗議著自己那猶如殺人般繁忙的行程。

縱使他早就向負責財務的雜務官哭訴：「拜託再幫我找個幫手吧！」但對方卻連理都不想理。

其實鄭泰義也覺得醫務雜務官的要求很合理。尤其當他一想到最近倏地增加的病患數後，他就覺得對方忙到暈倒只不過是遲早的事。

「這全都是因為那個從歐洲來的傢伙的錯！為什麼那個瘋子偏偏要來我們這裡啊！」被疲勞折磨到不成人型的醫務雜務官忍不住大吼道。

雖然鄭泰義很想反駁說「因為他已經是我們旗下的教官了，所以不再是從歐洲來的傢伙」。不過要是選在這種時機不識相地反駁的話，現場的氛圍肯定會瞬間降到冰點，於是乎他選擇乖乖閉嘴。

「再這樣下去，我要是因為過勞而暈倒誰會負責？嗯？我勸你們最好給我記住，要是我被抬走的話，苦的就只有你們而已！」醫務雜務官大聲宣洩著自己的憤怒。

而一旁的鄭泰義一邊點頭，一邊在心底想著，或許比起對方，自己會先累到被抬走也說不定。

每當有人傷到不能動彈時，他就得負責把那些人扛到醫務室。甚至當他在扛著這些傷患時，還被迫得聽對方的咒罵。

但其實早在一開始，他就已經預料到會發生這種事。

早在伊萊里格勞這個男人來到亞洲分部當教官時，他就猜到了；不對，其實在對方抵達之前，他就已經做好了心理準備。

或許亞洲分部內的所有人早就料想到會發生這種事。可能連伊萊本人也已經猜到了。

鄭泰義至今都還清晰記得那個男人第一次以教官身分進到教室時發生了什麼事。

當時整個分部裡已經沒有人不知道新來的教官是伊萊的這件事。所以早在對方進到教室前，整間教室就陷入了一片寂靜之中。

而當伊萊踏進教室的那個瞬間，除了寂靜之外，還瞬間湧上了一股躁動的緊張感。

由於伊萊取代的是基彭哈恩教官的位置，所以照理來說他也要負責教授基彭哈恩生前所負責的資訊管理。正因如此，鄭泰義其實暗自覺得對方是絕對不可能接下這個任務；至少他是這樣相信著。

在鄭泰義的腦海裡——以及大部分亞洲部員們的腦中——伊萊只不過是個屠夫。他唯一擅長的就只有若無其事地笑著殺人罷了，對於其他事肯定是個什麼都一竅不通的廢物。

因此，所有的部員們都一致認為一個只懂得打架、只懂得殺人的傢伙是沒有資格坐上教官這個位置。所以當伊萊第一次授課時，整間教室都被一群等著看他笑話的部員們坐滿。

然而從結論上來說，伊萊里格勞就是一名再出色不過的資訊管理教官。

他沒有浪費時間講些老套的自我介紹，而是馬上就打開資料開始他的授課。站在教室最後面看著這一切的鄭泰義不禁合理地懷疑起伊萊是不是請了一個跟自己長得很像的人，來代替他進行這場授課。

畢竟應該沒有幾個人會相信一名能夠若無其事地笑著把人打死的傢伙，居然可以如此完美地完成一場簡潔有力的教學。

而產生這種想法的人可不只有鄭泰義。

那些害怕伊萊的人、好奇對方會怎麼授課的人，以及擔心自己會不會突然死在對方手中的人，在聽到伊萊的教學後，臉色都頓時變得很難看。尤其授課越到後頭，他們的表情就變得越沉重。

在課程快結束的前一刻，一名膽量很大的部員忽然開口道：「教官應該不是專攻這個項目吧？我覺得你可能得跟高汀教官交換一下負責的科目比較好喔——啊、但是高汀教官是負責教人武道，而不是教人殺人呢。」

在聽到對方那赤裸裸的嘲諷後，鄭泰義稍稍地皺起了眉頭。隨後，他有些不安地瞥了伊萊一眼。

沒有人能夠保證伊萊不會被部員的那句話氣到直接掏出一把刀砸向對方。如果伊萊真的暴走的話，即便有可能會因此喪命，鄭泰義也得衝上去攔住對方。因為這就是校尉的職責。

媽的，那個傢伙為什麼偏偏選在課程快結束的時候講這種話啊？要講是不會選在我不在的時候講喔？這樣搞得我不得不插手這件事了，該死。

在鄭泰義一邊看著伊萊的臉色，一邊擺好姿勢準備隨時衝出去阻止對方施暴時，伊萊只是靜靜地看著那名部員。整間教室裡安靜到彷彿連一根針掉到地板也聽得見的程度。

那名開口挑釁的部員毫不畏懼地瞪著伊萊，而周遭的人全都抱著既期待又不安的心在觀察著此刻的氛圍。

「對，這的確不是我專攻的領域。但高汀教官負責的項目也不是我所擅長的科目。我相信你們應該早就知道了吧？我雖然很擅長殺人，但我很不擅長跟人打架。因此我唯一比較拿得上檯面的項目也就只有資訊管理了。剛好負責資訊管理的基彭哈恩死了，他的位置空了出來，才會變成我來負責這個項目。如果你對我負責的科目有意見的話，不要跑來跟我抱怨，去跟你的直屬教官講。」

伊萊看起來並沒有很生氣，他的語氣比想像中的更加平和。甚至他的嘴角還勾起了一抹淺淺的笑容。

這就像一隻老虎正從容地看著初生之犢般。

或許那個眼神稱不上有多溫暖，但鄭泰義見狀還是不免為伊萊那個瘋子難得人性化的一面而動容。

然而事情還沒結束。可能是因為那名部員的挑釁成了一種契機，教室另一頭猛地傳出一道怒罵聲。

「少在講檯上裝模作樣，趕快露出你的真面目啦！你這個瘋狂殺人魔！」

這句辱罵遠比剛剛打頭陣的那名部員所講的內容還要更加具體與直接。

鄭泰義見狀不自覺地按壓起隱隱作痛的太陽穴。看來他這次真的得捨命衝上前去阻止伊萊大開殺戒了。

不過令鄭泰義既感謝又意外的是伊萊這次似乎也不打算做出什麼太大的反應。對方不但沒有生氣，甚至連一絲不悅的神情都沒有。

伊萊只是有些不耐煩地咂了咂嘴，接著用相當寬宏大量的語氣說道：「雖然我不知道我的真面目究竟是什麼模樣，但如果你很想見識看看在你眼中的我的真面目的話，我還是很樂意展示類似的模樣給你看的。過來吧。」

伊萊笑著朝那名部員伸出食指晃了晃，示意對方過來。

鄭泰義見狀瞬間就皺起了眉頭。而伊萊的視線猛地掃過鄭泰義的臉，他像是在猶豫著什麼似地停頓了一會兒，隨即像大發慈悲般地補充道：「我會留他一條命的，不用擔心。」

伊萊講出這句話的剎那，正好與鄭泰義四目相交。

已經擺好姿勢，準備隨時要衝出去的鄭泰義此刻才意識到原來伊萊是在跟自己講話。不過那句話的意思比起「不要擔心」反倒更像是「不要隨便插手我的事」。

而鄭泰義在聽到那句話的瞬間，馬上就收起了想要干預的念頭。既然對方都說不會殺掉那名部員了，那他自然也沒有必要賭上性命去插手這件事。更何況他本來就不是自願要成為伊萊的校尉，若是能撒手不管那他自然也樂得輕鬆。

除此之外，這種事遲早都得發生一次。不管那個對象是誰，早晚都會有人不要命地衝上前來挑釁伊萊。

縱使鄭泰義並沒有料想到第一堂課就會遇上這種事，但畢竟早就做好了心理準備，所以他也不覺得太意外。

而那名朝伊萊大罵的部員像是等待許久似的，立刻就起身朝講檯走去。一看見那人的臉龐後，鄭泰義便想起了對方的身分。

在伊萊親手殺掉四名亞洲部員的那天，那人正好是在廁所裡談論著要怎麼用集束炸彈殺死伊萊的其中一個人。對方跟那名堅持要丟集束炸彈的部員剛好是室友，或許兩人是感情很好的朋友也說不定。

由於亞洲分部與歐洲分部間的關係越來越惡化，要找出那人為什麼會如此痛恨伊萊的原因已經堪比是先有雞還是先有蛋等級的難題了。

其實鄭泰義的內心是想把所有的錯都怪罪在伊萊里格勞那一視同仁的殘忍本性上，但他現在連說這種話的資格都被剝奪了。而這全都是因為該死的校尉、該死的教官所導致的。

等到那個男人走到教室前方後，整間教室裡的氣氛都開始緊繃了起來。眾人用著好奇與興奮的視線緊盯著講檯上的兩人。

伊萊像是沒有注意到大家那別有居心的視線般，泰然地看著眼前的那個男人。

對方的身材不輸伊萊。不，因為伊萊比較高，所以單看外表完全看不出他是個有肌肉的人。反倒是那個男人看起來還比伊萊更健康與壯碩一點。況且那人身上的肌肉並不是靠健身練出來的，全都是從實戰中鍛鍊出來的紮實身材。

「既然我剛剛都強調不會殺掉你了，那我今天無法完整展現出在你眼中的我的真面目了呢……不過我還是會盡力還原的，快過來吧。」伊萊噗哧一笑。而伊萊那既不嚴肅也不認真的態度自然讓那名男子更加惱火。

那名男子之所以能夠進到這裡，那就代表對方也有著一定的實力。說不定在外的時候，他還不曾打輸過別人。

男子的攻擊相當快速。他毫無徵兆地使出手刀擊向伊萊，與此同時他的腿也朝著對方踢去。由於速度太快，要馬上躲開這兩個攻擊基本上是不可能的事。

伊萊似乎也無法閃開男子突如其來的進攻，他只來得及躲開對方朝著自己脖子襲來的手刀，而肚子則是紮紮實實地被男子的膝蓋擊中。

被打中的瞬間，伊萊急促地吸了一口氣，接著後退半步。

眼看伊萊沒有做出任何反擊，即便躲開了手刀，卻老實地被自己的腿擊中後，男子反倒不知所措了起來。

而站在教室後頭的鄭泰義見狀也露出了相當吃驚的表情。

他為什麼沒有被打倒啊！

或許整間教室裡的人都在思考著這個問題。原先還有些吵雜的教室瞬間就只剩下一片寂靜。

使出攻擊的男子疑惑地歪起了頭。如果他的踢腿有準確踢中的話，那即便是一頭成年的公牛，他也有信心能夠一擊就把那頭牛給打倒。然而他剛剛明明就已經準確地擊中了伊萊，但不知為何對方卻沒有倒下。

此時，鄭泰義一邊嘆氣，一邊閉上了眼睛。他已經沒有必要繼續看下去了，他現在唯一需要做的就只有祈禱那名男子不要被伊萊打死。

伊萊並不是無法躲開男子的攻擊。而是比起被手刀擊中脖子，他選擇被對方踢那一下。

雖然鄭泰義早就意識到伊萊是個怪物，但他沒有想到對方的身體居然如此耐打。被男子那有力的踢腿擊中，伊萊不但沒有暈過去，甚至連微微的踉蹌都沒有。

對於輕率就朝這種怪物發出攻擊的人，唯一能夠從怪物身上得到的也就只有失敗而已。而伊萊剛剛被打的那一下有多重，他就會還以多重的反擊。

在鄭泰義閉上雙眼的那一刹那，一道巨大的重擊聲隨之響起。下一秒，另一道不輸重擊聲的淒厲尖叫也跟著迴盪在這間教室裡。隨後，第二聲、第三聲尖叫也接連不斷地響起。

等到對方已經無法慘叫，只發得出斷斷續續的呻吟聲時，鄭泰義才不情願地睜開眼睛。

由於早就預料到肯定會出現自己不想看見的場景，因此鄭泰義並沒有直接看向那個男人，而是看向了伊萊。伊萊一邊說著：「把他抬走。」一邊指了指倒在地板上的男人。最終，鄭泰義別無他法地將視線移到了對方身上。

男子的雙手脫臼，肋骨也斷了一根——這是之後送到醫務室時才得知的——因為這副景象遠比鄭泰義原先預想的滿地鮮血還要更加手下留情，他不禁在心中痛罵：「你這個騙子！這樣輕輕摸兩下的程度哪裡接近你的真面目了？」

不過往好處想，至少伊萊還懂得適時停手。鄭泰義只能認命地扛著那個男人去到醫務室。

與此同時，鄭泰義也再次確信了伊萊里格勞這個男人並不是人類的事實。

其實他原本一直認為伊萊之所以能夠在被集束炸彈引爆的武道室裡存活下來，就是因為對方在爆炸的瞬間拿了其他人來當擋箭牌才能幸運地逃過一劫。但今天在看到伊萊被踢了那麼一下，還完全毫髮無傷的模樣後，他不禁幻想起或許集束炸彈直接在伊萊的面前引爆，對方也能像鋼鐵人般直接讓那些爆炸的碎片從身上彈開。

總之，這個開頭還算不錯。

雖然那名部員的手臂脫臼、肋骨也斷了，但錯就錯在他自己要先挑釁長官。這件事並不能怪在下手太重的教官身上。

然而在那之後卻接連不斷地發生十分相似的情況。也許伊萊想要在剛上任的時候先表現出自己斯文的一面——縱使看不太出來——他大多都會在對方脫臼或骨折時就收手。

不過隨著挑釁的事件越來越多，伊萊似乎也漸漸動怒了，他有次直接把六名衝著他來的部員們全都打倒。而那六個人的傷勢嚴重到連醫務室也處理不了，得馬上送去香港的醫院才能撿回一命的程度。

在這種不管是誰要衝上來攻擊他，伊萊都能毫髮無傷地把敵手給打倒的情況下，鄭泰義唯一能做的事就是好好完成自己的職務；幫忙處理掉那些被伊萊打趴的部員們。

縱使鄭泰義並不像一般的校尉，幫忙教官打倒所有有可能傷及教官的敵人，但他還是相當盡忠職守地幫伊萊善後。無論那些部員們被打得多慘，他都不會主動出手去阻止伊萊。

在鄭泰義第一次及最後一次出手阻止伊萊的那天，他差點就要代替那名主動挑釁的部員被伊萊活活打死。當鄭泰義衝上前擋在兩人的中間時，伊萊毫不猶豫地就將自己穿著軍靴的腳踢向鄭泰義。

雖然鄭泰義靠著他那唯一可以拿來說嘴的反射神經躲過伊萊的攻擊，但不小心掠過軍靴的手肘卻馬上出現了一個深紫色的瘀青。在那之後，每當有人不小心用手指碰到鄭泰義的手肘，他都會痛到馬上發出哀號。

如果當初如伊萊所願踢中胸口的話，那鄭泰義現在或許就得跟其他部員們一起躺在香港的醫院裡了。

「雖然我之前說的那句『我現在不想跟你吵』到現在還有效，但你也不要插手我的事。無論是你還是我，都不想把事情弄得太麻煩，對吧？」

這是伊萊在當天晚上表定行程結束後對鄭泰義講的話。

即便職務很重要，他人的安危也很重要，但最重要的莫過於是自己的命。因此在那天之後，鄭泰義就不再干涉伊萊了。他只會在每天把脫臼的人扛去醫務室時，才會默默地思考起這樣的日子究竟還要持續多久。

不過最令鄭泰義感到乏力的並不是身體上的疲倦。

「嘿，給我一片痠痛貼布。我剛剛好像不小心在對練中扭到了。」

正當鄭泰義把玩著手中的虎標萬金油時，有人打開了醫務室的門大喊道。

那人看上去已經不像「扭到」的程度，他的手臂不但整個腫了起來，最嚴重的部位甚至還布滿了深紫色的瘀青。對方一邊晃動著自己受傷的手，一邊走進醫務室裡。然而在他看見鄭泰義後，卻馬上愣了一下，隨後不悅地皺起眉間。

「嗨，慶仁焦！你怎麼會傷成這樣？難道是源浩又不小心踢到你了嗎？」鄭泰義揮了揮自己的手，主動問道。

直至前一段時間，慶仁焦跟鄭泰義都還是同甘共苦的組員。但隨著鄭泰義成為伊萊的校尉後，鄭泰義就變成了伊萊旗下的組員——準確來說，伊萊旗下的組員就只有他一個人——雖然兩人現在各自隸屬於不同的小組，但之前是時不時就能互相開彼此玩笑的好伙伴。

慶仁焦曾經是個如此好相處的人。

但對方現在一看到鄭泰義，立刻就皺起了眉頭，默默不語地直接撇過頭去找醫務雜務官要痠痛貼布。

鄭泰義見狀先是苦澀地看著對方，隨後便將手中的虎標萬金油輕輕地丟給了慶仁焦。對方下意識接住朝自己飛來的東西後，露出疑惑的表情看向鄭泰義。

「這罐可以治百病。就連頭痛擦了也有用，我想扭傷擦這個應該也沒問題吧。」

語畢，慶仁焦便露出相當不爽的表情輕輕拋起虎標萬金油，接著再伸手接住。下一秒，他猛地拿起手中的藥膏朝鄭泰義砸去。

「你自己留著用。反正你的神經病上司不是三不五時就打傷其他人嗎？等那些人受傷時，你再拿出這罐藥膏給他們擦。」

鄭泰義直勾勾地看著板著臉講出這句話的慶仁焦。就這樣面無表情地盯著對方看了好一陣子後，他輕輕地嘆了口氣，收起那罐藥膏。

若是可以的話，他恨不得直接撕爛眼前這個臭小子的嘴。

而醫務雜務官似乎是沒有料想到鄭泰義在毫無表情的狀態下，腦中居然想著如此駭人的想法，他偷偷瞥了鄭泰義一眼。

一直等到慶仁焦拿到痠痛貼布，不悅地走出醫務室後，醫務雜務官才咂嘴說道：

「這些人的年齡都只有五歲啦、五歲！哎唷，這麼一看，你也滿辛苦的耶。不過再過一段時間應該就會好一點了，你就再忍一忍吧……不過對方說的也沒錯啊，就是因為你那名神經病上司老是打傷別人，才害我忙成這樣！拜託你好好管一管他！」

「但這跟我的職務無關啊……」

「要不然校尉是要拿來做什麼的？你就得負責管住那個人啊！」

「教官又不是校尉想管就能管的……」鄭泰義深深地嘆了一口氣。他不懂為什麼大家都要把氣出在他身上。

跟現在這種心理上的疲勞比起來，身體上的疲倦根本就不算什麼。

眼看那些原本跟自己很要好的同伴們一一離自己遠去，比起難過，他現在更多的是惱火。

鄭泰義巴不得賞他們每個人好幾巴掌來宣洩心中的怒火，但他同時也明白那群人是有多討厭伊萊，所以最終還是選擇忍了下來。

而且仔細一想，真正該被賞巴掌的應該是伊萊才對。

表定行程結束的時候，鄭泰義已經累到不成人形了。

而最令他感到疲憊的並不是來來回回跑醫務室的這件事，而是他的精神壓力。現在整個亞洲分部裡，已經沒有任何一位部員願意站在他這邊了。

就連不久前還跟他待在同一組的組員們，現在只要一看到他，也會馬上露出不爽的表情。

他沒有想到都已經活到這把年紀，居然還能體會到就連學生時期都沒有體驗過的排擠。

「認真回想的話，我小時候應該更容易被排擠吧？不但有位很厲害的哥哥、很厲害的父母，甚至就連叔叔也很優秀……但我那個時候至少還有一群朋友。」鄭泰義叼著從伊萊包包裡偷出來的香菸，自言自語道。

由於他也稱不上有多愛抽菸，所以每每去到島外時，總是會忘記要買條香菸回來。以前每當他遇到想抽菸的情況時，他總會跑去跟托尤借個一、兩根來抽。但自從被所有人排擠後，他就不敢再向對方開這個口了。

雖然很想抽菸，但他又沒有勇氣跟身上隨時帶著菸的托尤搭話，因此鄭泰義最終就只能去找其他人下手。而他現在搭話不會被無視的對象也就只有教官們與那名剛從部員身分升上教官的伊萊里格勞而已。

不過教官中卻沒有一位是他熟到可以直接去向對方借菸的人，唯一一位他要什麼都可以立刻搶過來的叔叔卻偏偏沒在抽菸。

就在這個時候，鄭泰義意外從伊萊大大敞開的包包中發現了一包香菸。於是乎，他一句話也沒說就順手拿走了那包香菸。

你要生氣就生氣吧！反正我現在之所以會這麼想抽菸就是因為你啊，臭小子！

鄭泰義一邊合理化自己偷竊的行為，一邊跑到地上一樓的庭院裡，靠坐在其中一顆大樹旁抽起了菸。

「叔叔其實很討厭我吧？」

鄭泰義最近老是湧上這個念頭。即便他找不到任何合理的解釋，但如果不是這樣的話，叔叔怎麼會把他帶到這座島上。更何況還強迫他當伊萊的校尉。

最近的情勢是真的嚴重到只要鄭泰義稍微倒楣一點，就會被「人間凶器」伊萊殺害；如果再更倒楣一些的話，則是會被所有討厭伊萊的亞洲部員殺掉的程度。

而跟鄭泰義感情最好的托尤似乎也覺得這樣的他很可憐，有次在浴室裡巧遇時，對方咂著嘴默默地感嘆道：「要當校尉就算了，為什麼偏偏要當那個傢伙的校尉啊？」

這又不是我願意的！

鄭泰義早就解釋過了上千遍，但卻沒有人把他的話給聽進去。最終，他也漸漸死了這條心，懶得為自己辯解。

菸盒裡原本還剩下六根香菸。由於鄭泰義一轉眼就把其中三根給抽完，搞得他現在有些猶豫地看著剩下的三根香菸陷入苦惱之中。

伊萊那個傢伙偏偏選了一款跟他一樣狠毒的香菸。鄭泰義只抽了三根而已，喉嚨卻已經有些隱隱作痛了。如果再繼續抽下去的話，喉嚨肯定會直接啞掉；但要是不繼續抽的話，鄭泰義又覺得還不過癮。

苦惱了好一會兒後，鄭泰義決定再掏出一根來抽。

唉，不管了！喉嚨壞掉就壞掉、肺爛掉就爛掉，我現在只想抽到爽。

正當他深深地吐出一口菸時。

「……哥，你一次抽太多根了。那個牌子的菸特別傷身體。」

一道有些遲疑的嗓音從鄭泰義的頭上傳出。鄭泰義叼著菸，抬起頭看向了來人。

被樹葉擋住一大半的窗戶裡，心路正板著一張臉微微地探出了頭。

從對方的話語中可以聽出，心路應該已經站在這裡觀察鄭泰義好一段時間了。

鄭泰義先是猶豫了一下，隨後緩緩地將才抽了幾口的香菸丟到地板上踩熄。要是被托尤看見的話，他肯定會怒罵鄭泰義暴殄天物。

「心路，你是從什麼時候開始站在那裡的？」鄭泰義高興地問道。

然而對方卻沒有回話，只是用很憂鬱的表情直勾勾地低頭看著他。心路的神情彷彿在怪罪鄭泰義，嚇得他不自覺地慌張了起來。

「你、你最近好像很忙耶，我都看不到你。」鄭泰義再次朝一語不發的心路搭話。

與此同時，他不禁在心底咂起了嘴。最近心路老是這樣。

其實這也不是最近的事，自從大家開始在傳新來的教官就是里格勞後，心路的態度就變了。心路像是在躲著鄭泰義似的，總是讓鄭泰義找不到人。

明明在此之前，對方三天兩頭就會跑到鄭泰義的房間，甚至還會天天傳訊息。但是自從教官的事傳開後，心路就不再做這些事了。

即便鄭泰義主動傳訊息給對方，心路也不會回覆；主動跑去找對方，心路也是滿臉勉強的模樣。

對方之所以會選在這個時期突然改變了態度，追根究柢肯定都與鄭泰義成為伊萊校尉的事脫不了關係。

「泰一哥最近過得還好嗎？我看你好像每天都跟那名新來的教官黏在一起，看來你們兩個應該很合得來吧？」

「不，我超累。那個人的個性特別難捉模，害我累到不行。」

講出自己最真實的心聲後，心路反倒露出了既微妙又憂鬱的眼神盯著鄭泰義看。

鄭泰義見狀不免又再次火大了起來。不過他的這股怒火並不是針對心路，也不是針對他自己，而是針對眼下的這個情況。

心路明明也知道事情的真相，為什麼還要朝我發脾氣？唉，我總不能動手打這可愛的男孩吧……

鄭泰義有些煩悶地嘆了口氣。而一旁的心路見狀，淚水立刻就湧上眼眶。

在看見心路那副快哭出來的表情後，鄭泰義默默在心底碎念道：「真正想哭的人是我吧。」

或許是被這個想法所影響，鄭泰義不自覺地擺出彷彿下一秒就要落淚的表情，直直地看著心路。而心路一看到鄭泰義的表情，不禁愣了一下。

鄭泰義猛地想起之前卡洛說過的話。

自稱為風流大師的卡洛曾經自豪地說過，若是遇到跟情人吵架或尷尬的狀況時，不需要多說，直接一把抱住對方，送上一個深吻就對了。對方還強調，基本上大部分的吵架都能用這種手法來化解。

當時的鄭泰義只對這種說法嗤之以鼻，但現在回過頭看，或許他真的得用上這一招也說不定。對於此刻的他來說，任何一種能夠馬上增進感情的方法都像最後一根救命稻草般重要。

鄭泰義直勾勾地看著心路。可能這個想法過於自私，但他真的很想要在這種時刻聽到有人對他說一句溫暖打氣的話。

當所有人都離自己而去時，他只需要有個人能夠陪他聊一聊。

「……哥為什麼要用這種表情看我，好像都是我的錯一樣。」心路突然用著有些哽咽的聲音嘟噥道。

鄭泰義無力地歪起了頭。其實他並不知道自己現在露出了什麼樣的表情，他只是覺得很疲倦罷了。

「不要哭……心路，不要哭。」

縱使再怎麼疲倦，一看到心路哽咽地看向自己，鄭泰義的心還是隱隱作痛。是我惹哭了如此可愛又惹人憐愛的少年啊。

鄭泰義伸出自己的手放到對方的頭上，接著緩緩地撫摸了起來。當掌心碰到心路柔軟秀髮的瞬間，他的心情也漸漸變好了。

下一秒，心路猛地用著哽咽的嗓音喊道：「泰一哥太過分了！你為什麼要跟那個壞人待在一起？如果是其他人的話就算了，但我真的很討厭那個傢伙啊！我不能接受哥跟我打不贏的人待在一起！而且哥憑什麼露出那種表情，搞得我才是壞人一樣！」

心路就像要將卡在心頭的想法全都宣洩出來似地放聲大喊。

在鄭泰義還沒反應過來前，心路猛地抓住對方的衣領，一把將鄭泰義朝自己的方向拉了過來。隨後，他咬上鄭泰義的雙唇，將舌頭伸進對方的口中舔舐著。

心路就這樣不停地吸咬著鄭泰義的嘴唇，死活不肯鬆開自己的雙手。一直等到對方喘不過氣地捶打起他的肩膀，心路才總算惋惜地乖乖放手。

「……！」

由於這整件事都太過突然與震驚，鄭泰義先是氣喘吁吁地伸出手背把掛在嘴角的液體擦掉，接著他一邊瞪大雙眼，一邊用手掌遮住自己的嘴巴，默默地看著心路。

而心路見狀隨即又露出快要哭出來的表情。不過一會兒，好幾顆斗大的淚珠還真的就奪眶而出。

眼看對方哭得如此傷心，鄭泰義也顧不得自己還在喘，連忙解釋道：「我能理解你的感受，畢竟我也不想看到你跟那個傢伙待在一起。重點是我也不是因為喜歡伊萊，所以才每天跟對方同進同出，我其實也很無奈啊！上頭就硬逼我要當他的校尉，我還能怎麼辦？更何況心路你誤會了，那個人喜歡的不是像我這樣的人，而是像你這種可愛的男生。也是因為這樣，所以我才不想讓你靠近伊萊……別哭了，乖，不要再哭了哦！」

安慰對方安慰到滿身大汗的鄭泰義在猶豫了一下後，慢慢地環抱住對方的肩膀。心路任由淚水在臉上肆虐，一把抱住鄭泰義的腰。

「哥、泰一哥，你不要討厭我……我有信心做得比那個傢伙還好……你不是還沒認真地跟我做過嗎？我一定會讓哥爽到上天堂的！嗯？」

放在心路肩膀上的手倏地抖了一下。鄭泰義不知所措地瞥了一眼將臉埋進自己肩膀的心路。他清楚明白著自己必須得趕快安慰眼前這名可愛的男孩，必須想盡辦法讓對方不要再因為自己而哭泣，但他們現在談論的話題卻好像越走越偏了。

「哥，我絕對不會讓你痛到的。所以……沒錯，即便是現在也好，你來我的房間吧！」心路哽咽地挽留起了鄭泰義，「我一定會好好表現的！」

縱使鄭泰義並不忍心看見對方如此可憐與令人揪心的一面，但他明顯感覺到了這個話題變得有些不太對勁，最終他還是緩緩地鬆開環抱著對方的手。

「呃，那個……下次吧……我現在並不想跟你做那件事……」

其實鄭泰義原本恨不得能馬上就跟這名可愛的少年一起滾床單，不過這個前提是兩人沒有撞號的情況下。他此刻依舊很想抱心路，但他對於被對方擁抱的這件事還是有些排斥。

也不知道心路是怎麼詮釋鄭泰義的這句話，他臉色發青地愣在原地。

他用著越來越蒼白的臉怒瞪了鄭泰義好一會兒後，隨即用手背擦了擦泛紅的眼角，接著直接背過身快步離開現場。

「啊、等一下，心路……！」

雖然鄭泰義馬上就試著要叫住對方，但心路早已走到了走廊的另一端。既沒有回頭，也沒有再走回來。

每當鄭泰義要走回房間時，他的心情總是特別鬱悶。每個與他擦肩而過的人，不是用凶狠的眼神瞪著他，要不然就是大聲地朝他怒飆髒話。

然而鄭泰義非但無法直接抓起那些人的衣領痛毆對方一頓，況且這人數也多到他沒辦法一一朝每個人發火。

唯一值得慶幸的是曾經跟他待在同一組的組員們頂多只會冷冷地看他一眼，並不會做出更超過的舉動。

鄭泰義一邊想著「再這樣下去，我會不會某天就被別人捅一刀啊？」，一邊沉重地走向自己的房間。

就連剛剛也是這樣。當他在餐廳裡聽見有人大罵著伊萊時，他下意識地就回了一句：「對方現在已經算亞洲部員了吧。」下一秒，他還真的以為自己要被其他人砍了。

「你知道那個傢伙殺了多少亞洲分部的人嗎？」回話的部員嗓音裡充滿著滿滿的殺氣。

鄭泰義不懂自己明明就沒有說錯話，為什麼莫名其妙地就成為了眾矢之的。

「現在這種荒原狀態真的還能迎來春天嗎……」

雖然他並不知道還要再等多久才能迎來春天，但他只希望那天能夠趕快到來就好了；要不然至少在他離開亞洲分部前，都不要迎來盛冬。

要是再這樣劍拔弩張下去，他只怕其他部員會因為一些再微小不過的小事而集體攻擊伊萊。

一想到這裡，鄭泰義不由自主地抖了一下。

如果其他部員真的下定決心要去圍毆伊萊……光是想像那個結果，鄭泰義的背脊就開始發涼。

他猛地想起伊萊即便碰上集束炸彈在自己的面前引爆，對方也能從容地拿周遭的人來當人肉盾牌，讓自己的傷害降到最低。甚至那人後來還把所有參與那件事的人都殺了。

假如大家都認為所有人一起出馬就不會有事的話——

「唉，這簡直就是大型慘案嘛……光是想像就好嚇人。」

「你在想像什麼啊？」

就在鄭泰義邊冒著冷汗碎念，邊打開房門的同時，一道突兀的反問句令他瞬間停下腳步。

由於他是自己一個人住，房間裡照理來說不該出現其他人的回答；更別說是突然有個男人大刺刺地坐在他床上的這件事。

那人在沒有開燈的房間裡，以大字型的姿勢仰躺在床上。一直等到鄭泰義開門走了進來，他才從床上坐起。

而鄭泰義光是聽聲音就能猜到對方是誰。在他伸手按下位於門旁的電燈開關後，一張熟悉的臉龐隨即出現在他的面前。

因為整天都待在一起，鄭泰義已經連那人臉上刮了幾根鬍子都能看得出來。

「你為什麼在這？」鄭泰義赤裸裸地擺出不爽的表情朝著眼前的那名男子，伊萊問道。

而伊萊將手斜靠在自己的身後，沉悶地答道：「因為在我的房間會有煩人的聯絡。」

「煩人的聯絡……不過你可以不理會嗎？」

「這個嗎，反正不理會，我也沒有損失。只是那些聯絡不上我的人會有些鬱悶罷了。」

「……」

鄭泰義一想到自己之後時不時就得幫其他人聯絡上伊萊，他就不禁為自己慘澹的未來而感到擔憂。就算他強迫對方把對講機掛在脖子上，伊萊也不是個會乖乖照做的人；更何況就算對方真的照做了，依照伊萊的個性，肯定也不會一一確認新訊息。

「那我之後要怎麼聯絡你啊？」

「反正我們大部分的時間都待在一起，有必要去煩惱這件事嗎？」

被對方這麼一說，鄭泰義才意識到伊萊說的也沒錯。他真正該煩惱的應該是要怎麼想辦法減少跟對方相處的時光吧。

鄭泰義將脫下的外套掛在椅背上後，解開了襯衫頂端的兩顆扣子，接著再到冰箱前拿出啤酒。

「你要喝嗎？」鄭泰義瞥了一眼伊萊問道。而對方只是簡單擺了擺手拒絕他的好意。

鄭泰義仔細一看才發現床頭櫃上早已擺了兩罐喝完的啤酒罐。想必伊萊在隨心所欲地進到他的房間後，還十分恣意地從他的冰箱裡拿出兩罐啤酒來喝。

鄭泰義早已忘記自己平常跑去叔叔房間時所做過的類似行徑，他惡狠狠地瞪著眼前這名太過恣意妄為的男子。不過在跟對方爭論起這件事的對錯之前，他想先將心中那股窒息的壓抑感給消除。

從冰箱裡拿出了三罐啤酒後，鄭泰義一口氣就把這三罐給喝光。在他將最後一罐一飲而盡的同時，也伸手擦掉了從嘴角流出的幾滴啤酒。

「唉，果真這種程度還喝得不夠過癮。」

「哈哈，看來你發生了得靠喝酒才能比較舒緩的糟心事啊！」

鄭泰義開始猶豫起要不要將手中的啤酒罐砸向伊萊那彷彿什麼事都不知情的笑臉上。就算大家都說伸手不打笑臉人，但如果那個對象是伊萊的話，他可以毫不猶豫地直接打下去。

鄭泰義一邊瞪著對方，一邊拉過旁邊的椅子，反坐在上面。

「現在到底是怎樣？怎麼感覺我才是那個突然被丟到亞洲分部的歐洲部員啊？」

鄭泰義語音剛落，伊萊馬上放聲大笑。跟笑得十分愉快的伊萊相比，被對方當作笑柄的鄭泰義卻漸漸皺起了眉頭。

總的來說，叔叔就是所有事情的元凶；不過情況之所以會惡化成現在這樣也絕對跟伊萊脫不了關係。明明對方才剛當上教官沒有幾天，但醫務室裡卻早已躺滿了因為他而受傷的傷患們。

剛剛在走廊上遇到叔叔時，對方還笑著安慰鄭泰義說：「我看那個傢伙在當上教官後也還滿收斂的嘛！畢竟現在還沒鬧出人命啊。」

然而聽到這句話的鄭泰義卻完全笑不出來。因為沒有人可以保證第一個死在伊萊里格勞教官手上的人不會是最常跟在對方身邊的他。

此時，伊萊猛地挑了挑眉，朝鄭泰義問道：「你的身上有股菸味。你剛剛去抽菸？」

鄭泰義立刻就安靜了下來。因為他想起那包香菸的主人是誰。伊萊該不會已經察覺到那盒放在自己包包裡的香菸不翼而飛了吧？

「話說我剛剛從教官室回來的路上，剛好看到你跟那名可愛的男孩在聊天。」

鄭泰義依舊沒有答話。但他這次是真的被嚇到了。

「……你聽到了？」

「聽到什麼？」

「我跟他的對話。」鄭泰義不爽地怒瞪著伊萊說道。

與此同時，他不禁在心底暗自罵了句髒話。

就算他倆並沒有聊什麼太過私密的話題，不過鄭泰義還是不想讓其他人聽見他們的對話。畢竟這件事牽扯到他那雖然微不足道，卻十分好強的自尊心。

「因為我是路過的時候剛好看到，所以沒有餘力仔細去聽你們到底在聊些什麼。」伊萊聳了聳肩回答。

縱使鄭泰義的眼中依舊充滿著不信任，但他還是不由自主地鬆了一口氣。看來對方並沒有認真去聽他們的聊天內容。

其實這也不是一件值得羞愧的事。在亞洲分部裡，沒有人不知道鄭泰義喜歡著心路。甚至大家也已經知道心路同樣對鄭泰義抱有好感的這件事。

所以被其他人撞見他倆待在一起，抑或是被別人聽見兩人間那有些肉麻的對話都不是件羞恥的事。然而真正的問題卻出在其他地方。

鄭泰義認為，只要兩人的心意相通，那不管彼此間發生了怎樣的矛盾，只要願意好好談一談，那絕對沒有什麼事是解決不了的。

即便他並不是一個堅持一定要當一號的人，但在他跟心路的關係間，有些部分是他死活都不想讓步的。就算那個對象不是心路，而是其他人也一樣。這無關乎他平常是多麼想守護心路、是多麼地疼愛心路，有些事無法退讓就是無法退讓。

「看來你跟那個男孩還沒做過啊。」

就在鄭泰義還深陷於沉思中時，一旁的伊萊像是想通了什麼似地笑著嘟噥道。

而鄭泰義一聽見對方的嘟噥，臉色隨即一沉。他能明顯感覺到有股混雜著羞愧的熱氣湧上他的脖子，令他不想抬起頭來。

這臭小子，他剛剛不是才說他沒有仔細聽嗎？靠，結果還不是都聽見了！

過了好一陣子後，鄭泰義才緩緩地、緩緩地抬起了緊繃著的臉，露出凶狠的眼神怒瞪對方。

而伊萊見狀像是無法理解似地思考了一會兒，接著才咕噥著說：「我不懂問題是出在哪。對方都說他有信心做得很好了，甚至還打算要讓你爽到上天堂了……人家都講到這種程度，你就當作是做件善事跟對方打上一砲不行嗎？」

「善事做到一半，差點就被對方強上，你覺得誰還會有心情繼續做下去？」鄭泰義猛地氣得大罵。

一直等到把話都說出口了之後，他才意識到自己講了不該講的話。

不過一切早就來不及了。伊萊先是挑了挑眉，隨後以微妙的眼神看著鄭泰義，接著突然大笑了起來。

伊萊像是覺得這件事很有趣似的，就這樣開心地笑了好一陣子，「啊哈、哈哈哈哈，原來如此。看來你已經度過最危急的時刻了。差點就要被一位既漂亮又可愛的傢伙強迫做愛，我想你應該嚇傻了吧？」

「他才沒有強迫我做愛！我們跟你不一樣，我們只不過是打算要一步一步慢慢來罷了！」鄭泰義半放棄地大喊道。

就算計畫早已偏離了軌道，漸漸朝著他無法預料的方向發展。但鄭泰義仍舊沒有放棄要主導性事，溫柔地帶領那名可愛的少年體驗到什麼叫極致快感的這件事。

也不知道是哪句話戳中伊萊的笑點，對方就這樣大笑了好一會兒，接著點了點頭自言自語道：「所以那個傢伙看上去雖然很單純，但實際上卻意外地很有野心囉？也對，反正他家本來就是個特別有野心的家族。不過還真的沒有想到他居然會為了要得到吉祥天而主動出擊啊。」

鄭泰義愣了一下。他沒有想到又會聽見這個詞。

他上次聽見這個詞是在伊萊的任命儀式上，總管沒來由地提到了這個單字——吉祥天。他總覺得那兩人口中的「吉祥天」似乎並不是他所熟知的那個意思，這個詞彷彿就成為了一種暗號似的。

「那是什麼意思？你為什麼要提到吉祥天？」

在聽到鄭泰義的發問後，伊萊倏地笑了起來。隨後，他低聲咕噥道：「明明這也不是什麼祕密，我真的搞不懂他們為什麼不直接告訴他……」

「……你到底在講什麼？」

伊萊先是直勾勾地看著露出詫異表情的鄭泰義，接著又噗哧一笑，「也對啦，告訴小孩子一些重要的事，他們也不會應用啊。但都這種時候了，總可以講了吧？」

「什麼啦，你為什麼要講一些我完全聽不懂的話。」鄭泰義皺起眉頭。

伊萊正用著一種不知道是自言自語，還是故意要講給他聽的語氣，一邊看著他，一邊說道。

就這樣過了好一會兒，伊萊猛地笑著開口：「你啊，可是鄭在一的吉祥天。」

鄭泰義一言不發地看著伊萊。

鄭在義的吉祥天。明明他清楚地聽見了對方所講的每一個字，但他卻無法理解對方想表達的意思。

鄭泰義的眼睛骨碌碌地轉著，他緩緩地歪起了頭。食指像是下意識般地搓揉起嘴唇。下一秒，他的頭又歪向了另一邊。

就算他的腦袋並不如鄭在義，但也不曾被其他人說過他的理解能力很差……

鄭泰義的食指不停地輕敲著雙唇，他微微皺起眉頭反問：「你口中的吉祥天，是我所理解的那個意思嗎？吉祥天女？」

「沒錯，印度神話中的吉祥天女。她同時也是毗溼奴的老婆。」伊萊點了點頭答道。

聽到這個答案後，鄭泰義再次疑惑地歪起了頭。

他隱約記得神話裡的吉祥天是個什麼樣的角色；對方是負責帶給他人幸運的女神。不過即便知道了吉祥天的身分與職責，他依舊無法理解這陌生的單字為什麼會跟自己扯上關係。

「那是什麼意思？我怎麼會是哥哥的吉祥天？總不可能哥哥的好運都是我帶來的吧？」鄭泰義笑著嘟噥道，「但如果對方那數不盡的好運真的跟我有關的話，聽上去也很不錯啊！」

然而伊萊卻笑而不語。

一看見對方微妙的笑容後，鄭泰義的臉漸漸沉了下來。即便這是一個聽到會令人心情大好的玩笑，但被對方這麼一說，一切就搞得好像是真的一樣。

退一萬步來說，縱使這一切都是真的。不過在看見伊萊那令人摸不著頭緒的笑臉後，這些話彷彿就成為了不祥的詛咒似的。

「你到底想表達什麼？因為待在我的身邊就會有幸運找上門，所以大家才會接近我是嗎？」鄭泰義啼笑皆非地說道。

而伊萊見狀只是稍稍挑眉，搖了搖頭開口：「如果你是問我的話，那我可以告訴你，我對好運這件事並不感興趣。畢竟無論是本事還是財力，只要是我想獲得的能力，我就可以得到。因此我想要的不是幸運。如果硬要講的話，我反倒對那種能夠藉由幸運完全發揮出自己才能的人比較感興趣。」

「……像是在義哥嗎？」

伊萊並沒有回答鄭泰義的問題。他只是露出了一個不知道是肯定還是否定的曖昧笑容。

而鄭泰義在直勾勾地盯著伊萊好一陣子後，猛地嘆了一口氣。

他以前還覺得伊萊講起話來就像個宿命論者，但現在看來對方可能已經轉換到神話那方面去了。或許伊萊根本就不像外表看起來的沉着冷靜與講求科學，意外地非常迷信也說不定。

仔細一想，對方的書也看得又深又廣，甚至還曾經讓鄭泰義一度認為伊萊是個古書仲介商。也許伊萊的迷信也不全然是個毫無根據的推測。

鄭泰義一邊思考著對方究竟是從哪裡聽來了如此荒謬的理論，一邊噗哧一聲地笑了出來。

「扯什麼吉祥天啊。我最近倒楣成這樣，你還說我是吉祥天？」

鄭泰義最近迎來了人生中前所未有的低潮。因為叔叔的算計，導致他的同伴及朋友們相繼離他而去；而唯一還稱得上待在他身邊的人就只有時時刻刻都有可能把他給殺了的殺人魔，甚至就連原本已經快進展到戀人關係的對象也虎視眈眈地想要把他給吃掉。

沒有一件事是順鄭泰義的意。

一想到這裡，鄭泰義又變得更加憂鬱了。他眼前的這個男人也是造就他憂鬱的原因之一。

縱使對方現在若無其事地躺在他的房間，隨心所欲地喝著他冰箱裡的啤酒。但或許下一秒，伊萊就會毫不留情地直接把他給殺了。

鄭泰義下意識地開始責怪起自己。其實他現在之所以會變得如此不幸，他自己也有很大的問題。無論是聽叔叔的話，乖乖地來到這座島上，抑或是放任眼前這名危險的男人隨意地進到自己的房間；這些舉動都間接證明了是鄭泰義讓自己陷入了如此糟糕的處境之中。

只因為當初和伊萊待在地牢時沒有發生危險的事，他就乖乖地放下所有的戒備。這絕對是再危險不過的行為。

「如果你沒有其他重要的事要講，那你可以離開了。我也差不多該去洗澡睡覺了。」鄭泰義擺了擺手，生硬地說道。

「好吧。」或許對方真的沒有什麼要緊事，伊萊很乾脆地直接從床上起身。眼看對方準備要離開，鄭泰義不禁暗自慶幸好險自己今天又順利地活了下來。

與此同時，他也在心中計劃著等伊萊離開房間後，要去數還有幾個月能離開這裡。在他的印象中，距離跟叔叔約定好的半年只剩下一百天了。

而正準備朝著房門口走去的伊萊在經過鄭泰義身旁時，猛地停下了腳步。

「？」鄭泰義見狀馬上疑惑地看向對方。

伊萊先是歪著頭朝鄭泰義的身邊探了過去。下一秒，他倏地抓起鄭泰義的衣領，接著直接把對方往自己的方向拉過來。鄭泰義立刻就像人偶般乖乖地被伊萊給拉走。

其實鄭泰義是有點意外的。雖然他說不上有多重，但也沒有輕到可以直接被別人一把拉走的程度。而這件事又再次證明了伊萊這個男人的怪力究竟有多不合理。

伊萊一隻手抓著鄭泰義的衣領，將對方拉到自己身邊，另一隻手環抱住鄭泰義的腰。隨後，他將自己的臉靠在對方的脖子旁。

而伊萊這一連串猶如猛獸在尋找獵物的行為令鄭泰義瞬間就僵在原地。他深怕只要自己一動，伊萊便會馬上殺了他。

「你在幹嘛？」鄭泰義不敢亂動地開口問道。

伊萊的嘴唇輕輕地劃過鄭泰義的耳下。那股發癢的感覺令鄭泰義害怕到不自覺地起了雞皮疙瘩。

「香菸。」

埋在鄭泰義脖子上聞了好一會兒的伊萊靜靜說道。而鄭泰義在聽見這句話後，忽然愣了一下，沒有回話。

他不小心就忘記菸味只要沾到衣服上，就不太能散掉的這件事。由於他一句話也沒說地就從伊萊的包包裡偷走對方的香菸，此刻的他也只能想盡辦法地找個理由來打哈哈帶過。

無論如何，被對方得知事情的真相絕對沒好事。

如果是其他人的話，那或許簡單被對方揍個幾拳後就能笑著和解；但這個對象若是換成伊萊，鄭泰義還真的不敢想對方會做出什麼事。

「呃──我剛剛從認識的人那裡要到一根菸，看來是當時所沾上的菸味吧。」鄭泰義裝傻地碎念道。

伊萊緩緩地抬起了埋在對方脖子上的頭，接著直勾勾地看著鄭泰義。那雙黝黑的雙眼倏地彎了起來。

「啊哈，是這樣嗎？原來這個分部裡還有人願意給你菸啊。好吧，那就讓我檢查看看囉──」

伊萊鬆開了抓著鄭泰義衣領的手，隨即用力地握住對方的肩膀。那股力量大到令鄭泰義無法輕易掙脫。

下一秒，伊萊將另一隻手放到對方的脖子上。隨後，那隻輕輕觸碰著脖子的手卻漸漸地出力，使鄭泰義突然想起了之前看過的集訓紀錄影片。

那雙大到足以抓住一名成年男人脖子的手，以及對方脖子上所留下的暗紅色血跡。

鄭泰義的臉瞬間就沉了下來。

伊萊肯定也察覺到了鄭泰義的表情變化，但他並沒有鬆開自己的手。他將那隻緊貼著脖子的手，輕輕滑落到鄭泰義的鎖骨上。下一秒，又移到了對方的胸部上。

由於襯衫太過單薄，鄭泰義能夠明顯地感受到那隻厚實的手所傳來的溫度。而那隻手在鄭泰義的胸部上徘徊了一陣子後，惋惜地繼續往下探去。

「看來菸盒不在你胸前的口袋啊，既然如此——」伊萊低聲說道。

與此同時，那隻下滑到鄭泰義肚子上的手在對方襯衫的下擺間晃動了起來。伊萊的食指就這樣伸進了鈕扣間的縫隙中，留下其他手指在襯衫上像是探索似地移動著。

「喂！伊萊，你現在在做什——」

「噓，我正在找我消失的菸藏在哪裡呢。」伊萊靠在鄭泰義的耳邊笑著說道。

隨後，食指伸進鄭泰義凹陷下去的肚臍中轉動著。因為太癢，鄭泰義下意識地抖動了一下。或許是覺得對方隨著呼吸上下起伏著的腹肌很有趣，那根食指更加賣力地搔著鄭泰義的腹部。

「等等、等一下，我直接告訴你在哪。你的香菸在——」

「找到一半直接公布答案不是很無趣嗎？」

那隻緊握著鄭泰義肩膀的手馬上就移到了嘴上，不讓鄭泰義繼續講下去。

鄭泰義見狀雖然立刻就抬起手，想要拉開對方。不過伊萊那隻抓著鄭泰義下半張臉的手卻漸漸使力，彷彿在警告著鄭泰義只要他亂動的話，自己就會捏碎他的臉似的。

最終，鄭泰義只能皺起眉頭看著伊萊。在兩人對視的瞬間，伊萊開心地笑了起來。

「仔細一想，我這陣子過得特別忙呢。因為教官死掉，突然空出了一個位置，縱使我再怎麼不想來，但我哥卻硬逼我一定要來這裡。雖然一開始很不爽，但後來想一想似乎也還不錯，所以我就來了。然而在做出這個決定後，卻多了一堆事得處理，搞得我這陣子超忙的……甚至連打手槍的時間都沒有了。」伊萊再次靠在鄭泰義的耳邊輕笑著。在感覺到對方的氣息碰到自己的脖子後，鄭泰義倏地抖了一下。

媽的，你要打手槍自己去打，不要拉我下水。

鄭泰義用著被對方手掌擋住的嘴大聲地喊叫著，但這些聲音似乎並沒有傳進伊萊的耳中。又或許是對方聽見了，只不過卻厚臉皮地裝作沒有聽到。

就在鄭泰義大聲呼喊著的同時，那隻撫摸著他腹部的手再次往下面探去。伊萊的手慢慢地搓揉起鄭泰義的胯下。

伊萊故意無視鄭泰義瞪大的雙眼，更加用力地按壓起性器的頂端。

「菸盒應該不會藏在這裡吧……啊哈，它變得越來越硬了。或許真的就藏在這裡呢！」

臭小子，菸盒不在那裡！怎麼可能會藏在那裡啊！菸盒放在我的口袋，你只要去翻我褲子的右邊口袋就能找到了！鄭泰義這次同樣用著被遮住的嘴大聲地喊叫著根本就聽不出來在講些什麼的內容。

然而就在下一秒，他猛地倒吸了一口氣。因為那隻搓揉著他胯下的手，突然上下晃動起了他漸漸抬起頭的分身。

而伊萊在感覺到鄭泰義的肩膀不由自主地抽動了一下後，他朝著鄭泰義脖子的內側低語道：「你真的很有趣啊……雖然你既不合我的胃口，上起來感覺也沒滋沒味的，但你的反應是真的很有趣。」

鄭泰義現在只想哭。怎麼會有人因為有趣就用這種方式來玩弄他人？此刻的他恨不得直接把伊萊的手腕給折斷。

不過那隻隔著褲子挑弄著他性器的手，正用著讓人產生快感卻又不會痛的力道用力地上下晃動著。就算鄭泰義現在真的握住了伊萊的手腕，可能也沒有多餘的力氣可以施力。

而最令鄭泰義感到哀傷的莫過於是他最終還是敵不過身為男人的天性，陽物漸漸地越舉越高。

「你不用這麼生氣，我現在的狀態也跟你差不多……反正我們之前不是已經試過了嗎？就這樣幫彼此洩欲不也挺有趣的？更何況若我現在想要洩欲的話，這個分部裡還沒有人願意乖乖地被我上。所以我就只能想辦法去抓一個剛好合我胃口的人，強迫對方跟我一起做愛。我相信身為校尉的你，應該不樂見看到這個情形吧？」

這跟我是不是校尉無關，就算我是個與你非親非故的路人肯定也不樂見看到這種情形。你剛剛那句話不就代表著你要隨便抓一個人過來強姦嗎？

縱使鄭泰義再怎麼憤恨不平，但因為下半身過於猛烈的刺激，使得他下意識地彎下了腰。自然而然，他的額頭就靠在了伊萊的肩膀上。那隻擋住他嘴巴的手也慢慢地離開。

「你、無聊的時候都在玩這種把戲……？」鄭泰義頂著有些漲紅的臉，惡狠狠地瞪著對方低吼道。

「好嚇人，不要這樣瞪我嘛。」伊萊笑著聳了聳肩，「但我倒是很少玩如此單純的把戲。我通常都是直奔主題……哎呀，只要再動個幾下，你就要射了吧？」

也不知道伊萊是怎麼察覺到鄭泰義褲子內那微妙的動靜，他笑著將放在對方胯下的手拿開。

這臭小子，居然選在別人都已經快要射出來的前一刻才給我鬆手！

鄭泰義一氣之下直接推開了伊萊。他掏出放在褲子口袋裡的菸盒，徑直地丟向就這樣默默後退一步的伊萊。

而伊萊在輕鬆接住那包菸盒後，晃起了手中的盒子嘟噥道：「你還真過分啊。居然直接拿走別人的東西來用，嗯？」

「那隨便玩弄別人身體的你又算什麼，嗯？」鄭泰義怒氣沖沖地大吼道。漲紅的臉漸漸冒出了些許的汗水。

伊萊直挺挺地站在鄭泰義的面前，慢慢解開了自己襯衫上的紐扣。先是前襟，接著再到袖子。鄭泰義能從對方敞開的衣領中看見那猶如雕像般白皙又光滑的肌膚。

在伊萊把脫下的襯衫往旁邊一甩後，他毫不猶豫地解開了皮帶上的扣環。不過一會兒，一道拉下拉鍊的滋滋聲隨之響起。由於那道聲響聽起來太過色情，令鄭泰義光是聽到聲音，耳朵就不由自主地開始發燙。

鄭泰義有些慌張地站在原地，看著站在他面前緩緩脫下衣服的伊萊。都現在這種時候了，再問對方為什麼要脫衣服只會顯得很可笑而已。況且伊萊全身上下正散發著一股氣息；一股叫他好好享受當下就好了的氣息。

「當我回到歐洲後，其實有夢到你。若要說是夢到什麼的話，那就是當我們一起被關在地牢裡時——」

一聽見地牢兩字，鄭泰義的腦中瞬間就浮現了當時的場景。

在他們還被困在昏暗的地下監獄裡時，曾經一起單純地宣洩過彼此的欲望。他甚至還能清楚地記得伊萊當時曾說過：「就讓我們用輕鬆的心情來享受這一切吧。」

「我在進到國中之前，就已經不再靠打手槍這種幼稚的手段來宣洩欲望了。沒有插入的性愛，你不覺得光是聽到趣味就少了一半嗎?不過那個時候是真的很有趣呢，有趣到那段記憶對我來說相當愉快。這就好像是久違地與小時候的朋友一起玩起跳房子遊戲的感覺。」

縱使鄭泰義的視線無法從對方若隱若現的肉體上移開，但他還是嘴硬地嘆了口氣說道：「居然在進到國中之前就不打手槍了嗎……但就算我有跟朋友們一起玩過跳房子遊戲，我也沒有跟他們做過這檔事。」

「哈哈，我也只是隨便比喻一下而已。我想強調的是當時那種青澀的玩法。」

鄭泰義再次意識到自己跟這個男人從觀念上就有著很大的落差。在現在這種既淫亂又墮落的氛圍下，對方到底是從哪裡感覺到青澀的？

鄭泰義倏地伸出手擋住了自己的口鼻。或許他的身體之所以會越來越燥熱，就是因為伊萊所散發出來的氣息也說不定；又或者是他早就沉醉於此刻的氛圍裡而不自知。

當鄭泰義回過神時，伊萊早已全身赤裸地站在他的面前。

再次看見對方的身材後，鄭泰義不禁感嘆起對方那完全不輸臉蛋的結實肉體。無論他再怎麼努力地不去看伊萊的胯下，視線始終會不小心瞥到對方那大到令人臉色慘白的肉棒。

還沒完全挺立起來就已經是這種程度了，如果剛好在興頭上的話，伊萊的對象應該會死在那根凶器底下吧。

或許伊萊也猜到了鄭泰義臉色越來越蒼白的原因，他噗哧一聲地笑了出來。接著自豪地抬起自己的陰莖晃了兩下，已經有些抬起頭的肉棒就這樣在鄭泰義眼前挺立了起來。

「幹嘛嚇成這樣呢？我之前不就講過了，我不會故意去上一個我覺得抱起來沒有感覺的人。我們今天只不過是像之前那樣簡單玩玩罷了。你當時不也玩得很開心嗎……不要呆站在那裡，過來吧……不用了，我過去吧。」

伊萊朝著鄭泰義走去。

其實鄭泰義仍舊十分猶豫。無論是當時還是現在，他大可不用把這些行為看得太重，簡單享受當下就可以了。畢竟他也不討厭藉由這個行為所帶來的快感。不，這股快感遠遠比他原先預想的還要更加快樂。

但是像這樣有一就有二的關係真的是好的嗎？一股模糊的不安感倏地湧上鄭泰義的腦海。如果輕易地就讓原本僅有一次的行為變成兩次，那從兩次變成三次自然是更加容易。

鄭泰義也曾想過，如果自己繼續跟這個男人玩著「跳房子遊戲」的話，究竟會怎麼樣。然而所有的答案都指向了不是很好的後果。

在鄭泰義整理出思緒之前，默默走到他面前的伊萊似乎早已看穿了他的想法，伊萊用力地推了他的胸口。鄭泰義馬上就跌到身後的床上。

「不要去想一些沒有意義的事。鑽牛角尖地想那些跟道德倫理相關的問題，只是讓你自己活受罪罷了。」伊萊邊說邊爬到了鄭泰義的身上。

就像在宣告遊戲正式開始似的，伊萊輕咬起鄭泰義的嘴唇。那股咀嚼著鄭泰義雙唇的力道大到讓他漸漸感覺到了疼痛感。

下一秒，伊萊猛地將自己的舌頭伸進對方的口中，兩人的舌頭瞬間交纏在一起。

鄭泰義能清楚地感受到那股湧入自己口中的氣息、舌頭與唾液。在他因為喘不過氣而稍稍恢復理智之後，他才發現自己的衣服早已被脫光丟到了床下。皮膚還沒來得及感受到冷空氣，伊萊便貼了上來。那股溫暖的體溫令鄭泰義感到舒服。

從剛剛開始，鄭泰義就能感受到自己的胯下正與伊萊的肉棒靠在一起。他能透過餘光看到兩根已經完全挺立、變得結實的棒狀物此刻正互相摩擦著彼此的頂端。

他的心臟倏地有些刺痛。視覺上的刺激令他的下半身越來越燥熱了。

當鄭泰義氣喘吁吁地閉上雙眼喘息著的同時，伊萊從對方的身上爬了下來，躺到鄭泰義的身旁。隨後，伊萊側身將自己的胸口貼上鄭泰義的後背。他從後頭環抱著鄭泰義，伸手抓住了對方的肉棒。

「等等，腿再張開一點……我剛剛就說我不會放進去了。我也不想讓事情變得很麻煩啊……好，可以了，把你的腿放下吧。」

伊萊似乎是想要打開鄭泰義的雙腿，然而這個舉動卻嚇得鄭泰義馬上瞪大眼睛地回過頭看向伊萊。而伊萊見狀只是輕輕吻了對方的眼皮一下。

在鄭泰義下意識閉上雙眼的同時，伊萊那根堅硬又滾燙的性器就這樣插進了鄭泰義的雙腿間。察覺到這股異樣感後，鄭泰義猛地低下頭，他能看見伊萊肉棒的頂端出現在自己的性器下面。而對方那輕輕觸碰著鄭泰義陰莖底端的龜頭已經滲出了一些水氣。

「就這樣……對，就這樣乖乖待著。」

伊萊緩緩地晃動起自己的腰，他的性器摩擦著鄭泰義的大腿，正不斷地前後抽動著。

與此同時，伊萊握著鄭泰義肉棒的手也大力地擺動了起來。伊萊就像拿到玩具的小孩般，肆意地揉捏起了那根棒狀物。而對方的動作讓鄭泰義的心又刺痛了起來。

「哦……呃……！」

隨著伊萊前後擺動著自己的腰，鄭泰義能看見對方的陰莖時不時地從自己的雙腿間冒出來。他能明顯地感受到對方的性器究竟有多炙熱。

從性器頂端冒出的液體漸漸染溼了他的大腿。黏糊的聲音也從他的胯下傳出，這讓鄭泰義不禁產生了有些微妙的錯覺。

無論是這個感覺抑或是耳邊所聽見的聲音，這一切彷彿就像真的性交似的。一想到這，鄭泰義驚恐地抖了一下。明明身體是如此的燥熱，但心底卻是越發越膽怯；而這陌生的感受也令他的身體不由自主地抖動了起來。

鄭泰義能感覺到身體所傳來的快感，挺立到漸漸有些發痛的肉棒最終也在伊萊的手中噴射出了乳白色的液體。

「……！」

鄭泰義甚至記不得自己是怎麼發出聲音的。他好像喊出了連自己都不敢再聽一次的淫亂叫聲，而被這個聲音嚇到的鄭泰義隨即瞪大雙眼地擋住嘴巴。

與此同時，一道低沉的呻吟聲從他的身後傳來。下一秒，他的大腿與胯下便被對方滾燙的液體浸溼。

* * *

吉祥天【名詞】

《佛教》

給予福德的女神。她有著一張美麗的臉龐，身穿天衣，頭戴寶冠，左手拿著如意寶珠。除了吉祥天之外，還被稱作大功德天、功德天女，以及吉祥天女。

被放了數十年的百科全書上，正用著兩、三行的文字解釋著這個單字。鄭泰義隱隱約約地想起了之前曾經在《神話論》的相關書籍上看過類似的注釋。

給予福德的女神。在印度神話中，她又被稱作拉克什米。

鄭泰義還記得印度神話書上所繪製的畫像是一名漂亮的女子正在撒著財物的模樣。

他一而再，再而三地反覆讀著百科全書上的句子。雖然他已經明白了這個詞所代表的涵義，也知道吉祥天是個能夠給予身邊的人福德的女神，但伊萊講過的話卻依舊像天書般難懂。

——你啊，可是鄭在一的吉祥天啊！

縱使伊萊當時是笑著講出這句話的，不過對方的語氣卻異常地認真。

如果直接按照注釋的意思來解讀的話，吉祥天就是個會給予供養自己的人福德的女神，但這件事卻與伊萊的話互相牴觸。因為鄭泰義既沒有印象自己有主動給予哥哥好運過，也不覺得自己是能做這種事的人。

要是一個人出生下來就很幸運，那也僅限於他這個人而已。畢竟早在大家投胎之前，上天就已經決定好了每個人所可以擁有的運氣。這並不是身為一介人類想要分給別人就可以分出去的東西。

更何況若是依照百科全書上的說法來解釋的話，鄭泰義應該要為周遭的每個人帶來好運才對。然而事實卻不是如此，唯一擁有不凡運氣的人就只有鄭在義一人而已。

——所以那個傢伙看上去雖然很單純，但實際上卻意外地很有野心囉？不過還真的沒有想到他居然會為了要得到吉祥天而主動出擊。

鄭泰義猛地想起了伊萊講的話。他手撐著下巴，默默陷入沉思之中。

由於他至今都還摸不著頭緒，實在是無法妄下結論。但是在聽見伊萊針對心路所發表的看法後，不爽與鬱悶的情緒倏地湧上鄭泰義的心頭。

對方口中那句「得到吉祥天」彷彿是在暗指心路想得到的是吉祥天這個身分，而不是指鄭泰義這個人。

他咂了咂嘴。沒想到自己最終還是相信了伊萊的話，可笑地研究起這件事。

媽的，他是怎樣？肆意妄為地跑進別人的房間後盡講一些垃圾話、做些不該做的事……原先還有些憤恨不平的鄭泰義倏地漲紅了臉。

剛剛那句「做些不該做的事」令他下意識地回想起了當時的狀況。

那隻從大腿摸到胯下，再從胯下摸到小腹、胸膛的手就這樣深深地烙印在他的腦海裡。

「喂、喂！打起精神啊！」鄭泰義用力地拍打起了自己的臉龐。由於力道太過猛烈，響亮的拍打聲隨即迴盪在整間讀書室裡。

他的臉馬上就紅了起來。比起因為想起那件事而害羞地漲紅著臉，他還寧願被打而染起紅暈。

「……哎呀……好痛。」

鄭泰義一邊在心中後悔著不小心打得太大力，一邊將視線移到眼前的百科全書上。注釋的一旁有張小小的飛天仙女畫像。雖然這張畫像肯定是在畫吉祥天，但無論鄭泰義怎麼看都看不出對方是個會為他人帶來福德與錢財的女神。甚至這張畫像上的吉祥天看起來還特別淒涼。

如果她是個能夠給予周遭的人福德的女神，那想必有很多人都是為了得到福德而故意靠近她。仔細一想，對方會露出如此淒涼的神情似乎也挺合理的。

鄭泰義將手抵在下巴上，他回想起了跟哥哥有關的事。

即便他已經講到不想再講了，但鄭在義就是一個運氣好到不可思議的人。而身為鄭在義雙胞胎弟弟的他卻是一個再平凡不過的普通人。

在兄弟倆還小的時候，鄭泰義曾經聽到媽媽很慶幸地對著外婆說：「縱使在義的運氣好成這樣，不過至少泰義的運氣也說不上有多差呢。」

過去的大人們好像總是抱持著這種想法，若有一個人好運過頭的話，那他肯定是從其他人那裡搶走了對方的運氣。也許是媽媽太常從別人口中聽到這種話，她時不時就會露出擔心的眼神看著鄭泰義。

現在回過頭一看，可能媽媽眼中的擔心與鄭泰義原先預想的含義並不同。

由於哥哥不但運氣很好，就連腦袋也很好，所以常常就會碰到綁架案或誘拐案。但是哥哥每次都能毫髮無傷地回到家裡。

然而每每遇到這種事，媽媽就會摸著鄭泰義的頭低聲說道：「你要小心一點。雖然你哥每次都能平安回來，但你可就不一定了。」

因為當時年紀還小，所以他聽不太懂媽媽所想表達的意思。而後來長大了一點再碰上這種事，他只覺得哥哥之所以每次都能平安回來，那只不過是因為對方的運氣好到不可思議罷了。

——你啊，可是鄭在一的吉祥天。

「……他到底在講什麼蠢話啊。」鄭泰義嗤之以鼻，「如果我能為周遭的人帶來好運的話，那我自己應該要先好運起來吧？但我的運氣怎麼糟成這樣？周圍不是殺人魔，就是披著可愛外表，實際上卻恨不得奪走我的貞操的人。」

一講到這，鄭泰義不禁又憂鬱了起來。自從來到這座島上後，他就沒有一件事是順利的。

「……喔，等等。」鄭泰義眨了眨眼。

自從來到這座島上後，就沒有一件事是順利的；換句話說，自從哥哥下落不明後，他就一直呈現著這種倒楣的狀態。或許伊萊並沒有說錯，但他只講對了一半。

其實這一切剛好相反。

也許鄭泰義本來就是個超級倒楣的人，只不過因為哥哥總是陪在他的身邊，分享自己的福德給他，才讓鄭泰義能夠活得比較像個正常人一點。

沒錯，這麼一想之後，一切都合理了。一個倒楣的人怎麼可能有多餘的運氣可以分享給其他人。

然而鄭泰義卻再次皺起了眉頭。

話雖如此，但這二十幾年來，他並沒有時時刻刻都跟哥哥待在一起。尤其是進到軍校後，他就住進了學校的宿舍裡，平常就只有假日才能出來。而從軍校畢業，進到軍隊後也是如此。

基本上他就只有在高中畢業之前是跟哥哥住在一起。在那之後，他倆就一直是分隔兩地。雖然退伍後，他還有短暫地跟哥哥同住幾個月，但至少這二十幾年來他們並不是無時無刻都陪在彼此的身邊。

如果是待在一起才能分享福德的話，那在他跟哥哥分隔兩地的期間，照理來說應該要超級倒楣才對。不過鄭泰義——縱使途中遇到了金少尉那個傢伙——卻是相當快樂與愉快地度過了軍校與軍隊的生活。而哥哥也在這段期間內樹立了許多輝煌的紀錄。

即便兩人曾經分隔兩地，但彼此依舊安然無恙地過著自己的生活。

「這實在是說不過去耶……唉，聽到那句奇怪的話後，還乖乖地跑來找資料的我也真的是很蠢。」鄭泰義用力地蓋上百科全書嘟噥道。

或許是因為伊萊那句沒頭沒尾的話，他突然好想哥哥。

其實就算真的見上面了，他也沒有什麼非講不可的話要告訴對方。可能只會像之前一樣，在簡單地打了聲招呼後，就開始閒聊起一些再瑣碎不過的話題。像是：我明天要去找朋友、我前天走路走到一半，突然跟一名醉漢吵了起來等的小事。

他並沒有一定要跟哥哥待在一起。就算哥哥不在他的身邊，他也有可以講出心裡話的朋友、可以一起分享快樂的前輩，也有願意陪他喝酒緩解寂寞的後輩在；即便那個對象不是哥哥也沒關係。

縱使他沒有一個非得見到對方不可的理由，但他還是想跟哥哥一起聊些無聊的小事。

或許家人就是這樣吧。

鄭泰義推開百科全書，坐在椅子上輕輕地晃動起了雙腳。這麼一看，距離哥哥的生日已經沒剩幾天。若是能在同樣是自己生日的那天跟對方通上電話就好了。

就算不是生日當天，他也覺得哥哥一定會選在生日的前後打通電話給他。

畢竟一直以來都是如此。若是住在一起的話，哥哥就會看著他的臉，親自對他說聲生日快樂；若是分隔兩地，那哥哥便會改成打電話的方式。

不過哥哥通常都不是為了慶祝生日而特地打過來的。往往都是在電話上聊著瑣碎的事聊到一半，突然想起才會提到：「話說今天好像是生日耶，祝你生日快樂。」接著鄭泰義便會回：「也祝哥哥生日快樂。」

在互相道完生日快樂後，他倆又會繼續聊起那些無聊的小事。

「嗯——若是選在生日的時候打回家的話，不知道哥哥回來了沒耶。」鄭泰義身體朝後地翹起椅子碎念著。

或許對方早就回家了。畢竟距離哥哥離家也已經有好長一段時間。

但如果是這樣的話，應該是哥哥會主動打給他才對。即便兩人並沒有約好，甚至有沒有打這通電話其實也沒差，但鄭泰義就是覺得對方會打給自己。

「該不會因為他說要剪斷我們之間的緣分，所以就不打給我了吧？」鄭泰義猛地皺起眉頭自言自語道。

他突然想起幾個月前，在哥哥離家的前一個晚上，對方曾經指著彼此的小拇指說：「我要剪斷我們之間的紅線。」隨後，哥哥便伸出食指與中指做了剪斷的動作。

雖然鄭泰義也曾懷疑過對方怎麼會突然想要剪斷彼此間的緣分，但哥哥本來就是個令人捉摸不定的人，所以他當時也沒有多想。

咚咚咚、咚咚咚，鄭泰義倏地停下了指尖輕敲著書桌的動作。因為他想起哥哥當時說的另一句話。

──「人如果過得太幸運的話，也很無趣啊。我也得體驗看看什麼是『不幸』才行。」

「……」

鄭泰義呆呆地望著讀書室的天花板。或許是因為有些老舊的緣故，純白的天花板染上了些許的污漬。鄭泰義一邊用眼神描繪著那些痕跡，一邊陷入沉思之中。

若伊萊講的都是真的，那哥哥也知道這件事嗎？假如對方真的知情的話，那哥哥是從哪裡得知、對這件事的瞭解又是多少？

然而鄭泰義既不知道答案，也對這整件事毫無頭緒。

究竟哥哥的運氣是透過什麼方式跟自己連接在一起的、連接到什麼樣的程度，又是因為什麼理由而變成現在這種關係，他全然不知情。

總不可能因為他倆是雙胞胎，所以才能影響對方的運氣。倘若真的是這樣的話，那全世界無數對的雙胞胎都該如此吧？

「要是我周遭的所有人都很幸運的話，那或許還比較說得過去……」鄭泰義歪著頭咕噥道。

不過下一秒，他馬上又被自己荒謬的想法給逗笑。雖然他的周圍沒有特別倒楣的人存在，但也沒有運氣好到不可思議的人；而唯一的例外就只有哥哥而已。

「怎麼感覺我突然變成一個很厲害的人啊。」鄭泰義半開玩笑地站了起來。午休時間已經接近尾聲，他也差不多該回去工作了。

按照常理來說，校尉必須一路陪著教官直到一整天的表定行程結束。但鄭泰義並不覺得自己有必要做到這種程度。

校尉之所以要陪在教官的身邊，一來是為了要處理對方所吩咐的工作，二來是為了要在危險的處境中拯救對方脫離險境。不過午休時間教官不用工作，所以校尉自然也不用幫忙對方處理雜事；至於陷入危險處境的這種情況更是難以想像。

伊萊里格勞因為身處險境而求助鄭泰義過來幫他。這件事的可能性低到就連鄭泰義試圖要想像都想不出來。

若是鄭泰義主動請求對方幫助，那或許還合理一點。畢竟那個猶如怪物般的傢伙怎麼可能會有處於險境的時候。

鄭泰義打從一開始就決定除了表定行程以外的時間，他想幹嘛就幹嘛。而伊萊自然也沒有強求鄭泰義一定要待在自己的身旁。對伊萊來說，他肯定也不希望有個跟屁蟲一直跟在自己身邊。

「唉……等一下又得見到那張冷酷的臉了。」鄭泰義嘆了一口氣後，將椅子推回桌子下。

不知道那個怪物現在又在哪個地方嚇唬著誰。

下午是空堂。所以他今天只需要待在教官室內做些文書處理，不用陪伊萊去教室上課。一想到這，鄭泰義不禁又嘆了口氣。每次當他站在教室後頭看著伊萊授課時，他都得時時刻刻繃緊神經去注意有沒有人蠢到衝上前去送死。

除此之外，授課結束後，部員們會瞪的對象可不只有伊萊，身為伊萊校尉的鄭泰義自然也得接受那些冰冷視線的洗禮。而這一切的總總都令他的胃痛一天比一天還嚴重。

正當他準備收拾東西出發前往教官室時，有三名男子打開讀書室的門走了進來。

鄭泰義原本並沒有太在意這件事，他一心只想趕快把手中的百科全書放回原本的位置上。然而那群男子炙熱的視線卻令他不得不停下腳步，抬頭看向他們。

對方的視線並不友善。鄭泰義見狀雖然不爽，但也不覺得意外。畢竟這些日子裡，已經沒有人會用友善的眼神看他。在那些盯著他看的人群中，十之八九都只是為了要找架吵罷了。

而一切也如他所料。在他準備要裝作沒看到，就這樣轉過身時，其中一名男子立刻走了過來。

「你怎麼沒跟你的教官『大人』待在一起，獨自一人待在這裡呢？你應該要趕快去伺候你的教官呀？」

「你也差不多該去上你們教官『大人』的課了吧？怎麼還不趕快跑過去呢？要是蹺

課被抓到，小心被你們的教官大人痛罵喔！」鄭泰義鎮定地嗆了回去。他早已對這種了無新意的罵法無感了。

此時，站在對方身後的另外一個人走到那名男子的身旁。這個人或許比他的朋友還要更加明智一點，縱使他的表情有些不情願，但他還是很有耐心地問道：「泰一，雖然我跟你不同組，對你的事也說不上有多瞭解。但是在我看來，你應該不是個怪人，甚至意外地也還挺不錯的。那你到底為什麼要淪落到去伺候那種瘋子啊？」

針對這個問題，鄭泰義已經不知道講幾百遍了。校尉這件事根本就不是他志願要當的。但其實在上頭的人選出校尉人選之前，他們會先徵求所有部員的意見。當上頭確定有新教官要來之後，他們會從那些自願要當新教官校尉的部員中，選出適合的校尉人選。因此對校尉職位不感興趣的人，是永遠都不可能被挑中的。

沒錯，永遠都不可能被挑中。永遠。

早在鄭泰義被叔叔叫去教官室時，他就有一股不祥的預感。那時的他連校尉是什麼，整個選拔系統是怎麼運作的都不知道。所以他才以為上頭的人叫他做什麼，他就只能乖乖地照做。

要是他提前知道本人的意願更重要的話，他是絕對不可能會答應這種苦差事的……雖然叔叔會不會尊重他的意願又是另外一個問題了。

鄭泰義下意識地嘆了口氣。

也不知道對方是怎麼詮釋鄭泰義的這個舉動，第二位開口的那名男子稍稍皺起了眉頭，「人活著，自然有很多時候都身不由己。但你為什麼偏偏要去幫助那種傢伙？」

那名男子似乎是認為鄭泰義被其他人抓到了把柄，抑或是有什麼難言之隱才會被迫去當伊萊的校尉。而鄭泰義自然樂得對方朝這個方向去想。畢竟這樣或許就能減少被別人找麻煩的次數。

由於第二位男子的姿態有些放軟，正當鄭泰義以為這次的糾紛就要這樣落幕時，第三位男子馬上走上前來潑冷水。

「喬，你錯了。這個傢伙才不是因為有什麼身不由己的理由才被迫做這種事。他打從一開始就跟那個瘋子站在同一陣線。當時基彭哈恩教官跟卡爾，還有其他人死掉的時候，待在現場的就是那個瘋子跟這個傢伙。你不覺得就只有他從伊萊手上活下來很奇怪嗎？如果他不是伊萊的同伴，伊萊怎麼可能會放過他。」

第三位男子直接把鄭泰義當作殺人共犯。

由於三人擋在鄭泰義的面前，不讓他有機會逃離。因此鄭泰義也只能乖乖地站在原地，聽他們對自己的謾罵與造謠。

其實他也不是第一次聽到有人拿這件事來找他麻煩。有時候，有些人甚至還會講出：「這個傢伙就跟那個瘋子一樣，是同一類的人啦！」這種身而為人，真的會覺得相當屈辱的話。

再怎麼樣也不該拿他跟那個就連集束炸彈也躲得過的怪物相提並論吧？

其他人要怎麼罵他，他基本上都可以淡然面對。但就只有那句話是真的屈辱到令他至今都無法忘懷。

鄭泰義看了一眼掛在他們身後牆壁上的時鐘。距離午休時間結束已經沒剩幾分鐘了。如果那些人要借書的話，最好是趕快借一借，才能趕上下午的課程。

「你們還不走？」鄭泰義簡短地問道。

而三人似乎是沒有聽懂鄭泰義的意思，疑惑地發出了：「嗯？」

鄭泰義見狀只好再問一次，「你們還不走嗎？看一下現在的時間吧。」

他邊說邊用下巴指了指他們身後的時鐘。不過那群人卻沒有轉過頭——只有一個人乖乖轉過去了——去看時間，甚至還曲解了鄭泰義的意思，表情變得相當難看。

「啊哈，你是想叫我們滾是嗎？」

鄭泰義無法理解他們是怎麼把「你們還不走？」聽成「滾」的。也許就像討厭的人不管做什麼事都很礙眼一樣，不管他說什麼，聽在那群人耳裡就是相當刺耳。

鄭泰義瞥了一眼第二位男子。對方正露出既不悅又不自在的表情瞪著他。然而那人看上去有多憂鬱，鄭泰義的心底就有多憂鬱。

要是沒有發生這些事，他或許能跟這群人成為關係還不錯的同伴。就算他們看上去是群很愛找架吵的傢伙，但繼續追問下去的話，就能發現他們的朋友或組員在跟歐洲分部進行集訓時受了重傷，甚至其中也不乏因此喪命的人。

基本上沒有人會為了跟自己無關的事而故意去找其他人吵架。就算是那些跟鄭泰義合不來的傢伙們，也不會無緣無故地來找他麻煩。

若要說不難過那一定是騙人的。即便他半年後就會離開這裡，但他也想好好趁這段時間跟同伴們打好關係。

殊不知，他卻在叔叔莫名其妙的推波助瀾下，成為了伊萊那個瘋子的校尉。

叔叔，就算我半年後就會離開這裡，我也不會忘記這半年來，你是如何把我丟進絕境之中的。我絕對會讓你深刻地體會到我的怨念究竟有多重。

……只不過無論鄭泰義的怨念再重，也無法對對方造成實質的傷害。這個行為基本上可說是毫無意義。

「泰一，我是為了你好才說的。我勸你最好不要跟那個傢伙扯上關係。你才剛進到UNHRDO沒有多久，我相信你對那個人也還不夠瞭解吧？那個傢伙是個十足的瘋子。就連待在他身邊的你，他也能狠下心地痛下毒手。他就是個可以泰然自若傷害每個人的傢伙。」

第二位男子似乎是覺得鄭泰義很可憐，他相當嚴肅地叮囑道。

要是沒有發生這些事的話，鄭泰義覺得他一定能跟這名男子成為很要好的朋友。當他在軍隊裡遇到近似這種類型的同袍時，最終總是能跟對方成為摯友。

好可惜。除了可惜之外，他也很難過。

由於不想再爭吵下去，鄭泰義點了點頭說：「我知道了，謝謝你的忠告，我會記在心上的。」

最令鄭泰義感到疲倦的時候，就是現在這種狀況。同伴們不再是可以相信的對象，而是需要警戒的敵人。若是可以克服，又或者是可以躲開的話，那他還不至於會累成這樣。

就在鄭泰義的耐心快要消耗殆盡的前一刻，那三人似乎也不想再吵下去。正當他們皺著眉頭準備要讓路的瞬間，三人就像看到鬼似地僵在原地。甚至還有一個人嚇到直接後退了一步。

鄭泰義見狀也跟著停下動作。因為他發現三人的視線剛好停在自己身後。

「鄭泰一的交友圈越來越小了，再這樣下去該怎麼辦啊？」男子既緩慢又愉快的嗓音就這樣出現在鄭泰義的耳邊。從聲音推測，鄭泰義可以確定對方跟自己的距離絕對沒有超過一拟寬。

他皺起了眉頭。仔細一想，之前似乎也曾發生過類似的狀況。

那是發生在與歐洲分部進行集訓時的事。

雖然當時的鄭泰義並不像現在這樣被捲入糾紛之中，但當他獨自一人坐在讀書室時，伊萊同樣猛地出現害他差點嚇破膽。就跟現在的狀況一模一樣——縱使鄭泰義並沒有表現出來——

「伊萊……你是從什麼時候開始出現在這裡的？」鄭泰義不悅地問道。

他剛剛才在想那個怪物不知道又趁午休時間跑去嚇唬誰了，殊不知那個對象竟是自己。

伊萊沒有答話，而是伸出手往鄭泰義的腰間探去。隨後，他一把搶走對方手上的百科全書，翻開夾著書籤帶的那一面。

在看過書上的內容後，他先是愉悅地笑了幾聲，接著嘟囔道：「吉祥天嗎……但這張圖未免也太醜了吧？若是碰上這種女人，我想我連硬都硬不起來。」

伊萊輕浮地發表完感想後，便將手中的書還給鄭泰義。

下一秒，他的視線移到了正在怒瞪著他的三名男子身上，「幹嘛，你們有事要找我嗎？」

鄭泰義眼看站在自己面前的男子們表情越來越難看，暗自咂起了嘴。他稍稍側過身，朝伊萊說：「他們是要來找我的，這不關你的事。」

伊萊垂下眼眸，像是覺得很可笑似地看著鄭泰義，「如果他們真的是要來找你的，那就算了。但要是他們找的是我，那我勸你最好還是不要亂插手。我之前就講過了吧？若不想把事情搞得更麻煩，就不要插手我的事。」

鄭泰義靜靜地看著對方。

伊萊看上去就跟平時一樣。嘴角掛著淺淺的微笑，若是被不認識的人看見的話，或許還會覺得伊萊是個和善的青年。

可能再過個十年、二十年，伊萊的表情都不會有所改變。與此同時，那雙冷酷的眼眸也同樣不會產生任何變化。

鄭泰義在心底咂了咂嘴。

第二位男子——對方好像叫喬——你說的沒錯。他可以泰然自若地殺害每個待在他身邊的人。就算那個對象是他的校尉、是每天都會花一大半時間陪在他身邊的同伴，抑或是跟他一起玩跳房子遊戲的朋友，只要一惹伊萊不爽，他便能毫不猶豫地殺掉對方。

但是我也強調過好幾次了，我並不是自願要跟那個傢伙扯上關係的。

這句話就這樣卡在鄭泰義的喉頭。要是可以的話，他恨不得直接透過分部內的廣播大聲喊出：我是被強迫的，拜託不要再來找我麻煩了。

然而身為伊萊的校尉，他自然也不能講出「請大家去找伊萊那個傢伙麻煩就好」的這種話。畢竟身為校尉最重要的義務之一，就是要擋下那些試圖挑釁伊萊的人。

當鄭泰義卡在三名男子與一名怪物中間，正在為自己幾秒後的未來煩惱時，第一位男子在沉默了一會兒後，倏地以嘲諷的語氣開口道：「我們原本的確有事要找你，誰知道你突然變成了教官，最後只能拿你那比較好欺負的校尉開刀囉。」

縱使鄭泰義很想稱讚對方那天不怕，地不怕的膽量。但如果那人挑釁的對象是個根本就不可能打贏的傢伙，那這就不是勇氣，而是匹夫之勇罷了。

看在鄭泰義眼裡，對方的行為就像付錢叫伊萊送他進醫院般愚蠢。

而伊萊見狀卻笑了起來。他不再是平常那副似笑非笑的模樣，而是真正帶有感情的笑容。不過鄭泰義明白，對方發笑的原因絕對與一般人不同。

「其實我並不討厭那些主動來找我麻煩的傢伙，甚至偶爾還會覺得很有趣。畢竟你們有著我所沒有的膽量啊！」伊萊笑著往前走了一步。

他那既緩慢又平穩的溫柔語氣，聽上去就像真的對那名男子很滿意似的。

而站在一旁的鄭泰義見狀馬上就鐵了心不要插手。反正就算他出面，事情也不會有什麼起色，反倒還有可能因此變得更糟。

那三名男子可能會質疑他是因為站在伊萊那邊才想阻止這件事，至於伊萊則是會一邊說著「你是想把事情搞得更麻煩嗎？」一邊毫不留情地痛毆他一頓。

要是他真的出面，別說能得到什麼好處，光是沒被打就該偷笑了。更何況他的正義感也沒有強到一定要在這種事情上逞英雄。

正當他打算要後退幾步繼續袖手旁觀時，第二位男子猛地站了出來。

鄭泰義立刻皺起眉頭。由於第一位男子太愛主動招惹他人，所以當他站出來挑釁伊萊時，鄭泰義並不覺得意外；但是鄭泰義從沒想過第二位男子居然會選在這種時候出面。

不，或許他的心裡早就有個底了也說不定。

畢竟這個世界就是這樣。那些很愛強出頭惹事的人，往往在要解決糾紛時就會退縮；而跟那個糾紛無關的人，每次都會被推出來善後。

這個世界是真的存在著公平嗎？

「也許公平只不過是渴求著共產主義的人們所捏造出來的假象吧……」鄭泰義撇著嘴，不滿地嘟噥道。

其實他很喜歡第二位男子。要是看到對方被伊萊打到躺在血泊之中的話，他很有可能會為了對方感到心痛的程度。然而鄭泰義依舊不打算要在露出這種笑容的伊萊面前插手這件事。

他只能為等一下即將要發生的慘狀默默地嘆氣。

就在這個時候，一道告知午休時間已經結束的提示音短暫地響起。因為讀書室裡並沒有設置廣播系統，所以這道提示音是透過大門從走廊傳進來的。

男人們見狀隨即愣了一下。而伊萊僅僅只是瞥了外頭一眼，並沒有做出任何反應。

鄭泰義在看了牆壁上的時鐘後，將自己的視線移到伊萊身上，「我真的沒有打算要插手這件事。」他摸著百科全書老舊的書角，故作鎮定地開口。

伊萊的眼神頓時變得有些凶狠。那雙眼眸就像在說著：你一定要讓事情變得這麼麻煩就對了？

「伊萊，麥基教官是個很固執的人。只要被他盯上的話，他之後就不會再給你好臉色看……這其實也不是我的經驗談，而是叔叔告訴我的。」

伊萊露出疑惑的眼神看向鄭泰義。他不懂鄭泰義為什麼要突然提起這件事。

「麥基下午也是空堂。所以等一下會待在教官室裡的人除了你之外，還有麥基。要是被他得知你不是因為工作上的事而遲到的話，他肯定會對你留下不好的印象。我講這些都是為了你好，絕對不是因為想要插手你的事。」鄭泰義最後又再次強調了一遍。

伊萊稍稍挑起了眉，直勾勾地看著對方。隨後，他將視線移到旁邊的三名男子身上。過了好一會兒，伊萊猛地笑了起來。

「唉……你一定要把事情搞得那麼麻煩嗎，泰一。插手我的事，不僅僅只有你會受傷。那些我原本就打算要好好揍一頓的傢伙們一樣會被我揍，到時候累的就只有你而已。」

哎呀，不小心惹怒他了。鄭泰義默默地後退一步。

他不動聲色地裝傻說道：「那隨便你想怎樣就怎樣吧。」接著像是要把百科全書放回原位般晃起手中的書，朝書架的方向走去。

媽的，今天肯定會過得特別痛苦。想要半開玩笑地帶過這件事的我簡直就是個白癡！鄭泰義一邊咂嘴，一邊走向拿出百科全書的位置。既然他已經決定不要再管這件事，那乾脆就直接遠離現場以免看見一些血腥的畫面。

把百科全書放回原位後，鄭泰義並沒有馬上離開，他打算等到那群人的爭執告一段落後再出去。他就這樣待在原地，用指尖輕敲著書架。

仔細一想，他並沒有真正跟伊萊對打過。即便那個結果可說是顯而易見，但他卻連簡單交手的機會都沒有。

就連伊萊以歐洲部員的身分來到亞洲分部進行集訓時，他倆也沒有交手過。畢竟集訓第一週，雙方沒有機會見到面、而第二週他們就一起被關進了地牢裡，因此兩人始終都沒有一個機會可以進行對練。

雖然在地牢時，兩人常常會因為太過無聊而打起來。但每當那個時候，伊萊的動作基本上都是帶有玩笑性質的小打小鬧，並沒有使出全力。

只不過即便是玩笑性質的動作，鄭泰義也能清楚地感受到自己是絕對不可能成為伊萊的對手。畢竟他本來就很不擅長打架，打鬥的技術在分部內也不算特別突出。

若是真的跟那個男人打起來的話要怎麼辦。

「……」

無論鄭泰義怎麼想，他都想不出個合適的答案。不是無條件逃跑，就是趁快被打死之前裝死的這一招而已。

想必伊萊在解決完那三個人之後，就會馬上跑過來質問自己為什麼要插手他的事吧。鄭泰義苦澀地咂起了嘴。

「我想我還是趁活生生被打死之前，趕快裝死暈倒好了。那個傢伙總不可能連死人都打吧……不對，或許那個傢伙在我裝死之前，就會直接一拳把我打死也說不定。」

就在鄭泰義為自己那黯淡的未來一邊嘆氣，一邊碎念的同時。

伊萊從容的嗓音突然從他身後書架的另一端傳來，「你在講誰啊？」

鄭泰義輕撫著書面的手猛地停下。他能透過放滿書的書架上方空隙，看見伊萊的身影出現在書架的另一頭。由於被書本給擋住，所以鄭泰義只能隱約看見對方下巴與雙唇的一小部分。

「你已經把他們都打趴了？那我怎麼沒聽到聲音？」

「因為你剛剛擔心我跟麥基間的關係會變差，所以我有在認真考慮要不要乖乖聽你的話。」

「……你直接放他們走？」鄭泰義狐疑地問道。

他能從書架上方的空隙看見伊萊緩緩地勾起嘴角。下一秒，對方潔白的牙齒也跟著露了出來，不過沒過多久又重新被收回雙唇之中。

「你是不是很喜歡站在中間的那個傢伙？」伊萊倏地發問。

鄭泰義先是有些疑惑地歪起了頭，隨後他才意識到對方講的是剛剛那群男人。而站在中間的人正是第二位男子；那名即便是故意要找鄭泰義麻煩，也是以一種特別人道的方式來挑釁他的人。

「啊……因為他是那三個傢伙裡，看上去最正常的人。不過你是怎麼知道的？」

「要是情況沒有這麼糟的話，他看起來就跟你很合啊！雖然你現在在分部內是個獨行俠就是了。」伊萊笑著講完後，便從書架的另一頭朝鄭泰義的方向走了過來。狹窄的走道上，因為伊萊的加入而變得更加擁擠。

鄭泰義轉身面向伊萊。眼看對方正從昏暗的另一端一步又一步地朝自己走來，這個場景就好比是驚悚電影的其中一幕般。

但很反常又慶幸的是，鄭泰義竟不覺得害怕。

仔細一想，他現在可是待在人煙稀少的讀書室裡，甚至還選了一個很不起眼的小角落與一名殺人魔對峙著，不過他卻沒有因此產生任何的危機感。

想必自己已經越來越習慣伊萊這個人的存在了吧。

苦澀地咂完嘴後，鄭泰義朝對方問道：「你是打算在這裡解決我讓我們兩個都變得很麻煩的那件事嗎？」

他暗自在心底估算著要是在這裡被打暈的話，究竟什麼時候才會被其他人發現。由於隔壁走道書架上放的是小說類，所以很常有人去那裡借書來看。但這裡放的都是全集類，基本上不會有人特地跑來這個地方。

若是幸運的話，說不定馬上就會被別人發現；然而要是倒楣一點，或許就得等到晚上有其他人要整理讀書室時才會被發現。

鄭泰義只能默默乞求對方能夠手下留情，把他打到即便晚上才送醫，也不會鬧出人命的程度。

聽完鄭泰義的那句話後，伊萊卻噗哧一聲地笑了出來。他歪起頭，直勾勾地垂下眼眸看著對方。

「你還真的是個很有趣的傢伙啊……」

伊萊那道輕聲的自言自語就這樣掠過鄭泰義的耳畔。對方猛地彎下腰，以一種彷彿在看什麼稀奇物品般的視線直勾勾地平視著鄭泰義。先是眼睛、鼻子，最後再到嘴巴。

鄭泰義見狀不禁疑惑地挑了挑眉。

「鄭泰一，我最後再講一次。」伊萊的嗓音倏地一沉。他用著既認真又緩慢的語氣再次強調，「就算我現在不想跟你吵，但只要我一不爽，我就不會再忍下去了。所以不管我今天要跟誰撕破臉，你都不要插手。」

伊萊站在距離鄭泰義不到一扠的位置，目不轉睛地凝視著他低聲說道。而那雙黝黑的眼眸就像娃娃般沒有任何感情，令鄭泰義的背脊不由自主地發涼。

鄭泰義不悅地看著伊萊。比起伊萊，真正讓他感到不悅的其實是現在這個狀況，以及對方剛剛講的那句話。伊萊那句「只要我一不爽，我就不會再忍下去了」的對象指的就是鄭泰義。

看來我真的太放肆了。若是想活命，我得先管好我那張嘴才行。

鄭泰義點了點頭。他並沒有忘記這半年間一定得遵守的最優先準則。距離離開這個鬼地方也只剩下最後三個月了，他並不想在最後這段時間裡讓之前的努力與堅持變成白費。

他的目標是平安地度過這半年，接著在半年後立刻逃離這座島。

伊萊在確認鄭泰義乖乖點頭答應後，開心地露出了微笑。縱使那爽朗的笑容再怎麼適合伊萊，但只要一想到對方內心既黑暗又殘忍的念頭後，鄭泰義緊繃著的心就無法好好放鬆。

「很好。若是可以的話，我也想好好地珍惜你。」

但是只要你惹我不爽，這個念頭隨時會消失。鄭泰義總覺得他能聽見伊萊沒有講出口的這句前提。

深深嘆了一口氣後，鄭泰義不滿地碎念著：「是因為我是叔叔的姪子，還是因為我是鄭在義的弟弟，又或者是因為我是吉祥天？」

在講完最後一句話後，就連鄭泰義自己也覺得有些可笑。不過伊萊似乎並不這麼想，雖然他的嘴角像平時一樣掛著淺淺的微笑，卻沒有絲毫嘲笑的意味。

伊萊稍稍歪起頭，陷入了沉思之中。

「這個嗎……最後一個可以先刪掉。就像之前說的，我並不需要你來帶給我好運。就算這的確滿有趣的，但還不足以勾起我所有的興趣。」

鄭泰義有些意外地看著對方。他原本還以為伊萊會選吉祥天，結果對方反倒最先否定了這個答案。

伊萊相當認真地思考著鄭泰義所提出的問題。他搓揉起自己的下巴，沉思了好一會兒後，露出一個笑意更深的笑容給出了結論。

「如果硬要說的話，那應該是因為你是鄭在一的弟弟吧。畢竟我是真的很想要他的那份才能。」

「哥哥聽到一定會很高興，我之後再幫你轉告給他。」鄭泰義聳了聳肩，朝書架外走去。

就算麥基教官的事多少被他拿來當作阻止伊萊與那三人爆發衝突的藉口，但對方現在肯定已經抵達教官室了。當麥基坐在空無一人的教官室時，腦中想的絕對是伊萊這個傢伙又跑去哪裡鬼混的這種負面想法。

「你可以不用硬逼自己跟對方打好關係，不過也不要搞到互相對立。跟麥基打好關係，對你來說也沒有壞處吧？」

這麼一提，鄭泰義才突然想起伊萊的直屬上司是毛利印，而麥基的直屬上司跟叔叔一樣都是魯道夫讓蒂。如果非要仔細區分的話，那他倆其實是競爭的關係。

鄭泰義一邊想著或許兩人打好關係還真的會有壞處，一邊把差點說出口的「所以你就好好跟對方相處吧！」給吞回肚子裡。

當走在前面的鄭泰義正準備走出書架區時，伊萊猛地從後頭抓住了鄭泰義的肩膀。他趁鄭泰義還沒來得及轉過頭前，伸手抬起了對方的下巴。

由於頭突然往後仰，鄭泰義有些慌張地看向笑著朝自己靠近的伊萊。

下一秒，他的臉頰傳來一陣痛感。隨後，伊萊溼漉漉的舌頭就這樣一路從臉頰往上舔到了耳垂。沒過多久，耳垂也傳來一陣痛感。

而那股痛感接著又移到了脖子上，嚇得鄭泰義的肩膀倏地抖了一下。鄭泰義連忙伸出雙手推開正在輕咬著自己脖子的伊萊。

他盯著若無其事舔了舔自己雙唇的伊萊好一會兒後，疑惑地歪起了頭。

這個傢伙看上去不像突然發瘋，也不像下一秒打算一口咬破鄭泰義的血管讓他死於非命的樣子，更不像準備要直接在這個地方玩起跳房子遊戲。

果真伊萊的行為已經瘋狂到令鄭泰義無法用常理去解釋了。

就在鄭泰義直勾勾地盯著伊萊，猶豫要講些什麼話的時候，伸出大拇指擦了擦嘴角的伊萊猛地笑道：「不過撇開那些選項，撇開鄭教官、鄭在一，以及幸運女神的話，你在其他方面也很不錯啊。你真的很有趣呢。」

「……跳房子遊戲就那麼好玩嗎？」鄭泰義狐疑地看著對方發問。

在突然被伊萊強吻，以及聽到那句「你在其他方面也很不錯啊」的話之後，鄭泰義只能得出這個結論。更何況他當時好像也有聽到伊萊稱讚過他很有趣。

而垂下眼眸笑著看向鄭泰義的伊萊在聽到對方得出的結論後，倏地沉著臉安靜了下來。他默默地與認真盯著自己看的鄭泰義對視了好一會兒，下一秒，他卻又突然噗哧一聲地大笑。

＊＊＊

教官室的門被關上後，彷彿就隔絕了外面的走廊與裡面的世界。雖然隔音並沒有到非常完美，但唯一能確定的是兩邊的氛圍是絕對不同的。

門的另一端坐著六名教官，而他們身旁各自站著自己的校尉。

每天表定行程結束後，教官們便會一同聚到教官室裡討論著當天所發生的事。不過這段時間卻往往短到甚至稱不上是個會議。

而每個星期五的傍晚，當他們在商討著每週發生的大小事時，就會花上比較多的時間來認真討論。話雖如此，但通常也只花了不到半小時的時間而已。

每次把伊萊送進教官室並關上門後，鄭泰義便會告訴自己：今天的校尉工作也結束了。

其實原本得等教官們結束會議，校尉最後再跑去跟各自的教官進行最終的報告，當天的工作才算是真的結束。但由於鄭泰義成為校尉這件事基本上就是趕鴨子上架，所以他實在也沒有什麼最終的報告可以講給伊萊聽。他唯一需要做的就是問對方有沒有什麼趕著要收尾的工作，或者是還沒做完的事要做。

「若是早知道教官每天傍晚都得做這種麻煩事的話，我就不會當了。」伊萊苦澀地碎念完後，便走進了教官室裡。而鄭泰義為了要等對方開完會，所以只能繼續待在走廊上。

他一邊慶幸著好險今天也順利結束了，一邊安心地鬆了一口氣。等他回到房間後，他打算要在月曆上把今天的日期畫一個叉叉。

「你看上去很累耶，還好嗎？」

當鄭泰義靠在窗邊，望著外頭昏暗的天空嘆氣時，有個人走了過來主動朝他搭話。

「嗯，就那樣吧。」鄭泰義稍稍轉過頭，模稜兩可地答道。

在鄭泰義的印象中，他對對方的印象依舊停留在司機這個職位上。不過對方的真實身分其實是叔叔的校尉。由於每天傍晚都會見到面，稍微聊上個幾句話，他也漸漸與對方混熟了。

「反正工作很累也不是一天、兩天的事，這種程度我還應付得了。我看叔叔最近好像很忙，那你是不是也會跟著忙起來啊？」

「嗯，的確有點忙。」姜校尉並沒有講得太仔細，只是露出一個淡淡的笑容。就算鄭泰義是鄭教官的姪子，他也不會透露太多細節讓對方知道。

鄭泰義依稀記得姜校尉曾經說過：「判斷哪些事可以講、不能講的權限並不在我身上。」

縱使對方比較寡言，但是只要一聊開，姜校尉也是個很好相處的對象。對方懂得話不用多，不過得說到點上的訣竅。況且姜校尉同時也是少數幾個願意主動與鄭泰義搭話的部員。

鄭泰義接過對方遞來的罐裝咖啡，喝了一口後，環顧起四周。

除了他倆之外，周遭還有四名教官各自分散在走廊上。然而鄭泰義至今都還沒聽過他們的聲音。

更準確地說，應該是他們主動朝他搭話的聲音才對。

校尉基本上與部員無異。雖然校尉不會跟部員們一起行動，但無論是思考方式還是行事作風其實就跟部員們沒有什麼差別。即便校尉因為能夠長期待在教官的身邊看事情，對於某些事的態度可能會與部員們有著些微的差異，不過單就本質上來說，他們與部員並沒有什麼不同。

因此這群校尉也和部員一樣，因為同個理由看鄭泰義不順眼；而這同樣也是他們之所以對伊萊態度特別冷淡的原因。

校尉間的關係比想像中的更加緊密，然而鄭泰義別說是融入他們的小圈圈，就連說上話的機會都沒有。

但鄭泰義並沒有特別在意。一來，整天為了人際關係而煩惱的話，會過得特別累；二來，反正只要撐過這半年就好了。

半年、半年。似乎只要把這句話當作咒語般時時掛在嘴邊，在這座島上遇到的煩心事也會變得不再那麼惱人。

在幾乎所有人都排擠著鄭泰義的氛圍下，少數幾個依舊會主動找他搭話的人就是姜校尉。或許是因為對方是叔叔的校尉，所以才不好意思明擺著討厭鄭泰義，但姜校尉本身看上去也不像會在意這種事的人。

縱使鄭泰義嘴上說不會把這些事給放在心上，不過在他看見有人主動朝自己搭話時，還是會覺得相當感謝。鄭泰義默默地在腦中刷新了對這名叔叔司機的印象。

「你最近好像不怎麼常來鄭教官的房間呢。」在罐裝咖啡喝到只剩下半瓶時，姜校尉突然開口道。

「什麼？」鄭泰義疑惑地轉過頭看向對方。被對方這麼一提，他才意識到自己似乎已經有好一陣子沒有去叔叔的房間了。

「嗯……在身心靈都很疲憊的狀況下，還真的是做什麼都提不起勁。不過你怎麼會知道這件事啊？因為我都不去他的房間玩，所以叔叔告訴你的？」

「沒有啦，我只是看最近鄭教官房間裡的啤酒罐都沒有減少罷了。」姜校尉笑著說道。

鄭泰義見狀隨即露出既佩服又驚訝的表情看著對方。他不懂對方怎麼會注意到這種小細節。

也許是讀懂了鄭泰義表情中的含義，姜校尉接著補充道：「因為都是我在整理鄭教官的房間。要是冰箱裡少了什麼的話，我得負責補滿。」

「你連這種事都要做？」

「我想大部分的校尉應該都是如此吧。」

鄭泰義詫異地盯著對方好一會兒後，緩緩地轉過了頭，再次喝起手中的罐裝咖啡。

幫忙整理房間這件事就已經夠嚇人了，沒想到對方連叔叔冰箱裡的東西有沒有少都得注意。果真校尉不是一般人能當的。

而這件事也讓鄭泰義更加確信自己成為校尉絕對是叔叔跟其他教官們的失算。

鄭泰義既沒有去過伊萊的房間，他也從沒想過要去對方的房間；當然伊萊也沒有叫鄭泰義來自己的房間過。若是需要一個可以隨心所欲地闖進去，打開冰箱想拿什麼就拿什麼的地方的話，那光是叔叔的房間就夠了。

正當鄭泰義一邊感嘆著校尉的世界還真複雜，一邊將最後一口咖啡給飲盡時，姜校尉猛地發出了一聲：「呃……」

沒有想太多，下意識轉過頭的鄭泰義馬上就看見心路懷中抱著一大堆資料，正從走廊另一端的辦公室朝這裡走了過來。或許對方在一走出辦公室的瞬間就注意到他，心路的眼神直勾勾地鎖定在鄭泰義的身上。

明明也才幾天沒見而已，心路的臉色看上去又更加憔悴了。

鄭泰義最近一直找不到機會好好與對方聊一聊。所以那股從鄭泰義成為伊萊校尉後就存在著的彆扭氛圍就這樣持續圍繞在他們之間。就算鄭泰義試著要聯絡對方，但對方卻不肯接；而心路自然也不願意主動聯絡他。

在看到對方慢慢放緩腳步後，鄭泰義簡單朝姜校尉說了聲：「下次見。」便跑向心路。眼看鄭泰義越走越近，心路最後直接停下腳步。

「你要去哪？這看起來很重耶，我來幫你搬吧！」

「……」

心路沒有答話。

不過鄭泰義看上去似乎並不在意，他伸手想拿走對方懷中的資料。殊不知心路卻直接躲開，不讓鄭泰義拿走那些東西。

眼看對方明顯地閃過自己的觸碰，鄭泰義有些尷尬地再次伸出手，「這不是很重嗎，給我吧。」

「……不用了，我拿就好。泰一哥不要拿這種東西。」心路看鄭泰義堅持要幫自己拿東西，忍不住開口回絕道。隨後，他用力地抱緊懷中的資料，像是在防止東西被鄭泰義搶走似的。

一再被拒絕後，鄭泰義羞愧地收回自己僵在那的手。

也許是察覺到鄭泰義的異狀，心路有些焦躁地猶豫了一會兒，接著嘟噥道：「我是因為不想讓泰一哥拿重物才這樣的。這些東西並不重，就讓我自己拿吧。」

「話是這樣說，但看上去也不輕啊。況且我剛剛稍微拿了一下，似乎還滿──」

「泰一哥。」心路生硬地打斷了鄭泰義的話，他用著十分認真的語氣朝對方說道：「當初進到UNHRDO時，我是我們那屆的第一名。除了智力測驗之外，體力測驗也是第一。我原本其實是想成為部員，一步一步升遷上去的。但因為我媽不想讓我做危險的事，在她堅決反對下，我最後才會成為雜務官。」

「……這樣啊。」鄭泰義呆呆地答道。

他總覺得自己好像聽見了什麼很難以想像的話。如此惹人憐愛與可愛的少年竟然在UNHRDO的考核上得到了當屆的第一。

據他所知，UNHRDO的考核中又以體力測驗是以困難與艱辛出名的，但對方居然在那個測驗上也獲得了第一名……

由於這一切實在是太過突兀，鄭泰義只能默默地眨著眼。他倏地想起了叔叔曾經耐人尋味地笑著對他說過。

——「不過那個傢伙呢，有著令人出乎意料的一面……我相信你再繼續跟他相處下去，應該就會慢慢發現了吧。」

他原本還以為叔叔指的是當心路頂著那張漂亮的臉爬上床時，竟然會執意要在上面的事。但現在回頭一看，說不定叔叔指的其實是這件事。

不對，也許這兩件事的確存在著某種一脈相通的關聯性。

鄭泰義靜靜地站在心路的身旁，而對方也靜靜地站在原地。雖然他察覺到了其他校尉們偷偷瞄向這裡的眼神，但鄭泰義並不打算去在意這件事；心路看起來也沒有把那群人的視線放在心上。

「……進來。」

垂著頭，默默不語好一陣子的心路突然小聲地咕噥起什麼。因為對方的聲音實在是太小，沒有聽清的鄭泰義疑惑地問道：「嗯？」

下一秒，心路猛地抬起了頭。在與對方對視後，鄭泰義立刻就抖了一下。

心路用著哀怨的眼神直直地望向他。對方似乎正在拚了命地忍住淚水，那雙美麗的眼眸充滿著水氣。

「早知道會這樣的話，我也……我也要以部員的身分進來。」心路的嗓音有些顫抖，就好像真的在忍住哭腔似的。

鄭泰義慌張地看著對方。而心路就像是總算得到可以宣洩的出口，滔滔不絕地講了起來，「要是我以部員的身分進來的話，不用幾年，我一定也能獲得晉升教官的資格。只要哥再等我幾年，我一定也會成為教官的！到時候，我就能一直跟泰一哥待在一起了……而不是像現在這樣成為什麼雜務官。」可能是太過委屈，心路最終喪氣地大喊道。

手足無措的鄭泰義只能愣在原地默默地看著對方。他好像得說些什麼來安慰心路才對，可是他的大腦卻像當機般地呈現一片空白。

「但、但是要成為雜務官不是更不容易嗎？聽說雜務官只要當幾年，之後就可以直接去美洲本部工作了耶！」鄭泰義結結巴巴地安慰起對方。

他是第一次聽到有人比起成為雜務官，更想成為部員的。即便兩者的性質有著很大的差異，不過不管是從哪個面向來看，雜務官都還是比部員更容易出人頭地。

然而鄭泰義的安慰卻完全沒有起到作用。心路大力地搖著頭，惋惜地吼道：「那有什麼用！去到本部後，哥也不可能成為我的校尉啊……若當初知道會變成這樣的話，我就不會當雜務官了……！」

最終，心路還是止不住淚水地痛哭了起來。

雖然對方一邊若無其事地抱著看上去相當沉重的資料，一邊哀傷地留下了斗大淚珠的模樣看起來不免有些矛盾，但此刻的鄭泰義已經管不了這麼多了。他坐立難安地看著站在自己面前哭泣的心路，「心路……不要哭了，乖，不要哭。」

語畢，鄭泰義不禁在心底埋怨起自己那糟糕的口才。

其實他這輩子還沒聽過有人說他的口才不好。甚至在來到這座島上後，他還曾經被人咒罵過：「你有天遲早會因為你那三寸不爛之舌而惹禍上身。」

不過口才再怎麼好、再怎麼能言善道又如何，他連站在自己面前哭泣的少年都安慰不了了，這些能力又有什麼用？

不知所措的鄭泰義緩緩地伸出自己的手，輕輕拍了拍對方的肩膀。他能明顯感覺到心路瑟縮著的肩膀微微地抖了一下。

就在鄭泰義看著對方的這副模樣，心疼到不知道該怎麼做才好的時候。

「……好了，心路不要再哭了，繼續把你手中的資料拿去該放的位置。泰義也不要再閒聊了，如果你那麼想幫對方搬東西的話，就來幫我搬。」一道在看到心路露出如此令人心疼、令人憐憫的模樣後，依舊沒有任何情緒起伏的嗓音猛地出現。

會議不知道是什麼時候結束的，鄭泰義一轉過頭，便看見叔叔站在教官室的門檻上，直勾勾地看著他和心路。而叔叔的身旁還經過了好幾位稍稍瞥了這裡一眼，隨後又直接離開的教官與校尉們。

與此同時，鄭泰義看見伊萊正雙手抱在胸前，靠在走廊的牆壁上默默地盯著他們兩人。對方的表情看上去有些微妙，也不知道伊萊究竟在思考著什麼，只見他面無表情地呆站在原地。

心路悄悄地用食指擦去眼角的淚水後，便朝鄭泰義行了個注目禮，小碎步離開現場。在經過伊萊的身旁時，心路好像有看向那人，但因為鄭泰義只能看見心路的背影，所以不知道對方是用什麼樣的表情在看伊萊。

而伊萊見狀只是微微地挑了挑眉，用一種很感興趣的眼神看著心路罷了。

鄭泰義就這樣愣在原地，茫然地看著心路離去的背影好一會兒後，才轉過頭瞪向悠哉說著「趕快過來幫我搬東西啦」的叔叔。

「叔叔，看到哭得那麼可憐的男孩，你難道都不會心疼嗎？一定要讓他如此沒面子嗎？」

「我想他應該不會覺得這很沒面子吧。更何況他可能早就止住眼淚了，你就不要瞎擔心，趕快幫我搬東西啦——啊，英敏，你不用幫我搬，讓泰義搬就可以了。因為那很重，你就把東西丟在那就好，趕快回去忙你自己的事吧！」

叔叔朝姜校尉擺了擺手，阻止對方搬起放在教官室入口的畫框，接著便用下巴示意鄭泰義去搬那幅畫。

鄭泰義見狀隨即露出惡狠狠的表情瞪著叔叔。不過因為他向來都不是個能夠氣很久的類型，僅僅堅持了幾分鐘，他便無奈地嘆了口氣，乖乖朝著教官室的方向走去。

下一秒，他的視線剛好與站在附近的伊萊對上。

「怎樣，今天還有其他的事要做嗎？」

由於伊萊正目不轉睛地盯著他看，鄭泰義下意識地皺起眉頭問道。

如果是平時的話，伊萊早在會議結束的當下，便會朝鄭泰義擺了擺手示意他可以離開，接著默默消失。但此刻的伊萊卻以一種相當微妙的表情呆站在原地看著他。

對方似乎正在沉思著什麼，一直等到鄭泰義發問後，他才像驚醒般地聳了聳肩，換回平時那個令人猜不透究竟在想些什麼的表情。

「沒有啦，我只是在想，你跟那個男孩還真會玩嘛。」

「……不准動心路，你給我去找其他人。」鄭泰義生硬地說道。他的嗓音倏地充滿著戒備。

在聽到這句話後，伊萊歪著頭，直直地看向鄭泰義。而鄭泰義也不服輸地看了回去。

不知道過了多久，伊萊猛地笑了出來。那雙黝黑的眼眸中也瞬間多了幾分寒意，

「好……那就照你說的，我去找其他人吧。」

語畢，他便像平時那樣擺了擺手，轉過身直接離開。

一直等到對方的背影消失在視野裡，鄭泰義才又繼續朝著叔叔走去。而在他看見那幅跟門一樣大的畫框後，不禁茫然地愣在原地。

鄭泰義一進到叔叔的房間，立刻就倒下了。更精準地說，是在將那幅畫框搬進叔叔的房間後。

也不知道叔叔是從哪裡收到了這幅跟門一樣大的畫框，聽說這是出自很有名的畫家之手，但鄭泰義卻完全看不懂那幅畫究竟在畫些什麼，他只是一心想著要把這幅畫砸壞。想了整整十一次。

而這個數字正好是當他從教官室扛著那幅畫到叔叔房間時，一路上所休息過的次數。

「叔叔……你是不是太過分了啊？」隨手把那幅畫丟向牆壁後，鄭泰義趴在床上說道。

而一旁的叔叔並沒有答話，只是悠哉地從冰箱裡拿出一罐啤酒遞給了鄭泰義。不料對方的手卻抖到不能接過啤酒罐。

鄭泰義稍稍地嘆了一口氣，緩慢地從床上坐起後，反覆搓揉起自己的雙臂。就這樣按摩了好一會兒，他才總算能接住那罐啤酒罐。

吃力地拉開了易拉環後，他一鼓作氣地把手中的啤酒給喝光。一直到這一刻，他才有種回過神的感覺。隨後，他哀怨地瞪著叔叔。

對方一邊將水倒進茶壺中，一邊神色自若地看向鄭泰義。那個表情就像在說：我有怎樣嗎？

「雖然我也不打算把這種苦差事都推給別人，但既然姜校尉都說他要搬了，你幹嘛硬要我幫你搬啊？」鄭泰義指著畫框大吼道。

那幅畫是真的很重。除了很重之外，體積也很大，大到就連要抓住都顯得有些難度。

即便鄭泰義並不覺得自己是個大力士，但他還是多少對自己的力氣抱有一定的信心。然而在搬完那幅畫框後，他卻不禁懷疑起究竟是自己的力氣太小，還是那幅畫重到太不可思議。

一想到這，鄭泰義再次凶狠地瞪向那幅畫框。

而叔叔見狀只是若無其事地打開了茶葉罐幽幽說道：「我只是好奇你適應這裡的群體生活了沒。」

「搬得動那幅畫框就代表有適應嗎？」

「若是能夠不用花上自己的力氣就搬動那幅沉重的畫框，那就代表你很適應這裡的群體生活。」叔叔有些惋惜地咂了咂嘴，「但你的狀況好像還滿令人擔憂的啊。」

在看到對方那事不關己的態度後，鄭泰義惡狠狠地瞪著叔叔。就這樣瞪了好一會兒，他無奈地嘆了口氣，接著從冰箱裡再拿出一罐啤酒。

「叔叔可以不用花上自己的力氣就搬動那幅畫框，看來叔叔很適應群體生活嘛。」

「不，我這只不過是權力罷了。若是真的很適應群體生活的人，應該能找到一個搬得更輕鬆與快速的對象吧？」

鄭泰義安靜了下來。縱使他對自己的口才很有信心，但還是有一些無論他怎麼講都講不贏的人；而其中一個就是叔叔。

叔叔聞著從茶杯裡飄散出來的茶香，開心地笑了起來，「如果我是你的話，我會叫心路來幫我搬。」

一聽見這句話，鄭泰義連忙擺了擺手說道，「你怎麼狠心叫一個如此柔弱的人去搬那種重到不行的東西啊？」

「……」叔叔靜靜地看著鄭泰義，露出十分惋惜的表情，「人啊，比起事實，更傾向去看自己想看見的東西呢……」

叔叔一邊碎念，一邊搖起了頭。

鄭泰義拿著啤酒坐回床上。他先是喝了一口啤酒，接著環顧起整間房間。這陣子因為太忙，所以沒有什麼機會跑來叔叔的房間玩。他原本想找找看房間裡有沒有什麼改變，然而一切卻跟之前一模一樣。只有塞滿了書的書櫃裡又增加了幾本沒看過的書。

「這裡多了好幾本新書。」

「嗯，因為我還是有持續在買書啊。但你最近怎麼那麼少來？工作很忙嗎？」

「還不是因為校尉的事快把我給壓到喘不過氣了……」鄭泰義苦澀地嘟噥著。

每次當他想起校尉的事時，總會情不自禁地埋怨起叔叔。不過每每在親眼看見對方的模樣後，那股恨意卻又會倏地消失。看來每件事最終都還是會朝著它本該前進的方向發展吧。

「叔叔最近不是也很忙嗎？」

「對啊，畢竟距離調離的日子也越來越近了嘛。」

「調離……啊，是指總管高升回美洲本部的事嗎？」鄭泰義一邊回想，一邊碎念道。早在他來到這個地方之前，他就已經聽聞了這件事。雖然他並不清楚叔叔當初特地找他來這裡的詳細原因，但想必那肯定也跟這件事脫不了關係。

「話說距離調離也只剩下……不到一百天了吧？」

「嗯，所以我接下來只會越來越忙。」

縱使叔叔並沒有表現出來，不過鄭泰義還是能從對方拿著茶杯，癱坐在沙發上的模樣看出對方究竟有多疲倦。

叔叔伸手將垂落在額頭上的瀏海往上撩的同時，還不忘靜靜地嘆了一口氣。看來對方的工作量是真的很龐大吧。

鄭泰義就這樣默默地看著叔叔。

在來到這個地方之前，叔叔有說他要的是一個運氣好的人。但是因為哥哥不在，所以對方才會以雞代雉地把鄭泰義給拉來。

鄭泰義依稀記得叔叔還講過，他需要一個能夠在骯髒與卑鄙的勾心鬥角中存活到最後的幸運之人。

「……那叔叔覺得下一位總管是誰？會是叔叔的上司……魯道夫讓蒂次長嗎？」

「這個嗎……目前還說不準吧。」叔叔含糊地笑著說道。然而對方的笑容令鄭泰義意識到其實叔叔的心裡已經多少有個底了。

「一切會如叔叔所願嗎？」

「要是沒有出什麼意外的話，應該是不需要太過擔心。但因為事情還沒完全定下來，所以我也不能把話說得太死。」叔叔從容地勾起嘴角，輕嚐了一口茶杯中的茶。

鄭泰義靠坐在床上，垂下頭看向拿著啤酒罐的手。他用手指緩慢地敲起了罐子的邊緣。下一秒，他淡淡地開口。

「要是一切真的如叔叔所願的話，那應該都是托我的福吧……？」

在聽到鄭泰義的話後，叔叔先是有些意外地眨著眼，隨後才又輕笑了幾聲，「對啦對啦，這都是多虧你願意來到這個地方。你的幫助可大了呢！」

叔叔語帶戲謔地向鄭泰義道謝。對方似乎只把鄭泰義的話當作是一個玩笑。

鄭泰義一口氣喝完手中的啤酒，將空罐子放到床旁邊的桌上，再次淡淡地接著說道：「嗯……這果然跟我是吉祥天有關吧？」

下意識地脫口而出後，鄭泰義才驚覺自己根本就沒有必要主動提起這件事。不過說出口的話，現在再反悔也毫無意義了，他只能歪著頭地等著對方的回答。

而正在喝著茶的叔叔在聽見這句話後，突然停下手中的動作。對方微微皺眉，就這樣沉默了好一會兒後，他才慢慢抬起頭，用著不是很開心的表情不情願地問道：「是里格告訴你的？」

「他也只是剛好提到罷了。難道我不能知道這件事嗎？」

「倒也沒有啦，但是在義並不希望你知道就是了。」

鄭泰義倏地瞪大雙眼。叔叔肯定也察覺到了他眼中藏不住的好奇心，但對方似乎已經不打算再繼續解釋下去了。而鄭泰義也不想追問太多，他簡單點了個頭當作回覆。

兩人沉寂了好一陣子後，鄭泰義突然笑了出來。

「不過你們怎麼會湧上這種念頭啊？為什麼會覺得哥哥的好運是因為我？不管我怎麼想都想不通。」鄭泰義聳了聳肩說道。

他沒有想到叔叔會如此認真看待他隨口說出的話，對方嚴肅的反應讓那句玩笑話彷彿多了幾分可信性。然而無論他怎麼想，這整件事還是一樣十分可笑。

身為一個人類，是要怎麼去干涉他人與生俱來的運氣？

就算過了數百年，甚至是數千年，這件事肯定也猶如天方夜譚般荒謬。就算命運的確能夠靠個人的意志去改變，但其中一定也有某些部分是人們終究無法動搖的。

叔叔點了點頭，他像是想起什麼似地凝視著半空，「那是因為在義本來就是個運氣很好的孩子啊。就算你突然消失，在義身上的好運也不會立刻就不見。雖然這件事很難解釋……但你跟在義間的確存在著某種很緊密的連結。」

「那只是因為我們是雙胞胎吧？不過我們並不像世人們說的那樣，明明距離遙遠，卻還是能感受到另一方的異常。我們之間絕對沒有神祕成那樣。即便我不知道其他雙胞胎的情況，但至少我跟哥哥真的就只是再普通不過的兄弟罷了。」

「或許吧。可是每次當你生病時，在義就一定會跟著一起生病。」

「……本來小孩就是一個生病，其他人也會跟著一起被傳染啊！畢竟他們的免疫力就是比大人還差嘛。」鄭泰義露出無奈的表情。叔叔該不會單憑這件事就認為他跟哥哥間存在著什麼難以解釋的緊密關係吧？

然而一切似乎真的被鄭泰義給矇對了。叔叔的表情雖然不到非常嚴肅，但看上去也不像在開玩笑。

對方緩緩地轉動著茶杯，開始講述起他記憶中的往事，「縱使你現在健康到基本上沒有住過院，不過在你小的時候，我們可是三不五時就會收到醫生發來的病危通知。你是不是完全沒印象了？」

「啊，但我有聽說過這件事。」

「對啊，就連我也曾經背著你在大半夜跑去急診室呢。跟你比起來，在義可是個健康到連小感冒都不會得的孩子。然而每次當你在醫院跟死神拔河時，在義在家裡也會跟著難受起來。即便他早上明明還活蹦亂跳的，但是只要你一出事，他馬上也會變得病懨懨。」

「……那是因為……好吧，這的確很像雙胞胎間才會有的神祕連結。」

既然叔叔都說成這樣了，那想必這件事絕對不是只有發生一、兩次而已。

話雖如此，但因為這件事就把鄭泰義捧成給予福德的人不免還是有些誇張。

由於太過尷尬，鄭泰義的臉甚至還漸漸紅了起來。

「就這樣嗎？」眼看叔叔好像不打算繼續講下去，鄭泰義小心翼翼地問道。

而看著天花板陷入沉思的叔叔在聽見鄭泰義的聲音後，才總算回神，轉過頭看向他。叔叔接著聳了聳肩地說：「嗯，目前的確沒有什麼可以再分享給你聽的例子。反正你跟在義才是當事者，我想你們應該更清楚發生過什麼事吧。」

「但我怎麼都沒有印象啊？這到底是什麼時候的事？」

「當時的我好像正在考慮要不要去上大學，那這應該是……你們兩、三歲的事吧。」

「那我怎麼可能還記得啊！」

「是嗎？但是在義好像都還記著呢。」

「那是因為哥哥的頭腦好到不可思議。」

鄭泰義嘆了口氣。他原本還以為叔叔會舉出什麼很誇張又神祕的例子，然而剛剛講的那些反倒更傾向於偶然發生的事件罷了。

雖然他並沒有多期待能聽見什麼了不得的故事，但剛剛一聽完叔叔舉的例子後，他還是不免覺得有些失望。而且這種不管去到哪都稱不上有多神奇的事蹟還已經被叔叔跟伊萊，或許還有更多人知道了。

故事中的那種偶然並不算非常少見，而這一切甚至平凡到令鄭泰義不禁覺得有些莫名其妙。但與此同時，他心中那股看不見的緊張感也倏地消失。

鄭泰義無力地笑了起來，「這到底是怎樣啦，叔叔怎麼會相信這種迷信的說法啊？唉，打從一開始，這整件事就很莫名其妙了。哪有人可以給予其他人幸運啊。還不如說成給予金錢、給予權力算了，這樣不是還比較好解釋嗎。」

叔叔見狀並沒有反駁，只是露出了淺淺的笑容，「關於這件事，你就去問在義吧，反正那傢伙的記性很好。若你們之間真的有著什麼連結的話，現在肯定也還連在一起。」

「好吧，但是我不知道什麼時候才能再見到他，也不知道我能不能把這件事記到那個時候耶。」

「不久後不就是你的生日了嗎？我想在義應該會選在生日附近打通電話給你吧。畢竟一直以來不都是如此嗎？」

「對啊，不是突然打電話給我，要不然就是會突然出現在我的面前……我相信就算不是生日當天，哥哥一定也會選在那幾天打給我的。」鄭泰義一邊想著已經有好幾個月沒見到面的哥哥，一邊說道。

哥哥對他來說是個就算彼此分隔兩地長達數十年的時間，他也完全不需要去擔心對方安危的人。雖然對方總是過著相當規律的生活，但偶爾又會做出令人意料之外的舉動。

其實鄭泰義說不上有多了解哥哥。至少在他自己的心底是這麼認為的。

他並不確定哥哥究竟是不是一個愛書成癡的人，也不知道對方熱不熱衷於研究一些特殊符號。不過他唯一能確定的是，哥哥很愛他、很愛這個家。

無論對方在哪、無論對方正在做些什麼事，都改變不了這個事實；而鄭泰義自然也是如此。

鄭泰義平常不會湧上想聽見哥哥的聲音、想見哥哥一面的想法。他也不在意彼此究竟相隔多遠。

即便是像現在這樣既不知道何時能見面，也不知道對方在哪的情況下，他都不會覺得失落。因為他深信著，只要當他真的、真的很想哥哥的時候，他就一定能聯絡得上對方。

而這份信念至今也都沒有被打破過。

或許這就是那條不管怎麼剪，都剪不斷的紅線吧。

——《PASSION 03 待續》

hidden track 被賦予的重擔

在我小的時候，我一直認為自己是個天才。

從還不懂事的嬰幼兒時期，一直到國中、高中，甚至是大學，我都不曾看過比我還要傑出的人。

然而我一開始之所以會萌生這個念頭，最主要是因為周遭的人都這麼說，才讓我漸漸意識到了這件事。

人類是個會依照周遭的期待而成長的生物。早在我懂事之前，每個人只要一見到我，就會露出驚訝的神情，異口同聲地大聲稱讚著：「他絕對是這世界上獨一無二的神童！」

最終，我還真的就成為了他們口中的那種人。

跟同齡人比起來，我總是更會讀書、更會運動，就連做人處事的道理也懂得比其他人還多。我知道要怎麼以更輕鬆的方式去獲得我想要的一切。

當時的我就是個機靈又狡猾的小鬼頭。

好險我們家有著一定的財力，足以讓我這個不斷被稱讚是神童的小鬼受到良好的英才教育。因此我能夠盡情地發揮出我所擁有的才能。

然而沒過多久，我馬上就厭倦了跟我所處環境裡的同齡孩子們一起競爭的這件事。跟他們較量就像是單人遊戲般無趣。

大概就是這個時期，我聽說了位於國外的英才教育團體。在得知那是一間所有天才兒童都會去上的知名學校後，我馬上就確定了那才是我真正該去的地方。與此同時，我的父母和所有認識我的人都是這麼想的。

所以我在小小的年紀，便帶著一顆悸動的心，隻身一人前往國外留學。

殊不知，這個選擇卻讓我看清了現實。

就算我在現實中是個天才，馬上就適應了那裡的環境，並且獲得了比平均還高的分數。然而那也僅僅只是比「平均」還高而已。

在那個地方，我並不是天才。我頂多只能算得上是個比較聰明的孩子罷了。

隨著我那自傲的心被粉碎，我也在那裡學到了一個不上不下的天才，究竟要怎麼去適應這個現實世界的方法。而這件事也起到了很大的幫助。

因為一直到那個時候，我才總算交到了第一個朋友。我可以不用再以鬱悶的心情與他人對話，也遇上了除了家人以外，願意理解我的人。

現在回過頭來看，這應該是那個時期裡，對我來說最有幫助的一件事吧。

即便我並不是個足以改變世界的天才，但我仍舊優秀得足以成為家族裡的驕傲。

在我以比平均還要更早的年紀進到國外的知名大學就讀時，代替早逝父親養育我長大的哥哥甚至還因此開心到哭了。

我跟哥哥的感情很好。

早在我還小的時候，哥哥就已經成年了。但我們之間的感情之所以會這麼好，並不單單只是因為我們的年齡差距太大，最主要還是跟哥哥特別早熟的這件事有關。

哥哥總是能以既成熟又踏實的想法去思考事情。縱使速度不快，不過他每次都能做出最正確的判斷。我是真的很愛哥哥，也很聽他的話。

然而這樣的哥哥卻有著一個生物學上最致命的缺點。

其實他的身體很難生出孩子。講得更精準一點，其實他根本就不能生孩子。不過這件事卻是在他結了婚之後才發現的。

由於哥哥跟大嫂一直很希望能生個孩子，最終，別無他法的兩人只好跑來找我求助。而我自然是馬上就答應了。

於是一年後，哥哥與大嫂總算如願地生下了兩人的結晶。

從生物學的角度來看的話，其實那是我的孩子。然而卻沒有人這麼想，甚至就連我自己也不這麼認為。

哥哥曾經說過要把其中一個孩子給我，但我馬上就拒絕了。即便對方現在再問一次，答案也一樣。因為那兩個孩子就是哥哥與大嫂的孩子。

人類很難改變自己的想法。就算自認自己已經改變了，那個想法也有可能還遺留在潛意識中而不自知。

縱使我並不是這個世界上最傑出的天才，但我畢業於世界排名第一的大學，甚至畢業後還馬上進到UNHRDO裡受訓。我相信不管是誰，肯定都會認同我的表現極其優秀。畢竟就連我自己也這麼想。

不過就在那個時期，我體驗到了人生中的第二次挫折。而這次的經驗也讓我意識到我根本就稱不上是名天才，我只是個普通人罷了。

哥哥的孩子們是一對雙胞胎。而其中的大兒子聰明到連天才這個詞都不足以形容他的才智。

在姪子們四、五歲的時候，我因為剛好從大學畢業，所以短暫地搬回去借住在他們家一個多月。正是那短短的一個月，我被一名最多也才五歲的男孩打擊到開始懷疑起我的能力與才能。

我就不細講我的大姪子究竟有多聰明了。但我可以跟大家保證，在我有生之年裡，我是絕對不可能再碰上第二個像他這麼聰明的天才。

還好哥哥實在是很會教小孩，所以我的姪子並不像我小時候那樣傲慢又自大。也有可能是因為真正的天才兒童根本就不在意那種小事吧。

畢竟站在最高處看世界的人，跟我們這些位於他們之下所看見的世界是絕對不一樣的。

而那名天才兒童的雙胞胎弟弟就是一名相當平凡的孩子。由於小姪子體弱多病，之前每當我大學放長假回國時，時不時就得背著他衝去醫院。但值得慶幸的是，隨著他越長越大，身體也變得比以前健康許多。我的小姪子同樣也是一名惹人憐愛的孩子。

縱使我再怎麼深愛這兩名姪子，實際上能引起我興趣的還是大姪子一人。即便我已經強調很多次了，不過他真的是這個世界上百年難得一見的天才。

對方聰穎到就算在年僅四、五歲的年紀寫下氫中子彈的化學方程式，我也絲毫不會覺得意外的程度。況且他除了腦袋非常聰明之外，運氣也是出奇地好。我甚至都不知道該怎麼形容他了。

頭腦好、運氣好、個性好，就連家庭也十分和睦。

在我與大姪子相處的這段時間裡，我總是不免會感嘆起他真的是個特別有福氣的孩子。

就這樣相處了一個月後，我為了要進到UNHRDO受訓，又再次出國了。

我有一個朋友。我們是在英才教育機構裡認識的。對方跟我一樣，都是個不上不下的天才。

不過對方很早就放棄了天才、英才這種標籤，大學一畢業就在他父親的幫助下成立了一間公司。那間公司專門在做復刊古書，是個一聽就知道絕對會倒閉的行業。

但是我朋友的家裡富有到即便搞垮了一、兩間小公司，也不會有任何影響。

他們家是在做武器仲介。我相信我的朋友總有一天還是會回去繼承家業。縱使他是個愛書成癡的人，不過他對武器的知識也是十分淵博，他是絕對有那個實力去當繼承人的。

而已經進到UNHRDO裡的我也很常跟他聊起武器相關的話題。

差不多在我那頭腦好到不可思議的大姪子還在就讀國小的時候，我偶然在對方的練習簿上看見他隨手畫下的圖案以及寫下的內容。

雖然對方畫得有些潦草，但我很確定他畫的是機關槍的內部設計圖。甚至他連一些製作上需要注意的小細節都詳細地書寫了下來。

若是按照這張紙上的設計去實踐的話，絕對能創造出一把全新型態的機關槍。

在我吃驚的追問下，大姪子只是用著漫不經心的表情說：「因為太無聊，所以我就想出了這個東西。如果叔叔要的話，那就給你吧。看你是要拿去用，還是要拿去丟掉都可以。」

由於太過驚嚇，我全身都在發抖。他清楚地知道武器有著什麼樣的構造，彈藥必須藉由什麼樣的反應才能發揮其效能。他為了打發時間，輕鬆地就靠著幻想與計算設計出了一把機關槍。

而這把機關槍甚至與現今市面上的所有槍械都不同，這是一把劃時代的新武器。

我馬上就把這張設計圖用傳真的方式傳給了那名摯友。對方一看自然也看出了這幅圖的價值，他非常興奮地邀請我去他家，他想要親眼看一看這張設計圖。

於是乎，我當下就直奔對方的家中。

在我一邊讚嘆著大姪子的聰明才智，一邊害怕的同時，我也感受到了一股揮之不去的悲傷。

朋友住在豪華宅第之中。那幢宅第寬敞到從大門到玄關門如果不搭車的話，是絕對抵達不了的程度。這一切彷彿就像電影般既奢華又誇張。

即便我家也沒有到非常貧窮，但我還真的從沒看過如此氣派又浮誇的家。按捺不住好奇心的我就只能像個鄉巴佬般不停地左右張望著。

從車上下來後，我一看見豎立在眼前的宏偉建築，滿溢的情緒就只剩下了神奇。

就在我等著有人來幫我開門，開始觀察起四周的環境時。

宅第旁倏地傳出了一聲撕心裂肺的慘叫聲。有名看上去頂多也才十四、十五歲的體格壯碩男孩從庭院的方向邊哭邊跑了出來。

我立刻瞪大了雙眼。

因為那名男孩的全身上下都布滿著傷口。不，或許這個詞還不足以形容對方的傷勢究竟有多嚴重。

他一拐一拐的腿早已因為扭傷而腫了起來，手臂看上去也像是骨折般不停地流著血。除此之外，對方的頭似乎也受傷了，血漬一路從頭髮往下流到了被打腫的眼睛。

正當我不知所措地看著眼前這猶如家暴般的場景時，有名少年從那位男孩的身後跟著追了出來。那名少年的體格雖然比剛剛那位男孩還要嬌小，但對方卻有著不符合他年紀的修長四肢。

在看見那名少年的瞬間，我立刻就被對方震懾住了。

他面無表情地拿著一把榔頭。甚至那把榔頭還不是一般家庭會出現的正常尺寸，而是工地裡才會看見的大型榔頭。

少年大步流星地走向那位男孩，接著露出若無其事的表情揮起手中的榔頭。下一秒，我又再次聽見了那聲淒厲的慘叫聲。

就在我因為這突如其來的意外而呆愣在原地時，有一名年邁的男子從氣派的房子裡衝出來阻止那名少年。

少年看上去十分不滿。他瞪向那名年邁男子的眼神凶狠到彷彿下一秒就會舉起手中的榔頭砸向對方似的。

從沒看過這般駭人景象的我只能瞪大雙眼地僵在原地。此時，我的朋友總算從房子裡走了出來。他一見到我馬上就開心地打起招呼，然而當他的視線移到那名少年身上時，瞬間就又陷入了憂愁之中。

「伊萊，你又來了。」朋友看著少年嘆氣嘟囔道。

而那名被稱作伊萊的少年一邊擦著噴濺到臉頰上的血漬，一邊滿不在乎地說道：

「誰叫他要叫我的名字。」

「名字就是要被拿來叫的。」

「我已經講過了，要叫就叫我的姓。只有經過我允許的人，才有資格叫我的名字。」少年邊說邊將視線移到了我的身上。

他用著不滿的眼神將我全身上下打量了一番。朋友見狀再次嘆了口氣，隨後便向我介紹起那名少年。

「昌仁，他是我弟弟。今年剛滿十歲，雖然我們的年齡相差有點大，但他真的是我的弟弟。你剛剛應該也聽到他的名字了，不過請不要叫他的名字。因為他的個性有點古怪，你就喊他的姓就好——伊萊，他是我的朋友，叫做鄭昌仁。你要對人家有禮貌一點啊！」

我十分震驚。沒想到這名如此殘暴的少年竟是我朋友的弟弟，更沒想到再過幾年就要三十的朋友竟然有個如此年幼的弟弟，而這名看上去就像十四、十五歲的少年居然才十歲的這件事同樣也很令我震驚。

但最令我意外的莫過於是對方那殘忍的暴力傾向。

少年隨手把榔頭往旁邊一丟，露出泰然的表情朝我點了個頭，接著便走進了房子裡。而至今都還有點搞不清楚狀況的我也只能默默地跟著朋友走進那間氣派的屋子。

「這真的好優秀……太令人難以置信了！」

這是朋友在仔細看過那張設計圖後，說出口的第一句話。其實我能理解對方的心情。畢竟我一開始也不敢相信，甚至還一度懷疑過是不是有哪個大人，還是哪位技術人員畫完送給大姪子的。

「你是不是有說過這個人是你的姪子？那他今年幾歲啊？」

「十二歲。不對，如果是按照你們的算法來算的話，他應該是十歲才對。」

「十歲！」朋友錯愕地搖起了頭。他的眼神彷彿像在質疑著我說謊似的。不過對方在看到我坦然的反應後，也漸漸意識到了我並沒有在開玩笑。他輕輕嘆了口氣，「十歲。」

「沒錯，只有十歲。」

朋友突然打量起我的臉。我並不知道我露出了怎樣的表情。不過對方在看了好一會兒後，默默地伸出手拍了拍我的肩膀。

「朋友，你不用覺得惋惜。每個人都是根據自己被賦予的能力活下去的。」

我沒有答話，而是靜靜地看著他。就算我不清楚對方從我的臉上看出了什麼端倪，但我還是點了點頭。

當我們兩個人面對面坐在會客室裡憂鬱地看著眼前的設計圖時，原先待在一旁看書的那名少年倏地朝我們的方向走了過來。少年乏味的模樣看上去就像正在找尋著獵物的飢餓獅子般嚇人。

「這是你畫的？」端詳著設計圖的少年突然發問。

雖然對方那無禮的語氣令我有些慌張，但我還是笑著搖頭答道：「不是，這是我姪子畫的。他剛好跟你一樣大呢……里格勞。」我一邊觀察著少年的表情，一邊喊出對方的姓。其實就連我在叫我朋友的時候，也很少把對方的姓掛在嘴邊。

少年像是看到了什麼很有趣的玩具似的仔細打量著那張設計圖，「這還滿厲害的嘛。」

但我想真正厲害的應該是眼前這名十歲的少年竟然也看得懂機關槍的設計圖，甚至還對此發出讚嘆的這件事吧。

「昌仁，你可以打給你的姪子嗎？」朋友似乎是真的對這張設計圖相當感興趣。在猶豫了好一陣子後，我還是點頭答應了對方的要求。

對大姪子來說，被不認識的人以學術上的理由要求通話早已是件再平常不過的事。

一看見我點頭同意，朋友立刻開心地拿出電話。就在我舉起電話聽筒，準備要打去哥哥家的剎那。

那名認真端詳著設計圖的少年轉過頭直勾勾地看向我，他用著有些唐突的語氣說道：「我想打這通電話。」

我隨即看向了朋友。而對方則像是放棄般地聳了聳肩，「不好意思，但你能讓他打這通電話嗎？就先讓他講個幾句話，我之後再叫他把聽筒給你。」

既然朋友都說到這個分上了，我實在也不好意思拒絕。等電話撥通後，朋友像是突然想起什麼似地按了電話上的按鈕。下一秒，電話就變成了擴音模式。

沒過多久，電話那頭傳來一道熟悉的嗓音，「喂，你好。」

這是小姪子的聲音。而少年似乎是被這突如其來的陌生語言給嚇到，我連忙告訴對方也可以用英文溝通。

由於兩位姪子時不時就會因為大姪子的緣故而跑去國外，所以英文也漸漸變得像母語般流暢。

少年有些遲疑地講出了英文，「你好，你就是在一嗎？」

或許是沒有料到對方會突然講起英文，小姪子先是沉默了一會兒，接著才又緩慢地答道：「不是耶，哥哥現在不在家。他跟媽媽去研究機構做測驗了，現在就只有我在家。不過你是誰啊？」

一聽見小姪子那純真的嗓音，我不由自主地笑了起來。看來下次回國之後，我得好好叮嚀他自己一個人在家的時候，絕對不能跟陌生人講這種事才行。

朋友可能也湧上了類似的念頭，他在一旁默默地笑著。而那名明明年紀跟小姪子一樣，卻比對方還要更懂事一點的少年正用著哭笑不得的表情叮囑著：「如果小孩子自己一個人待在家的話，不能隨便跟對方講這種話。畢竟你又不知道對方是誰。」

「為什麼？反正你不是在美國嗎。在你跑來我家之前，媽媽、爸爸跟哥哥早就回來了吧！」小姪子意氣洋洋地答道。

可能小姪子以為會講英文的地方就只有美國吧。少年見狀馬上皺起眉頭，隨後便瞥了我一眼。那個眼神彷彿在說：你為什麼要把他教得跟笨蛋一樣啊？

而我則是聳了聳肩，故意裝傻。

「這裡不是美國，而是德國。況且住在你家隔壁的人也有可能故意講著英文打電話給你啊。」

「不會啦，住在隔壁的爺爺跟奶奶都不會講英文。嗯……但或許偶爾去看爺爺奶奶的阿姨會講也說不定。那我等她下次來的時候，再去問她好了！」

「對啊，這種事你一定要問清楚耶。」

少年嚴厲地叮囑完後才意識到自己完全搞錯了重點，他打這通電話的目的並不是為了要培養對方的警戒心。就在少年漸漸露出無趣的表情時，小姪子似乎是因為自己一個人待在家太過寂寞，繼續聊了起來。

「不過德國在哪裡啊？你住在德國嗎？那你可以來我家嗎？那裡有比美國還遠嗎？我現在超無聊的，你來陪我玩啊！我叫泰義，鄭泰義。」

或許是被這一連串的提問給嚇到，少年有些慌張地皺起眉頭，「雖然我是能去你家，但我不能馬上過去。畢竟我還得去機場搭飛機才行。如果你很無聊的話，那你來我家啊！我可以派人去機場接你過來。」

朋友在聽到少年態度傲慢說出的那番話後，露出了有些微妙的表情。那個神情就好像在懷疑對方究竟是吃錯了什麼藥似的。

而少年繼續用著自大的語氣說道：「反正再怎麼遠最多也只要花上十幾個小時就能到了，你就忍耐一下吧，泰一。」

沒想到這名少年居然會主動邀請才剛認識的小孩來自己家玩，看來他也沒有我想像中的那麼凶狠與殘暴。或許對方意外地有著像孩子般可愛的一面也說不定。

「不對，我不是叫泰一，而是泰義。」

「泰……泰一……？」小姪子的話瞬間令少年慌張了起來，他有些沒自信地重複著。

然而小姪子馬上又教了一次自己名字的準確發音，「我就說不是泰一了。是泰——義。」

「泰——咦一……」

「不是啦……」

小姪子心平氣和地不停重複著自己名字的發音。而失敗好幾次的少年看上去似乎就快要發火了。

在少年重複第七次，還是第八次時，他總算講出了比較正確的發音。

「泰——義。」

「沒錯！就是這樣！」小姪子開心地大喊道。

少年見狀隨即露出鬆了一口氣的表情。

「不過你是誰啊？你叫什麼名字？」

「我嗎？我是——」

就在少年想要再次用著自大的語氣講出自己的名字時，聽筒另一端倏地傳來了一陣門鈴聲。

「看來是媽媽跟哥哥回來了吧！那你下次再打給我哦，我們下次再一起玩吧！」小姪子似乎早就忘記少年打這通電話的目的是為了要找人，他爽朗地講完這句話後就直接掛斷了電話。

而少年則是露出了相當慌張的表情，默默地盯著被掛斷的話筒發呆。

我這時才發現朋友早已偷偷別過頭在一旁憋笑。少年似乎是越想越氣，他的表情漸漸變得猙獰，下一秒，他猛地揮起拳頭砸向了電話。

少年最後就這樣徒留被打到只剩碎片的電話，轉身離開了會客室。而朋友一直等到對方的身影消失在視線之中，才總算放聲大笑。

我有些內疚地看向朋友，但對方看上去非但不在意，反倒還很開心地說著：「那個傢伙什麼時候還能被別人這樣對待啊。」

著愉快的笑容。最終，在我再次打到哥哥家讓朋友跟大姪子通上電話之前，對方的臉上始終都掛

在那之後，大姪子似乎就對武器開發越來越感興趣了。

不過比起他自己感興趣，他似乎是更想滿足那些對這方面非常感興趣的人——除了我的朋友之外，也有越來越多懷著相同目的的人靠近他——所以才開始設計起武器。

大姪子最初畫的那張新型機關槍則是在兩年後經過些許的改良與變形，真的被製造出來了。而這一切都得歸功於我朋友的家業所給予的幫助。

我相信應該沒有人會認為那把新型機關槍是一名年僅十幾歲的男孩所研發出來的吧。

大姪子就這樣在暗地裡變得越來越有名。縱使他本身早已因為天才的身分而十分出名，但畢竟跟武器相關的事也不好拿到檯面上來明講，所以這件事就只有在暗地裡才會被眾人討論著。

他並不是那種只有小的時候才特別聰明的類型。隨著年紀增長，他不斷地研發出更多更新穎、更堅固的武器。在對方以特別研究員的身分進到UNHRDO之前，他所累積的事蹟就已經多到數也數不清的程度。

大姪子無論是以前還是現在都沒有改變過。他總是這麼安靜、沉著，又乖巧；與此

同時，他也總是令人猜不透他究竟在想些什麼。

他就像在觀察著世界般，始終用著一雙不帶任何情緒的眼神看著這一切。

從結果來看，我並不後悔把對方帶進這個行業。就像朋友當初對我說的那樣，每個人都是根據自己被賦予的能力活下去的。

賦予他這個能力的人不是我。而是在他出生之前，某個存在賦予他的。

無論是誰都一樣。就像現在的我、就像未來的他，我們都得根據自己被賦予的能力繼續活下去。

話雖如此，但每當我看見大姪子時，心中總會湧上既惋惜又揪心的感受。

在這寬闊的世界中，他所擁有的一切對他來說實在是太過沉重了。他就像獨自一人被遺留在這個世界上。這個世界有多寬廣，他的能力就有多強大。

我的姪子真的可以承擔這股如此龐大的力量活下去嗎？就連我都很常會被自己所擁有的小小力量給搞到相當吃力了，那他又該有多疲倦呢？

然而他卻不曾向我抱怨過他很累。他總是維持著平靜的表情，就這樣始終待在同個位置上。

只要是我力所能及的事，不管那是什麼，我都願意為了他做到。要是這樣能夠稍稍減輕對方的重擔，我願意無條件幫他。

我會用著我那不值得一提的能力，想盡辦法打造出他想走上的道路。

——《hidden track. 完》

高寶書版集團
gobooks.com.tw

CRS046
PASSION 02

作　　者　YUUJI
譯　　者　皮皮
封面繪圖　NJ
編　　輯　賴芯葳
美術編輯　彭裕芳
排　　版　彭立瑋
企　　劃　黃子晏

發 行 人　朱凱蕾
出　　版　朧月書版股份有限公司
　　　　　Hazy Moon Publishing Co., Ltd.
地　　址　臺北市內湖區洲子街 88 號 3 樓
網　　址　www.gobooks.com.tw
電　　話　(02) 27992788
電　　郵　readers@gobooks.com.tw（讀者服務部）
傳　　真　出版部　(02) 27990909　行銷部 (02) 27993088
郵政劃撥　19394552
戶　　名　英屬維京群島商高寶國際有限公司臺灣分公司
發　　行　英屬維京群島商高寶國際有限公司臺灣分公司
初版日期　2024 年 2 月

國家圖書館出版品預行編目 (CIP) 資料

PASSION / YUUJI 著 ; 皮皮譯 . -- 初版 . -- 臺北市 : 朧月書版股份有限公司出版 : 英屬維京群島商高寶國際有限公司台灣分公司發行 , 2024.02
面 ;　公分 . --

譯自 : 패션 PASSION 2

ISBN 978-626-7362-34-1 (第 2 冊 : 平裝)

862.57　　112021056